빛이 이끄는 곳으로

백희성
장편소설

빛이 이끄는 곳으로

la où la lumiere
me conduit

북로망스

나는 파리에 산다.

길을 지나다가 문득
아름다운 집을 볼 때마다
그 집의 우편함에
편지를 적어 넣곤 했다.

"당신의 집에 담긴 이야기를
듣고 싶은 한 건축가로부터……."

간혹 편지에 대한 답장으로
집에 초대를 받았고,
그 집에 숨어 있는
신비한 이야기를 들을 수 있었다.

그렇게 오랜 시간
수많은 파리의 저택에
발길이 닿았고
그 이야기가 모여
한 권의 책이 되었다.

차례

01

내 삶에 예고 없이
찾아온 변화

전화 한 통이 내 삶을 통째로 바꾸어 놓은 날이었다.

침대에 누운 채 눈도 뜨지 않고, 손을 허우적거리면서 휴대전화를 찾고 있었다. 하지만 어디에 있는지 도저히 잡히지 않았다. 할 수 없이 침대 옆에 놓여 있는 작은 스탠드를 더듬거리며 불을 켰다. 주변이 좀 밝아지자 침대 밑에 떨어진 휴대전화가 눈에 들어왔다.

발신자를 확인해 보니 부동산에서 온 전화였다. 순간 받을까 말까 고민이 되었다. 아직 끝나지 않은 달콤한 잠을 방해받고 싶지 않았고, 부동산에서 내게 전화할 일이 없다고 생각했기 때문이다. 결국 잘못 걸려 온 전화라 확신하고 수신 거절 버튼을 누르려는 순간, 한 달 전 부동산에 의뢰해 놓았던 집 문제가 머릿속에 떠올랐다. 번호를 부동산이라고 저장해 놓고도 까마득히 잊고 있었다니…… 아무리 잠결이라지만 순간 한심한 생각마저 들었다. 나는 손바닥으로 이마를 탁 치면서 전화를 받았다.

"봉주르, 무슈Monsieur, 남자를 존칭하는 프랑스어 뤼미에르 클레제! 잘 지내요?"

"네…… 누구시죠? 하아아아암……."

잠에서 덜 깬 목소리로 대답했다.

"나예요. 알랑 펠리시에, 부동산 중개인이에요. 아니, 지금이 몇 시인데 아직도 잠을 자는 거예요? 지금 낮 12시라고요. 점심 먹을 때가 다 되었어요."

블라인드를 창문 끝까지 내린 탓에 한낮인데도 방 안은 어두컴컴했다. 휴대전화를 찾으려고 켜놓은 스탠드 빛에 눈이 부셔 마치 인공적인 오후처럼 느껴졌다.

"아…… 네, 무슈 알랑……. 근데 무슨 일이죠?"

"찾던 집이 나왔어요. 이건 거의 기적 같은 가격에 최고로 좋은 자리예요. 어서 빨리 부동산으로 와요. 조금만 지체해도 이 집은 팔릴 거예요. 어서 서둘러요."

"네? 네. 곧 준비하고 갈게요. 지금 12시가 조금 넘었으니 늦어도 3시까지는 갈 수 있을 것 같네요. 그럼 이따 봬요."

"늦지 말고 빨리 와요. 그럼 잠시 후에 봐요."

참 이상한 일이었다. 파리에 산 지 벌써 10여 년이 되어가고 있지만, 단 한 번도 이렇게 독촉하듯이 걸려온 전화는 없었다. 또한 빨리 만나자고 바로 약속을 잡는 경우도 거의 보지 못했다. 파리는 느리고 여유로운 도시이기 때문이다. 모든 약속과 행정 처리가 천천히 진행되는 도시, 빠르고 급하게 살 필요가 없다는 믿음이 퍼져 있는 그런 도시다. 인터넷 설치를 신청해도 한 달을 기다려야 하고 집에 공사를 하려고 해도 몇 주의 더딘 행정 처리가 필요한 곳이다.

더군다나 부동산 같은 경우는 으레 시간을 끌며 이런저런 핑계로 귀찮게 하는데, 오늘은 뭔가 좀 이상했다. 적어도 그동안 알던 알랑은 급한 사람이 아니었다. 언제나 여유롭고 느긋했으며 그를 처음 만났을 때 그의 늑장에 신경질이 날 정도였다. 부동산에서 계약할 집의 조건 등을 조율하는 데 족히 2시간은 넘게 걸렸기 때문이었다. 30분 정도면 끝날 일을 뭉그적거리면서 2시간이나 넘게 질질 끌던 그가 아니던가. 그랬던 알랑이 전과는 전혀 다른 낯선 느낌으로 내게 재촉을 해왔다. 이상하다고 느꼈지만 이내 별로 대수롭게 여기지 않았다.

약속 시간까지 3시간이나 남았고 몸은 아직 잠이 덜 깬 상태라고 말하고 있었다. 다시 누워 잠을 이어가려고 이불을 주섬주섬 끌어다가 덮었지만, 잠은 오지 않았다.

느림보 알랑의 독촉으로 인한 호기심 덕분인지 몰라도 어쨌든 잠이 깨어버렸다. 주섬주섬 끌어 모았던 이불을 발로 걷어차고는 투덜대면서 욕실로 향했다. 머리로 떨어지는 물줄기에 서서히 정신이 돌아왔다.

3시를 조금 넘겨 부동산에 도착했다. 1시쯤 여유롭게 집에서 나왔지만 집 앞 공원에서 뭔가를 적고 그리는 데 시간을 소비하느라 늦어버린 것이다. 평소 무엇인가 생각이 떠오르면 반드시 그 순간에 그걸 적어야 한다. 나는 생각으로 먹고 사는 건축가이기 때문이다. 세계적으로 유명한 파리건축사무소에서 팀장으로 일하고 있지만 수년 동안 남의 건축물만 지어주고, 정작 나를 위한 건축은 한 번도 해본 적이 없었다. 빌어먹을! 이게 대체 뭐람? 밤낮 남 좋은 일만 하고…….

그랬다. 건축가라는 직업의 모순점이었다. 건축가는 건물을 만들지만, 완성 후에는 집주인에게 열쇠를 주고 떠난다. 요리사는 맛있는 음식을 만들지만, 정작 그는 제때 식사를 할 수 없다. 기자는 수많은 사람들의 이야기를 기사로 만들지만, 자신의 이야기는 잘 쓰지 않는다. 어쩌면 세상의 수많은 직업들이 바로 이런 바보 같은 모순 속에 놓여 있을지도 모른다. 결국 하고 싶은 일을 하기 위해 뛰어들었지만 대부분의 일들은 그저 서비스일 뿐이다.

'건축사무소에서 이렇게 일만 하다가 죽고 싶지는 않아. 고객만을 위한 건축 설계가 아니라 나를 위한 건축을 해봐야지.'

속으로는 이렇게 중얼거려도, 어디서 돈이 나서 나만의 공간을 짓는다는 건지 한숨이 나왔다. 건축가라고는 하지만 박봉의 월급쟁이에게 돈이 있어 봐야 얼마나 있겠는가? 결국 없는 돈으로 나만의 공간을 만들어 보겠다는 헛된 망상만 키워가는 중이었다.

그래도 그 망상을 한번 실천해 보는 흉내라도 내고 싶어서였을까? 부동산에 말도 안 되는 싼 가격의 허름한 집을 구한다고 한 달 전에 의뢰해 놨는데 정말 연락이 온 것이다. 처음 부동산에 중개 의뢰를 할 때 알랑은 내가 제안하는 돈으로는 절대 파리 시내에 집을 구할 수 없으니 시외 지역을 알아보라고 권유했었다. 그렇게 불가능한 조건이라고 단언하던 그가 파리 시내에 내가 원하는 가격의 집이 있다고 연락을 해 온 것이다.

"안녕하세요. 무슈 알랑. 저 왔습니다."

"아, 어서 오세요. 안 그래도 기다리고 있었는데, 조금 늦으셨군요. 어서 가시죠. 여기서 그리 멀지 않으니 걸어서 가도 될 겁니다."

"네? 여기서 가깝다고요? 여긴 파리 시내 중심부잖아요? 그것도 시테섬이라고요."

"네. 저도 이런 일은 처음이라서 좀 어안이 벙벙해요. 실제 가격보다 훨씬 저렴할 뿐 아니라 조건도 황당해요. 제 생각에는 당신이 제격일 거라고 생각해요. 가보면 알아요. 집주인이 늦는 걸 아주 싫어하니 가서 이야기를 마저 하죠."

프랑스인이라면 누구나 일생에 한번은 살아보고 싶어 하는 그 시테섬에 그렇게 싼 가격의 집이 있다니 믿을 수 없었다. 내가 제안했던 금액은 은행 융자를 통해 마련한 5만 유로 정도였다. 나는 아주 싸고 낡은 집을 원했다. 건축가로서의 자부심이랄까. 스스로 고치고 만들어 나에게 선물할 공간을 만들고 싶었다.

파리 시내에 이 금액으로 살 수 있는 집은 없었다. 처음 알랑을 만났을 때, 그가 지었던 어이없다는 표정이 다시 떠올랐다. 그런데 파리 시내에서도 가장 비싼 집이 모여 있는 시테섬이라니, 믿을 수가 없었다. 시테섬에는 프랑스인 모두가 사랑하는 노트르담성당뿐 아니라 루브르박물관, 오르세미술관이 있고 아름다운 센강까지 바라다볼 수 있기 때문에 그곳에 집 한 채를 소유하는 것은 많은 프랑스인들의 로망이었다. 수많은 생각이 스쳐 지나가는 사이 우리는 그 집 앞에 당도했다.

겉만 봐도 족히 백 년은 넘은 집이었다. 건축가라는 직업 덕분에 지어진 방식에 따라 어느 시대의 건물인지, 건축가는 누구인지 대략은 알 수 있었다. 그리고 내부는 많이 낡았을 것이라 추측할 수 있었다. 프랑스 파리는 건물이 낡아도 쉽게 보수 공사를 허락하지 않을 정도로 변화를 쉽게 받아들이지 않는다. 그런 이유로 오랫동안 예전 그 모습을 지킬 수 있었던 것이다. 공사 진행 허가가 나더라도 거주자의 편리를 위해서가 아니라, 도시와 문화재 보호를 위해 그리고 후손에게 그대로 남겨주기 위해서 허가를 내준다. 그런 이유로, 겉모습이 고풍스러운 저택들은 내부가 많이 낡아 있다. 결국 주인에게 건축 역사에 대한 자긍심이 없다면 이 오래된 건물은 그냥 애물단지일 뿐이다.

이 집의 정문은 오래된 나무로 만든 문이었다. 3미터는 족히 넘을 큰 문은 두 짝으로 이뤄져 있었다. 상단부에는 구멍이 뚫려 있었고 철제로 된 음표 모양의 장식이 틀에 끼워져 있었다. 쇠 장식 틀에는 거미줄과 먼지가 엉겨 붙어 있어 음산한 분위기였다. 구멍 위로는 사람의 두상이 조각되어 있었다. 문짝 두 개에 각각 한 명씩 다른 형상의 두상이었는데, 조각상의 나무 상태는 매우 양호했지만 문의 아랫부분은 오래되어 누렇게 닳고 일부는 썩어 있었다.

오랜 시간 동안 빗방울을 견뎌온 하단보다는 상대적으로 비를 덜 맞았을 상단의 나무 상태가 좋은 것은 어찌 보면 당연했다. 그러나 이상한 점은 이 두 문짝의 하단 상태가 서로 다르다는 점이다. 왼쪽 문짝이 오른쪽보다 훨씬 더 망가져 있었다. 얼핏 보아도 오랫동안 관리가 되지 않은 집이라는 것을 충분히 알 수 있었지만, 두 문짝의 상태가 서로 다른 것은 쉽게 이해되지 않았다.

알랑이 초인종 벨을 눌렀다. 그러나 아무런 대답이 없었다. 다시 한 번, 이번에는 길게 눌렀다. 한 10여 초가 더 흐르고 난 후에 힘없는 여자 목소리가 들려왔다. 나이가 꽤 든 노인의 목소리였다.

"마담 이자벨 파이에? 저 부동산 중개인 알랑입니다. 오늘 약속이 잡혀 있습니다. 집을 보러 오신 분이 건축가입니다."

대답 대신 철컥거리며 잠금 장치가 풀리는 소리가 났다.

"자, 들어가시죠."

"그런데 제가 건축가인 건 왜 밝힌 거죠? 그게 중요한가요?"

"그녀가 원했던 거예요. 자세한 건 그녀에게 직접 들어보세요."

도대체 이게 무슨 꿍꿍이인지? 집을 보러 온 사람의 직업이 무슨 의미가 있다고? 돈만 있으면 되지. 그것도 건축가여야 한다고? 의구심을 안고 건물 안으로 들어섰다.

"오! 이런!"

집 내부는 낡아 있었고 오래된 먼지가 곳곳에 수북이 쌓여 있었다. 청소를 안 한 지 족히 몇 십 년은 된 것 같았다. 아무리 헐값으로 좋은 위치에 집을 사게 된다 하더라도, 이건 도저히 사람이 살기 힘들어 보이는 집이었다. 이 집을 사더라도 분명 고치는 데 꽤 많은 비용과 시간이 들 것이다.

그럼에도 내가 제시한 금액으로는 이런 집을 살 수 없었다. 뭔가 착오가 생긴 것은 아닌지 알랑에게 물어보았지만 그는 모두 확인해 보았다며 나를 안심시켰다.

이런저런 생각에 휩싸일 즈음, 위층에서 이상한 소리가 들려왔다. 마루를 밟을 때마다 또각또각 하는 구두 굽 소리가 울려 퍼졌는데, 띄엄띄엄 간격을 두고 들렸다. 분명 주인이 노인이기 때문에 걸음이 느려서 그랬을 것이다.

그러나 그 또각거리는 소리는 먼지가 가득 쌓인 저택의 분위기와 묘하게 어울려 음산한 느낌이 들게 했다. 마치 공포영화 속 첫 번째 피해자가 내가 될 것 같은 느낌이었다. 소름이 돋기 시작했다. 딸깍거리는 소리가 점점 가까워지고 있었다. 그 소리에 집중하고 있었는데 갑자기 낯선 손이 내 어깨에 내려앉았다.

"아악!"

나도 모르게 비명을 지르고 말았다. 다행히 그것은 알랑의 손이었다.

"아니, 뤼미에르 씨, 왜 이렇게 놀라세요? 얼굴은 또 왜 이렇게 창백해요? 무슨 일 있어요? 저도 깜짝 놀랐잖아요. 괜찮아요?"

"아니, 이 집은요……, 대체……."

"꼭 옛날 유령의 집 같죠? 저도 처음에는 그렇게 생각했어요. 그래도 손을 좀 보면 사람 사는 집 같아질 거예요. 뤼미에르 씨는 건축가니까 더 잘 알겠죠? 자, 주인이 기다릴 테니 2층으로 올라가시죠."

그의 안내로 우리는 계단으로 발걸음을 옮겼다. 아주 오래된 계단이 분명했다. 수북이 쌓인 먼지 위로 마치 눈길에 새겨진 듯한 발자국이 또렷이 눈에 들어왔다. 이 집은 아주 오랫동안 방치된 것이 분명했고 지금 위에 있는 주인도 이 집에 방금 들어온 것임을 유추할 수 있었다. 이상한 건 이뿐만이 아니었다. 계단은 왼쪽 난간에 비해 오른쪽 난간의 높이가 훨씬 낮았다. 마치 난쟁이 혹은 아이들이 잡을 만한 아주 낮은 난간이었다. 웬만한 어른이라면 누구나 허리를 굽혀야만 잡을 수 있을 정도였다.

계단을 오르니 나무 마룻바닥을 밟을 때보다 더 단단한 느낌이 발끝으로 전해져 왔다. 세월의 흔적을 고스란히 머금은 대리석으로 마감이 되어 있어 또각거리는 소리가 아주 작게 들려왔다. 대리석 면은 낡아서 여기저기 균열과 마모가 심했다. 건축가의 호기심이 발동해 잠시 계단을 오르던 발길을 멈추고 웅크리고 앉아 바닥을 유심히 들여다보았다. 알랑이 방금 전 밟고 지나간 발자국 속에, 눌린 먼지를 뚫고 빨간 무언가가 드러났기 때문이다. 먼지가 어찌나 많은지 마치 먼지로 만든 계단 같았다. 손으로 먼지를 걷어내기 시작했다. 묘한 느낌이 드는 계단을 그냥 지나칠 수 없어서 그랬을지도 모른다.

"맙소사!"

손으로 먼지를 걷어내자 와인빛의 대리석이 드러났다. 희귀한 대리석이었다. 물로 잘 닦아내면 반짝거릴 정도로 아름다운 색의 돌계단임이 확실했다. 호기심에 바로 위에 있는 계단의 먼지를 걷어내니, 이번에는 주황빛의 돌이 드러났다. 나머지 계단도 모조리 먼지를 걷어내 확인해 보고 싶어 옷소매를 걷어붙였다. 그때 알랑의 목소리가 저택에 울려 퍼졌다.

"뤼미에르 씨! 뭐 해요? 빨리 와요. 집주인이 기다려요."

그의 다급한 목소리에 나는 황급히 계단을 따라 올라갔다. '백여 년 전의 건축가는 왜 이런 색감이 있는 돌계단에 한쪽이 낮은 난간을 설치했을까?' 하는 궁금증이 갑자기 머릿속을 파고들었지만, 의문을 그대로 남겨둔 채 2층의 마지막 계단을 밟았다.

02

이상한 집주인
그리고 결심

계단을 올라 2층에 오르자 오래되어 보이는 나무 마룻바닥이 한눈에 들어왔다. 아마도 아까 집주인이 여기를 걷고 있어서 딸깍거리는 소리가 온 집 안에 울려 퍼졌을 것이다. 알랑은 방 안에서 나오는 집주인 이자벨에게 나를 소개했다.

"반갑습니다. 이자벨 파이에입니다."

"네, 안녕하세요. 뤼미에르 클레제입니다."

그녀의 목소리는 약간 격앙된 어조였고, 내가 예상했던 모습과는 좀 많이 달랐다. 일단 그녀는 나이가 많은 노인이 아닌 미모의 중년 여인이었다. 머리칼은 짙은 갈색에 눈빛은 도도해 보였고 깨끗한 검은색 정장을 입고 있었다. 낡고 허름한 집의 분위기와는 전혀 다른, 깔끔하고 아름다운 현대적

분위기를 풍겼다. 나는 그녀와 이 집이 도무지 어울리지 않는다는 생각이 들어 참지 못하고 그녀에게 물었다.

"현재 이 집에 살고 계신가요?"

계단에 새겨진 발자국을 보고 그녀가 여기에 살고 있지 않다는 사실을 이미 알고 있음에도 바보 같은 질문을 던진 것이다. 사실 이것은 내가 원하는 질문을 꺼내기 위해 건넨 말이었다. 음악으로 보면 서곡처럼 말이다.

"네? 오, 아니요. 그럴 리가요? 제가 사는 집이었다면 이렇게 방치하지 않았을 거예요. 참, 그보다 건축가시라고요?"

"네. 그런데 제가 질문을 하나 해도 될까요?"

그녀의 대답이 끝나자마자 말머리를 낚아채듯 물었다.

"네? 네……."

그녀는 조금은 당황한 눈빛으로 대답했다. 그녀는 이렇게 먼지가 자욱하고 낡은 나무 냄새가 진동하는 집에서 한시라도 빨리 벗어나고 싶은 것 같았다. 손수건을 입과 코에 연신 가져다 대는 모습을 보니 초조함마저 느껴졌다. 조금 전 스피커폰에서 들렸던 노인의 쉰 목소리는 아마도 손수건으로 입을 막고 말을 했기 때문인 것 같았다. 말하는 순간 입에 먼지가 들어갈까 봐 노심초사하는 모습이 약간 우습기도 했다. 이런 나의 태도를 눈치 챈 듯 그녀가 갑작스레 내게 질문을 던졌다.

"질문하실 시간은 충분합니다. 그보다 이 집에 들어서자마자 제일 먼저 든 생각이 무엇이었는지 묻고 싶네요."

"네? 아, 네……. 조금 당황스럽기는 하지만, 그 질문에 대한 대답은 '호기심'으로 하고 싶네요. 이 집을 지은 건축가에 대한 호기심이요. 좀 전에 올라올 때 보았던 계단의 붉은빛 대리석과 낮지만 품격이 느껴지는 계단 난간이 좀 특별해 보였거든요. 그리고 바깥 대문도요."

그녀는 이어서 무척이나 급한 듯 내 답변이 끝나기도 전에 질문을 이어갔다.

"그럼 이 집이 맘에 드나요?"

"조금 낡기는 했지만, 집 안 곳곳을 돌아보고 싶을 정도로 궁금해지네요. 시간을 주시면 좀 돌아보고 싶은데요."

"된 것 같네요. 그럼 자리를 옮겨서 어디 근처 카페에서 대화를 이어가죠. 더 이상 여기 있을 수 없을 것 같네요."

짜증 섞인 목소리로 그녀는 우리를 밖으로 안내했다. 집 안을 더 돌아보고 싶었지만 그런 기회는 주어지지 않았다.

집 근처 센강이 바라다 보이는 한 카페에서 에스프레소와 산딸기 마카롱을 시켜놓고 집주인은 심호흡을 길게 내쉬었다. 이제야 그 더럽고 짜증나는 집에서 나오게 되어 안도의 숨이 도는 듯 얼굴에는 편안함이 감돌았다.

그러곤 내 질문이나 기분 따위는 안중에 없다는 듯이 도도한 표정으로 말문을 열었다.

"제대로 된 소개가 늦었네요. 저는 집주인 피터 왈처 씨의 대리인 이자벨입니다. 자, 그럼 피터 씨가 부탁하신 질문을 드리겠습니다. 첫 번째 질문은 이미 했었죠? 아까는 집이 너무 더러워서 더 이상 안에 있을 수가 없었어요. 이렇게 부득이하게 외부에서 이야기하는 점, 이해 바랍니다."

그녀는 집주인이 아니었다. 조금 놀랐지만 파리에서 가장 비싼 금싸라기 땅을 소유한 주인이라면 거부일 텐데, 역시 직접 나올 리 없었다. 어찌 보면 충분히 이해가 가는 상황이었다. 그녀는 급하고 사무적인 어조로 말을 이어갔다.

"이 집을 사신다면 집을 어떻게 하실 건가요? 수리는요?"

"집이 좀 넓으니 조금씩 수리를 해야겠죠. 시간이 많이 걸릴 것 같지만 그래도 제가 직접 손을 좀 보고 싶네요. 건축가로 살면서 저만을 위한 공간을 만들어 본 적이 없었거든요. 인부들을 시키지 않고 천천히 제 손으로 고치고 싶네요."

"집이란 게 뭔가요? 참고로 이 모든 질문은 피터 씨가 새 집주인이 될지도 모를 분에게 물어봐 달라고 하신 겁니다. 저는 뤼미에르 씨의 답변을 기록해서 전달만 해드려요."

"그런데 왜 이런 질문을 하는 거죠?"

무시하는 듯한 표정과 말투로도 모자라 대놓고 공격적인 질문만 하고 있었기 때문에 적잖이 당혹스러웠다.

"설명을 듣고 오신 거 아닌가요?"

그녀는 알랑의 얼굴을 쳐다보며 눈을 크게 치켜떴다. 당황한 알랑은 시간이 없어서 미처 자세한 설명을 하지 못했다고

장구한 설명을 했고, 그건 내가 약속 시간에 늦어 그런 것이라고 일러바치듯 떠들었다. 기분이 조금 언짢았지만 시간을 지키지 못한 내 잘못이니 이자벨에게 사과하고 다시 설명을 부탁했다.

"그랬군요. 알겠습니다. 그럼 간단히 설명해 드리죠. 이 집은 피터 씨의 아버님이 살던 집입니다. 피터 씨의 어린 시절 추억도 담겨 있는 소중한 집이죠. 그러나 아버님이 돌아가시고 나서 피터 씨도 외국에서 지내셨어요. 그리고 몸이 아프신 이후로는 지금까지 쭉 요양원에 계셨기 때문에 집을 관리해 줄 사람이 없어서 이렇게 방치되었죠. 50년이 넘은 것 같군요. 현재 피터 씨의 건강이 점점 더 안 좋아지고 있기 때문에 이 집에 오실 수가 없습니다. 그리고 절대 안정이 필요하다는 의사의 진단이 있었습니다. 그래서 피터 씨는 이 아끼는 집을 잘 가꿔줄 분을 찾고 있어요. 판매 가격보다 더 중요한 조건이 이 집을 얼마큼 잘 이해하고 가꿀 수 있는가 하는 점입니다. 그런 분께 집을 드리고 싶답니다. 지금 제가 이런 자세한 말씀을 드리는 이유는 뤼미에르 씨가 첫 번째 질문을 통과했기 때문입니다."

"어떤 질문에 통과했다는 거죠?"

그녀의 말에 의하면 피터 씨는 이 낡은 집을 좋게 봐주는 사람을 찾고 있다고 한다. 내가 만약 마음에 안 들어서 싹 고치고 싶다고 말했다면 나에게 이런 설명을 하지 않고 조용히 끝냈을 것이라고……. 그리고 조건이 하나 더 따라붙었다. 집주인인 피터 씨를 직접 만나러 가야 한다는 것이었다.

피터 씨는 스위스 루체른의 왈처요양병원에 있었다.

이자벨은 나 외에 어떤 지원자가 있었는지 묻는 질문에는 답을 해주지 않았다. 오히려 내가 들은 모든 이야기에 대해 비밀을 지켜야 한다는 서명을 요구했다. 조금 망설이기는 했지만 왠지 모를 호기심과 헐값에 금싸라기 땅의 집을 살 수 있을지도 모른다는 기대감에 그렇게 했다. 무엇보다 이런 이상한 절차를 밟게 하는 피터 씨라는 사람을 만나보고 싶었다. 그 이상도 이하도 아니었다. 나는 어느새 집을 보러 온 사람이 아니라 그 집에 살던 집주인에 대한 호기심 가득한 사람으로 바뀌어 버린 것이다. 아니, 솔직히 지금 돌이켜 생각해 보면 그때 나는 헐값에 집을 사겠다는 사심이 더 컸던 것 같다.

며칠 후, 우편으로 스위스 루체른행 기차 1등석 표와 호텔 예약권, 왈처요양병원 약도, 그리고 5천 유로의 수표가 담긴 봉투를 받았다. 그 봉투 안에는 한 장의 편지가 있었다.

안녕하십니까? 저는 피터 왈처라는 사람입니다. 당신과의 즐거운 시간을 기대해 보겠습니다. 부디 제 초대에 응해주시면 감사하겠습니다.

아주 짧은 글귀였다. 그러나 나는 그 글귀 속에서 약간의 의심과 기대감이 교차함을 은연중에 느꼈다. 즐거운 시간을 기대 '하겠다'가 아니라, 기대해 '보겠다'고 쓴 것을 보면서 그의 미묘한 감정을 읽을 수 있었다.

평소에도 주위의 모든 사물을 민감하게 느끼고 관찰하는 나였다. 직업병일지도 모르겠다. 남들이 모두 부러워하는 직장에 있음에도 불구하고 나는 언제나 눈치를 보며 지내고 있었다. 건축 설계만 하면 되는 것이 아니라 고객과 회사 임원들의 비위도 맞춰주어야 하는 처지였다. 그들이 원하는 말을 던져주면 이후에는 모두 나를 멋진 사람으로 기억하게 된다. 나쁘게 본다면 진심이 없는 사람이지만 좋게 말하면 사업 수완이 좋은 사람. 그게 바로 나였다.

하지만 이런 의도된 대인관계는 즐겁지 않았고 매번 봉사하는 마음으로 진행될 뿐이었다. 회사의 모든 업무가 끝나고 나서야 나는 비로소 평온함을 느꼈다. 겉으로는 인정받는 건축가에 부러울 것 없는 사람으로 비쳤지만 내면은 언제나 공허했다. 내가 원했던 꿈이 무엇이었는지 기억도 나지 않았다. 진정 마음을 터놓고 이야기할 친구조차 없었다. 그렇게 살다 보니 주변 사람들의 진심도 믿지 못하게 되었고 나 또한 진심을 다하지 않는 그런 사람이 되어버렸다.

그저 돈을 벌어다 주는 생계 수단으로 건축을 하며 몸도 마음도 지쳐가고 있을 무렵이었다. 이렇게는 더 이상 살 수 없어서 잠시 시간을 갖고 자신에 대해 생각해 보기 위해 무작정 한 달짜리 휴가 신청서를 냈다. 그런 와중에 나를 위한 처음이자 마지막 건축을 하기 위해 집을 알아보던 중 이런 일이 생긴 것이었다.

이 기회를 놓치지 않기 위해 피터 왈처라는 사람에 대해서 알아봐야 했다. 인터넷만 활용하면 별로 어렵지는 않을 것이다. 이 정도 거부라면 인터넷에 정보가 있을 것이라고 확신했다.

검색창에 피터 왈처를 입력했다. 여러 명이 검색되었지만, 부자라는 것을 감안하면 두 명으로 추려졌다. 그리고 파리에 거주했다는 사실까지 대입해 보니 최종적으로 한 명이 남았다. 약 서너 시간에 걸쳐 확인 작업에 들어갔지만, 대리인이었던 이자벨과의 연관성을 찾지는 못했다. 결국 별다른 소득이 없었다.

그렇게 시간을 보내다 보니 어느덧 저녁 시간이 되었다. 다음 날부터 휴가인지라 자리를 비우더라도 프로젝트가 잘 진행되도록 업무를 정리해야 했다. 그런데 피터 왈처를 검색하느라 예상보다 더 많은 시간을 허비한 상태였다.

업무 인수인계 자료가 거의 정리되어 갈 무렵, 술을 한잔 하자는 친구의 연락을 받고 모두가 퇴근한 텅 빈 사무실을 나섰다. 사무실의 불을 전부 끄자 허무함이 순식간에 몰려왔다. 지금껏 열심히 살아왔는데 정작 내게 남겨진 것들을 보니 너무나도 초라하게 느껴졌다. 무거운 발걸음을 이끌고 선술집을 향하는 골목으로 들어서자 불현듯 현실에서 탈출하고 싶은 마음이 솟구쳤다. 그래서였을까? 나는 갑자기 걸음을 멈추고 휴대전화로 이자벨에게 전화를 걸었다.

"안녕하세요. 뤼미에르 클레제입니다. 저녁에 방해가 되지 않았는지 모르겠군요. 죄송합니다."

"아닙니다. 괜찮습니다. 그보다 우편물은 잘 받으셨죠? 결정은 내리셨나요?"

나는 이 답답한 상황을 내던지듯, 마치 탈출하려는 수용수처럼 힘주어 대답했다.

"네, 초대에 응하겠습니다. 피터 씨를 만나보겠어요."

"그럼 언제 가능할까요? 내일 당장 어떠세요?"

"지금 밤 기차를 타고 새벽에 스위스 루체른에 도착하도록 하겠습니다."

"원하시면 그러셔도 좋습니다. 언제든 탑승할 수 있는 티켓을 보내드렸으니 지금 당장 타고 가셔도 될 거예요. 그럼 내일 연락드리겠습니다."

나도 모르게 순간적으로 감정을 앞세워 말해버렸다. 이자벨과 통화가 끝나자마자 바로 친구에게 전화를 걸었다. 갑자기 급한 볼일이 생겨서 못 가게 되었다고 말하고는 짐도 챙기지 않은 채로 파리 동역으로 향했다. 나는 숨이 찰 정도로 역까지 헐떡거리며 달렸다. 사무실에서 역이 그리 멀지 않았지만 왠지 빨리 이 상황에서 탈출하고 싶었다.

한 10분을 뛰어 파리 동역에 도착하니 가슴이 터질 것처럼 아프고 허벅지는 부들부들 떨리고 있었다. 가쁜 숨을 몰아쉬며 역 창구에서 스위스행 야간 열차표를 끊었다. 피터 씨가 보내준 자유 티켓은 창구에서 인증 스탬프를 찍어야만 사용할 수 있는 표였다.

기차가 출발하는 밤 11시 20분까지는 아직 20분 정도 시간이 남아 있었다. 나는 플랫폼에서 기차를 기다리는 몇몇 사람들과 함께 아직 쌀쌀한 봄추위에 떨었다. 코트의 깃을 목까지 세우고 두 손을 모아 입김을 불며 추위와 씨름했다. 그들에게는 크고 작은 여행 가방이 있었지만 나에게는 작은 서류 가방이 전부였다는 점이 차이라면 차이였다. 나는 마치 도망자 같았다. 아무 준비도 없이 헐레벌떡 달려왔으니 말이다. 기다리는 20분도 내게는 길게만 느껴졌다. 얼른 이곳에서 벗어나 기차에 올라야만 이 감정이 좀 수그러들 것 같았다.

기차는 제시간에 딱 맞추어 플랫폼에 도착했다. 열차에 오르자마자 자리를 찾아 열차 안 복도를 두리번거렸다. 몇 번 타본 적이 있는 일등석이지만 왠지 조금 낯설었다. 배정된 좌석은 작은 특실이었다. 특실은 처음이다. 문을 열어보니 큰 창이 한눈에 들어왔고 히터에서 따뜻한 바람이 불어왔다. 들어서자마자 가방을 한쪽에 던져두고 외투를 벗어 자리에 앉아 다리를 쭉 펴니 마침내 살 것 같았다. 내친김에 아무도 없으니 신발을 벗고 편하게 앉았다. 발가락을 꼼지락거리며 비로소 자유의 순간을 만끽하고 있을 때였다.

"휴우, 이제 좀 살 것 같네……."

그때였다. 똑똑 노크하는 소리에 깜짝 놀라 황급히 신발을 신었다.

"서비스입니다. 샴페인 한잔하시겠습니까?"

"아, 네! 주세요."

기차가 출발 소리를 내면서 서서히 파리의 동역 플랫폼을 떠나기 시작했고 그와 동시에 내 마음도 안정을 찾아가고 있었다. 창가를 멍하니 바라보니 파리의 화려한 불빛이 눈에 들어왔다. 깜깜한 도시의 화려한 불빛은 기차가 속도를 내자 점점 작아졌고 그것은 나를 배웅하는 날쌘 반딧불처럼 보였다. 손을 뻗으면 닿을 것 같은 작은 반딧불.

한 10여 분을 달린 끝에 파리 교외를 벗어나자 바깥세상은 빛줄기 하나 없는 칠흑 같은 어둠뿐이었다. 철커덕거리는 기차 소리뿐 모든 것이 고요했다. 실내등을 끄자 갑자기 창밖으로 밤하늘의 별빛들이 나타났다. 나를 위로하는 듯한 밤하늘에 긴장했던 마음이 녹아서일까? 나는 이내 언제 잠든지도 모른 채 꿈속으로 빠져들었다.

그리고…….

그를 처음 만났다. 그는 자신의 이름을 말하지 않았다. 하지만 나를 오래전부터 알고 있었다고 했다. 그가 나에게 할 말이 있다면서 내 귀를 빌려달라고 했다…….

경적 소리에 놀라 눈을 떴다. 머리를 창가에 대고 잠이 들어선지 창가에 맺힌 새벽이슬에 머리가 시원했다. 창문을 위로 열어 보니 밖은 벌써 새벽의 서늘한 기운으로 가득했다. 꿈속에서 만난 이상한 그 남자……. 기분이 묘했지만 대수롭지 않게 여겼다. 이곳이 어디쯤인지 알아보기 위해 차창 밖을 살폈다.

루체른이라는 역 푯말이 눈에 들어왔고 그와 동시에 기차는 출발 신호를 내며 서서히 플랫폼에서 움직이기 시작했다. 순간 나는 너무 놀라 신발을 제대로 신을 겨를도 없이 부랴부랴 구겨 신은 채로 가방을 들고 미친 사람처럼 기차의 복도를 달렸고, 잠겨 있던 기차 문을 힘차게 열었다.

열린 문 사이로 플랫폼이 움직이고 있었다. 주저할 틈도 없이 가방을 플랫폼으로 던지고 뒤이어 몸을 던졌다. 안정적으로 착지할 줄 알았던 내 몸뚱이는 기차의 관성에 못 이겨 뒤로 꼬꾸라지고 두 바퀴를 구르고 나서야 멈춰 섰다. 온몸이 아팠지만 나를 바라보는 주변의 시선이 더 창피했다. 역무원이 놀란 표정으로 곧장 다가와 물었다.

"괜찮으세요? 다치진 않으셨어요? 그렇게 달리는 기차에서 뛰어내리는 건 정말 위험해요!"

그는 놀란 가슴을 쓸어내리듯 계속 한숨을 쉬며 말했다.

나는 상황을 모면하기 위해 어색한 표정으로 급한 척 도망치듯 역을 빠져나왔다. 창피한 마음에 얼굴까지 붉어진 터라 온몸이 후끈거렸다. 루체른의 차가운 새벽바람이 춥기는커녕 오히려 시원하게 느껴질 정도였다.

마침 역 맞은편에 있는 카페가 눈에 들어왔다. 허기가 느껴져 주저하지 않고 카페로 향했다. 새벽이라 그런지 실내는 어둑했고 아침 장사를 준비하는 분위기였다. 주방장으로 보이는 사람이 신선한 채소를 들고 내 앞으로 지나가면서도 내가 들어온 것에 대해 크게 개의치 않았다. 머뭇거리는 내 모습을 본 점원이 내게 말을 걸어왔다.

"아직 오픈할 시간은 아니어서 식사는 안 되지만 크루아상과 커피는 준비해 드릴 수 있습니다. 괜찮으시겠어요?"

허기진 상태라 뭐라도 요기를 할 수 있으면 그만이었다. 크루아상과 에스프레소를 주문하고 가방 속에서 초대장을 꺼내 들었다. 초대장의 주소를 확인하고는 음식을 가져다준 직원에게 물었다.

"왈처요양병원으로 가려고 하는데, 어떻게 가야 하는지 아시나요?"

"음…… 여기는 교통편이 좋지 않아서 여러 번 갈아타고 걸어서 올라가야 하는 곳인데요, 아! 맞다. 잠시 후면 빵을 배달하러 뱅상 씨가 이곳을 지날 거예요. 그분께 부탁해 드릴까요?"

"네? 그렇게 해주시면 저야 감사하죠."

잠시 후 뱅상이라 생각되는 사람이 구수한 바게트를 가슴에 한 아름 안고서 카페로 들어오자, 친절한 직원은 그에게 나를 소개해 주었다. 직원에게 팁을 주고 남은 크루아상을 포장한 후 뱅상 씨의 차를 얻어 탔다.

피곤한 차였던지라 나도 모르게 그만 조수석에서 잠이 들고 말았다. 눈을 떴을 때는 오래되고 낡은 뱅상 씨의 차가 털털거리는 소리를 내면서 간신히 가파른 언덕의 급경사를 오르고 있었다. 언덕 옆은 아찔할 정도로 가파르고 위험한 절벽이었다. 자칫 잘못해서 차가 뒤로 미끄러지기라도 하면 어쩌나 하는 걱정이 들 정도였다. 그래도 그 털털거리는 소음 덕분에 말없이 몇 십 분이 지났음에도 침묵이 어색하지 않았다. 그 침묵을 깨고 뱅상 씨가 내게 물었다.

"그나저나 왈처요양병원은 왜 가시는 겁니까? 누가 불치병에 걸린 건가요?"

"불치병이요?"

"아, 모르셨나요? 불쾌하셨다면 죄송합니다. 그런데 여기서는 그 요양병원을 외로운 부자들의 무덤이라고 부르거든요. 그래서……."

그는 말끝을 흐렸다. 나는 호기심에 다시 물었다.

"외로운 부자들의 무덤이라니요?"

"제가 괜한 말을 했나 보군요. 여기 사람들은 그 호화로운 병원을 그렇게 부릅니다. 죄송합니다. 제가 주책이네요."

"아닙니다. 저는 찾아 뵐 사람이 있어서 만나러 가는 겁니다. 실례가 되지 않는다면 그 이야기를 좀 더 자세히 해주시겠습니까? 저에게 좋은 참고가 될 것 같아서요."

뱅상 씨는 주저했지만 내가 연거푸 되묻자 마지못해 중얼거리듯 입을 열었다. 그의 말에 따르면 왈처요양병원은 최고급 시설을 갖춘 요양병원으로, 마치 거대한 호텔같이 방이 꾸며져 있고 돈이 많이 들어 아무나 갈 수 없는 병원이라는 소문이 있다고 했다. 그토록 호화로운 이유는 가족 없이 불치병에 걸린 자들이 찾는 마지막 장소이기 때문이라고 했다. 곧 세상을 떠날 마당에 돈은 의미가 없으므로 막대한 비용을 지불하면서라도 그곳에 머문다는 것이다.

그러나 나는 의문이 들었다. 그런 사람들이라면 의사를 고용해서 자기 집에서 편하게 마지막을 보낼 수도 있지 않을까? 하지만 뱅상 씨의 대답을 듣고 이해가 되기도 했다. 가족이 없는 데다 불치병에 걸린 부자들에게 가장 큰 두려움은 외로움이기 때문이다. 왈처요양병원은 그들의 외로움을 달래주고 치료해 주는 병원이었던 것이다. 외로운 불치병 환자들이 대부분이어서 손님이 찾아오는 경우는 극히 드물었다. 교통편이 딱히 없는 이유도 바로 이 때문이라고 했다. 거기다 유령까지 나오는 병원이라는 허무맹랑한 소문과 갖가지 괴상한 이야기까지, 그의 말을 전부 믿기는 힘들었지만 그

병원이 도시의 사람들과 접촉이 거의 없다는 것은 확실했다. 내지인들의 왕래가 없었기 때문에 이런 왜곡된 소문이 퍼져 나간 게 아닐까 싶었다.

함께 이런저런 이야기를 나누던 뱅상 씨가 이야기를 끊고 말했다.

"저기 벌써 병원이 보이네요. 거의 다 도착했습니다."

그의 눈빛이 향한 곳에는 아주 오래되어 보이는, 병원이라기보다는 수도원이나 저택쯤으로 보이는 건물이 서 있었다. 건물의 전체를 파악하기에는 건물이 너무 언덕바지에 자리 잡고 있었다. 겨우 건물의 한 면만 제대로 보였다. 그 주위로는 건축물의 잔해가 널브러져 있었는데 마치 로마의 포로 로마노에서 폐허가 된 유적을 접하는 것 같았다.

덜덜거리던 배기음이 멈추자 갑작스러운 고요함 때문에 어색해졌다. 뱅상 씨는 양손으로 바게트를 집어 들고 나는 서류 가방을 챙겨 차에서 내렸다. 덜컹거리는 차 안에서 볼 때와는 달리 진동이 없는 땅바닥에 서서 그런지 건물이 좀 더 자세히 눈에 들어왔다.

이곳에 오면서 상상했던 병원은 담벼락이 높고 철문으로 출입을 통제하는 모습이었으나, 실제로는 어떤 담도 철문도 없는 데다 아름답고 따뜻한 빛줄기를 반사시키는, 오래됐지만 정감 어린 건물이었다. 또한 오래된 저택 혹은 수도원 건물을 개조해서 병원으로 쓰고 있는 것 같았다. 중세 수도원

건축 양식이 고스란히 반영된 옛 건물이었다.

마당에는 이미 봄기운이 퍼져 푸른 새싹이 곳곳에서 힘차게 자라 올라오고 있었다. 건물이 언덕바지에 자리 잡고 있어 탁 트인 알프스의 아름다움을 느끼기에는 그만이었다. 한여름이면 얼마나 생기가 넘치고 아름다울지 눈을 감고 잠시 상상해 보았다. 눈을 감으니 차가운 바람 속에 숨어 있는 아주 여리고 미지근한 실바람이 얼굴을 살짝 스쳐 지나갔다. 바람이 더 이상 차지 않을 때가 오면 이곳은 온통 푸름으로 덮이게 될 것이다. 아, 얼마나 아름다울까! 그런 상념에 잠겨 나도 모르게 발걸음을 멈춘 채 그 자리에 서 있었다. 멀리서 작은 메아리가 들려오는 것 같았다.

"괜찮나……요……? 괜찮으세요?"

정신을 차려보니 뱅상 씨가 나를 부르는 소리였다.

"아이고, 죄송합니다. 너무 아름다워서 잠시 환상에 빠졌네요. 자, 가시지요."

"하하하하, 이해합니다. 이곳의 풍경은 정말 환상적이죠. 사람을 위로하는 곳 같아요. 참, 그리고 아까 제가 말씀드렸던 이 병원에 관한 소문은 비밀입니다."

그는 약간 안절부절못하면서 내게 비밀을 지켜줄 것을 요구했다.

처음에는 이 병원이 낯설고 도심에서 멀리 떨어진 곳에 있는 병원이라 해서 부정적인 선입견이 있었다. 하지만 막상 직접 찾아와 보니 병원의 위치만큼은 최고라는 생각이 들었다. 어째서 이곳이 외로움을 치료하는 병원인지 그제야 이해가 되었다.

그의 안내로 병원의 정문에 들어섰다. 문은 나무로 되어 있었고 아주 오래되어 보였다. 눈높이쯤에 유리로 된, 창이 있는 문이었다. 유리의 두께는 너무 불규칙해서 내부가 잘 보이지 않았고 내부의 흐릿한 금색 불빛이 몽환적으로 흔들렸다. 유리를 보호하는 창살은 요즘 흔히 볼 수 있는 차갑고 예리한 모습이 아니라 자유로운 곡선으로 만들어진, 장인의 손길이 느껴지는 창살이었다. 창살 너머 울퉁불퉁한 유리창에 비친 금색 불빛이 나를 유혹하는 것 같았다. 매혹적이고 독창적인 문이었다. 비록 문 주변으로 뿌연 먼지가 쌓여 있었지만 오히려 오랜 세월의 흔적과 그 아름다움에 깊이를 더하고 있었다.

요즘과 다르게 과거 집들의 문은 오직 하나뿐인 형태로 존재했다. 마치 세상에 똑같은 사람이 한 명도 없는 것처럼 문 또한 그랬다. 문은 세상에서 오직 하나뿐인 그 집의 얼굴이기 때문이다. 오래된 저택의 문 앞에 서면 그 집과 첫인사를 나누는 기분이 드는 이유도 이 때문이다. 각각의 문들은 서로 다른 말투로 인사를 건넨다. 때론 무섭게, 때론 무표정하게, 때론 웃음 지으며……. 사람의 표정과 닮은 존재, 그게 바로 대문이다.

예를 들면 성당의 문은 인자하면서도 무서운 듯한 표정을 짓는다. 그 문에 새겨진 조각상들을 보면 인간의 희로애락이 모두 담겨 있는 듯하다. 바라보는 사람에 따라서 전혀 다른 감정을 느끼게 되기도 한다. 또 어떤 저택의 문 앞에 서면 유쾌한 웃음을 짓고 있는 조각상이 우리를 반긴다. 밝게 이빨을 드러내며 우스꽝스러운 미소를 짓는 조각상을 보면 그 집에 들어서기 전부터 기분이 즐겁고 편한 마음이 든다. 반면 어떤 저택의 문에 새겨진 조각에는 엄숙함이 드리워져 있다. 그 문 앞에 서면 누구나 조심스러워진다. 바로 이런 것이, 문이 우리에게 주는 첫인사이자 첫인상이다.

왈처요양병원의 문에 특별한 표정을 짓는 조각상은 없었지만 오래된 유리창에 비친 불빛이 무언가 비밀을 간직한 채 내게 미소로 인사를 건네는 것만 같았다.

똑똑똑…….

뱅상 씨가 문을 두드리는 소리에 순간 나는 이성을 되찾고 이곳에 왜 왔는지 떠올렸다. 마음속으로 정신을 번쩍 차리자고 외치고는 흐트러진 옷매무새를 바로잡았다. 후문이 삐꺼덕거리는 소리를 내면서 열렸다. 중년의 여자 한 명이 문을 열어주었다.

"오, 매번 감사합니다. 뱅상 씨. 오늘도 언제나처럼 향긋한 빵들이네요. 잠시 들어와 차 한잔하시죠. 자, 어서요."

그녀는 나를 뱅상 씨의 일행이라 생각했는지 가볍게 눈인

사만 건네고 저택 안으로 안내했다.

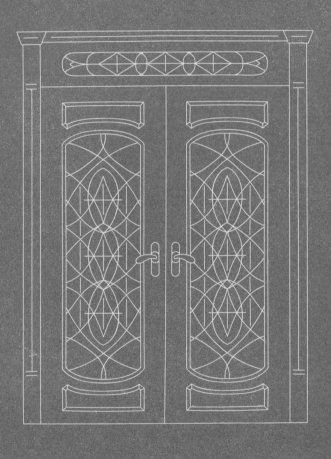

03

이상한 병원과
그들

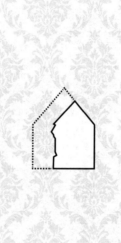

삐꺼덕거리는 문지방을 넘으면서 아래를 보니 바닥이 잔디밭이었다. 풀과 꽃들이 자라는 땅이었다. 이게 무슨 일이지? 분명 나는 실내로 들어섰는데 다시 바깥이라니? 그러나 놀라움은 여기서 그치지 않았다. 위를 바라보니 햇볕이 강렬하게 내리쬐고 있었다. 보통 중세의 유럽식 저택이나 수도원의 입구에 들어서면 어둡고 침침한 복도가 나와야 하는데, 이곳은 무엇이란 말인가? 내가 꿈을 꾸고 있는 건가? 두 눈을 비비며 다른 생각에 빠져 걸음을 멈춘 사이, 뱅상 씨와 중년의 여인은 열 발자국 정도 앞에서 나를 기다리고 있었다.

"왜 그러시죠? 이쪽으로 오세요."

그녀의 목소리에 갑작스러운 의구심을 접어두고 그들을

따라 살롱에 들어섰다. 살롱에는 검은색 옻칠이 된 크고 긴 나무 테이블이 하나 있고 그 주위로 오래되어 보이는 검은 가죽 소파 여러 개가 놓여 있었다. 그녀는 차를 준비하기 위해 부엌으로 향했고 나는 그 검은 가죽 소파에 앉아 주위를 둘러보았다. 이 거대한 저택에 빛이 이렇게 많이 들어오는 이유는 건물이 폐허이기 때문이었다. 강렬한 빛과 어둠이 절대 공존할 수 없다는 듯이 그 안에서 극명하게 대립하고 있었다. 세계대전의 폭격으로 폐허가 되어 오랫동안 방치되었던 독일의 저택에 방문했던 기억이 떠올랐다. 건물 내부의 지붕과 벽이 파괴되어 내부와 외부의 경계가 사라지고 그 사이로 빛이 들어와, 내부에 있는데도 외부에 있는 것처럼 느껴지는 곳이었다. 그러나 그 건물에는 사람이 살지 않았다. 여기 이 병원의 내부는 그곳과 달리 바깥보다 오히려 따뜻했다.

천장을 보니 큰 틈과 구멍이 많았다. 그 찢어진 틈새 중 일부는 천장에서 끝나지 않고 내벽에까지 이어져 있었다. 마치 당장이라도 무너질 것 같은 기세였다. 그리고 그 틈 사이로 따뜻한 빛줄기가 떨어져 내려왔다. 벽과 천장 곳곳에는 비스듬한 거울이 여럿 걸려 있었다. 곧 무너져 내릴 것 같은 두려움과 따뜻한 빛줄기 속의 안도감이 동시에 느껴지는, 무어라 정의 내릴 수 없는 이상한 곳이었다.

차를 가지고 돌아온 그녀는 이어서 말을 건네 왔다.

"뱅상 씨는 자주 뵈었지만 이 젊은 분은 처음 보는데 같이 일하시는 분인가 봐요? 저는 여기 왈처요양병원 원장 크리스티나 도브르입니다. 편하게 크리스 부인이라고 불러주세요."

"원장님, 이분은 병문안을 온 손님입니다. 막셈카페에서 부탁을 받아 여기까지 모시고 왔어요. 여기 교통편이 불편하잖아요."

"아, 그러시군요? 제가 실례를 했네요."

"안녕하세요. 인사가 늦었네요. 저는 뤼미에르 클레제라고 합니다. 피터 씨와 오늘 오후 약속이 되어 있습니다. 정확한 시간은 정해지지 않았고요."

"아…… 저런…… 이걸 어떻게 말씀드려야 할지……. 피터 씨랑은 어떻게 아는 사이신지 여쭈어 봐도 될까요?"

"아, 네. 개인적으로는 한 번도 뵌 적이 없습니다. 일 때문에 만나 뵙기로 되어 있거든요. 비서 이자벨 씨의 소개로 오게 되었습니다."

"네. 그러시군요. 그런데 어쩌죠? 어제 갑자기 건강 상태가 나빠지셔서 지금 면회가 불가능합니다. 말씀도 하실 수 없는 상황이거든요. 가끔 상태가 나빠지시지만 며칠 지나면 다시 좋아지세요. 아시는지 모르겠지만 여기는 불치병으로 오신 분들이 많아서 이런 일이 자주 일어납니다. 바쁜 일이라면 유감스럽네요."

갑작스러운 통보에 당황한 나는 더 말을 잇지 못했다. 그리고 곧 언제 회복될지 모르는 피터 씨를 기다리기보다는 파리로 돌아가야겠다고 마음을 먹었다. 언제가 될지 모르는 만남을 막연히 기다리고 싶지는 않았기 때문이다.

"아닙니다. 제가 타이밍을 잘못 맞췄네요. 어쩔 수 없죠. 그보다 피터 씨의 건강이 다시 호전되기를 바란다고 말씀 좀 전해주세요. 저는 돌아가 봐야겠네요. 뱅상 씨, 내려갈 때도 좀 태워주실 수 있나요?"

뱅상 씨는 크게 웃으면서 승낙했다. 자신도 혼자 가는 것보다는 같이 말동무라도 하면서 가는 게 더 즐겁다고 했다.

때마침 전화벨 소리가 울리자 크리스 원장은 전화를 받기위해 자리에서 일어났다. 뱅상 씨와 이야기를 나누면서 떠날채비를 하려니 건물 곳곳을 구경하지 못한 아쉬움이 들었다. 여러 가지 비밀을 간직한 듯한 이곳에 궁금증이 솟았지만 보안이 중요한 병원을 손님에게 둘러보도록 허가를 내주지 않을 것이 자명했다. 또한 비싼 병원이라고 하니 더더욱 보안이 철저할 것 아닌가.

떠날 채비를 마쳤을 무렵, 원장이 돌아왔다.

"방금 피터 씨의 대리인 이자벨 씨가 전화를 했네요. 괜찮으시다면 뤼미에르 씨가 여기에 좀 머물면서 피터 씨의 상태가 호전되기를 기다리시는 건 어떤지 여쭤봐 달라고요."

"제가 이자벨 씨와 통화해 보겠습니다."

주머니 속의 휴대전화를 꺼내 들었지만 안테나가 잡히지 않았다. 수신 불가 지역이었다. 원장의 말에 의하면 이곳은 지대가 높고 기지국이 없어 휴대전화가 터지지 않는다고 했다. 할 수 없이 병원의 유선 전화기를 이용해야만 했다. 그녀를 따라 응접실에서 나와 긴 복도를 걸었다. 복도는 매우 어두워서 음산한 느낌마저 들었다.

"아까는 전화기가 응접실에서 멀지 않은 곳에 있는 줄 알았는데요. 아닌가요?"

"아, 네. 그건 병원 내 수신 전화입니다. 발신 전화는 제 방에서 쓰시면 됩니다."

무심결에 던진 질문에도 그녀의 대답은 인자하고 여유로웠다. 그러나 그녀의 편안한 답변에도 길고 어두운 복도가 가져오는 불안감을 어쩌지는 못했다.

잠시 후 원장의 집무실에 들어서자 저택 앞의 들판이 보이는 큰 창이 눈에 들어왔다. 아마도 창을 통해 외부인들을 확인하는 것 같았다. 살롱과 달리 약간 어두운 그녀의 집무실은 차갑고 묘한 분위기였다. 병원의 현관에 감도는 따뜻한 분위기와 내부 복도의 차가운 분위기가 동시에 느껴진다는 점이 건축가인 내게는 신선한 충격이었다. 아니, 어쩌면 막연한 불안감일지도 모른다. 건물이 주는 느낌은 그 공간 안에 있는 사람의 심적 변화를 일으키기 때문이다.

가능하다면 이 병원을 만든 건축가를 만나서 물어보고 싶을 정도로 호기심이 드는 이상한 공간이었다. 어떤 생각으로 이렇게 지은 것일까.

저택에 들어서면서부터 자꾸 생각이 많아졌다. 여러 가지 생각들이 갑자기 몰려와 잠시 멍하게 멈춰놓기도 하고 놀래기도 하며 두려움에 압도되기도 했다. 복잡한 생각이 머릿속을 떠나지 않은 상태에서 수화기를 들고 이자벨에게 전화를 걸었다. 수신음이 한 번 울리자마자 그녀가 기다리고 있었다는 듯 전화를 받았다. 그녀는 또박또박 상황을 설명하며 내가 좀 더 이곳에 머물면서 피터 씨를 만나고 가기를 바란다고 설득하기 시작했다.

"어쩌면 이번이 피터 씨에게 주어진 마지막 시간이 될지도 모릅니다. 충분한 금전적 보상과 기타 체류 비용을 모두 지원하겠습니다."

나는 딱히 해야 할 일도 없고 휴가 중이기 때문에 거절할 이유는 없었지만 바로 대답하면 왠지 나를 무시할 수 있다는 생각이 들었다.

"조금 생각해 보고 결정하고 싶군요."

"네, 그렇게 하시죠. 체류를 결정하시면 크리스티나 부인이 필요한 조치를 해주실 겁니다."

전화를 끊고 다시 어둡고 긴 복도를 지나 따뜻한 온기가 가득한 살롱에 이르렀다. 뱅상 씨는 보이지 않았다. 그는 내가 통화하던 사이에 다음 배달이 바빠 먼저 떠났다고 했다.

"뱅상 씨 차를 타고 내려가진 못하겠네요. 그럼 시내까지 가려면 어떻게 내려가야 하죠?"

"올라오신 가파른 찻길과는 달리 걸어서 내려갈 수 있는 완만한 경사로는 조금 멀리 돌아가셔야 합니다. 이 건물 뒤편에 난 길로 걸어서 4시간 정도 내려가시면 버스 정류소가 나옵니다. 그러나 3시간 후 막차네요. 유감스럽게도 오늘은 힘들 것 같네요."

"네? 오늘은 못 내려간다고요?"

전화 통화로 시간이 지체되어 이곳에서 하루를 묵을 수밖에 없다니……. 뭔가 의도했다는 의심이 들기 시작했다. 지금까지의 모든 과정들을 되짚어 보았다. 부동산에 제안한 나의 터무니없는 가격 조건에 응한 집주인 피터 왈처, 의문투성이의 비서 이자벨, 이상한 요양병원, 그리고 원장 크리스티나.

병원에 들어온 뒤로 단 한 명의 환자도 만나지 못했다는 사실을 직시한 순간 온몸에 소름이 돋았다. 머리에선 식은땀이 흐르기 시작했고, 맞은편에 앉아 있는 원장의 무표정한 모습은 나를 더욱 얼어붙게 만들었다.

"저…… 전 아무래도 내려가야겠네요. 택시를 불러서 내려가면 될 것 같은데요. 꼭 내려가야겠습니다."

"뱅상 씨는 이 길이 익숙해서 별 어려움 없이 운전을 하시지만, 초행길 운전자들은 사고가 많이 나는 길입니다. 그래서 택시를 부르고 싶어도 기사 분들이 오려고 하질 않습니다. 조금 있으면 식사 시간이니 식사하시고 내일 뱅상 씨의 차편으로 내려가시는 게 나으실 거예요. 그렇게 하시죠."

원장의 목소리에는 부드럽고 인자하지만 강요가 섞여 있어서 더 이상 거절할 수는 없었다. 그렇게 하다가는 뭔가 큰일을 당할 것 같다는 생각이 들기까지 했다. 마치 내가 이곳에 머물러야 하는 이유가 있어 어쩔 수 없이 나를 잡아두려는 것처럼 보였다. 점점 커지는 두려운 마음을 진정시키려는데 갑자기 살롱의 문이 열리는 소리가 들려왔다. 그리고 아주 작지만 여러 사람이 발걸음을 옮기는 듯한 소리가 점점 가깝게 들려왔다. 그들의 얼굴은 잘 보이지 않았다. 그러다 갑자기 내 눈앞에 가까이 와서야 하얗게 드러난 얼굴에 나도 모르게 소리를 질러버렸다.

"으아아악!"

"어이쿠 놀라라. 뭐요, 이 사람은? 왜 이렇게 사람을 놀라게 해? 다들 괜찮소?"

순간 나는 뒤로 넘어져 주저앉았고 주위 사람들이 모두 내 주변으로 모여들었다. 주저앉은 상태에서 뺑 둘러 있는 그들을 보니 노인과 간호사 들이었다. 산책을 마치고 식사 시간이 다 되어 병원으로 돌아온 것이다. 얼굴이 보이지 않고 발자국 소리만 들려왔던 이유는 내가 천장 틈 사이로 내리쬐는 빛기둥 안에 앉아 있어 주변이 온통 뿌옇게 보였기 때문이었다. 병원장은 놀라서 내 이마를 짚으며 이것저것 괜찮은지 물어왔다.

"괜찮으세요? 지금 기분이 어때요? 어지럽나요?"

원장과 그들은 내가 잠시 현기증으로 쓰러진 것이라 생각했고 나 또한 그들에게 놀란 이유를 애써 설명하고 싶지는 않았다. 여기저기서 웅성거리는 목소리가 오고 가는 와중에 누군가 외쳤다.

"점심 식사 시간입니다. 자, 어서 드셔야죠!"

식당 요리사인 것 같았다. 그의 우렁찬 목소리 덕분에 나는 이 난처한 상황에서 벗어날 수 있었다. 원장은 내게 방에 가서 좀 쉬고 난 후 식사를 하라고 권유했지만 아직 완전히 의심이 가시지 않은 터라 방에 홀로 있고 싶지 않았다. 아니 홀로 남겨지고 싶지 않았다는 표현이 맞을 것이다.

잠시 후, 길고 검은 테이블에 사람들이 빙 둘러앉았다. 모두 자신의 자리가 있는 듯 자연스럽게 각자의 자리에 앉았다. 원장은 자신의 옆에 빈자리를 내주었고 나는 말없이 그 옆에 앉았다. 노인들은 서로 이런저런 대화를 하고 나누었지만 나는 서먹하게 침묵을 지키고 있었다.

그때였다. 나를 놀라게 했던 빛기둥이 테이블의 한쪽 모서리로 아주 천천히 움직이고 있었다. 육안으론 확인이 안 되지만 좀 전에 내가 서 있었던 자리가 테이블에서 멀지 않았고, 태양이 정오를 향해 가고 있기 때문에 잠시 후면 빛이 테이블을 비추리라는 것을 예상할 수 있었다.

환자로 보이는 노인들은 앉아 있었고 간호사들이 이리저리 분주하게 움직이면서 테이블에 요리를 올려놓았다. 노인들은 부자라기보다는 대가족의 할아버지, 할머니처럼 평범한 느낌을 주었다. 부자들의 얼굴에 드러나는 약간의 거만함도 없는 그저 소박한 표정이었다.

간단한 기도를 마친 후 나는 포크와 나이프를 집어 들었고 약간의 달그락거리는 소리가 났다. 식사 자리에서 자연스럽게 들을 수 있는 작은 소리였다. 그러나 그 순간 모두가 나를 쳐다보았고 원장은 잠시 기다리라는 눈짓을 했다. 조용한 공간에 울린 작은 소리가 이목을 집중시킨 것이다. 그렇게 나를 바라보던 시선은 곧 모두 다른 한 곳을 향하기 시작했다. 바로 테이블 모서리에 앉은 한 노인이었다. 모두가 그 노인의 말을 기다리는 것처럼 보였다. 혹은 그의 기도를 기다리는 것으로 생각했다.

그러나 노인은 고개를 뒤로 돌리고 있었다. 모두가 바라본 것은 그 노인이 아닌 테이블로 향하는 빛기둥이었다. 그 빛기둥은 천천히 움직였다. 그리고 몇 분이 지난 후 빛기둥이 테이블 모서리에 닿자 모두들 무슨 일이 있었냐는 듯 식사를 시작했다.

도대체 무슨 상황인지 이해하기 어려웠다. 나의 당황스러움을 이해한다는 듯이 원장은 고개를 끄덕이며 내게 말을 건넸다.

"자세한 설명은 식사가 끝난 후 해드릴게요. 우선 인사부터 하시죠. 좀 전에는 경황이 없어서 식사를 하면서 인사를

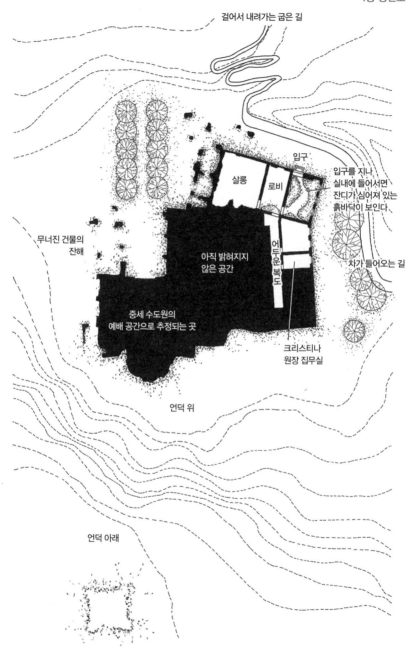

1층 평면도

걸어서 내려가는 굽은 길

살롱

로비

입구

입구를 지나
실내에 들어서면
잔디가 심어져 있는
흙바닥이 보인다

무너진 건물의
잔해

아직 밝혀지지
않은 공간

어두운 복도

차가 들어오는 길

중세 수도원의
예배 공간으로 추정되는 곳

크리스티나
원장 집무실

언덕 위

언덕 아래

하게 되네요. 여러분, 이분은 피터 씨의 손님이세요."

"피터 씨의 손님이라면 건축가겠군요."

모서리에 앉아 있던 노인이 대답했다. 나는 깜짝 놀라서 물었다.

"어떻게 제가 건축가인 걸 아시죠?"

"젊은 친구가 성격이 급하군. 피터 씨를 만나게 되면 곧 알게 될 거라오. 힌트를 주자면, 수수께끼를 잘 푸시게나. 하하하. 오늘 빛기둥이 테이블 모서리를 건드렸으니 내일 엄청난 걸 볼 수 있을 거라오."

"네?"

"곧 알게 될 거요. 자, 식사나 계속합시다."

나는 원장을 쳐다보며 이게 무슨 상황인지 의문 가득한 표정을 지었지만 그녀는 식사 후 이야기해 주겠다는 짧은 말만 남기고 무심하게 식사를 시작했다.

그녀는 도저히 가늠이 안 되는 변덕이 심한 사람처럼 보였다. 처음 뱅상 씨와 이 집에 들어섰을 때는 자상한 표정으로 따뜻하게 말을 건넸지만, 정작 내가 떠나려 했을 때엔 불안과 강요가 목소리에 깔려 있었다. 내가 쓰러진 후 식사 테이블에 앉을 때까지는 다시 자상했지만 내가 질문을 하자 금세 차가운 얼굴로 변했다.

풀리지 않는 의문과 그녀의 변덕 때문에 어떻게 음식을 먹었는지도 모르게 식사 시간이 지나갔다. 식사를 마치고 난 후 원장과 나는 단둘이 집무실로 향했다. 그리고 그녀가 침묵을 깨고 이야기를 시작했다.

"이 저택에 관해 궁금한 점이 많으실 거라 생각해요. 그리고 여기 있는 사람들에 대해서. 물론 저도 포함되겠죠. 그러나 어떤 것도 저희는 답해드릴 수가 없습니다. 그 이유는 이 저택을 디자인하고 설계한 건축가의 당부 때문입니다."

"그 건축가는 누구죠?"

"바로 프랑스와 왈처입니다. 피터 씨의 아버님이시죠. 돌아가신 지는 40여 년 정도 되었습니다."

"피터 씨는 도대체 왜 저를 여기 초대한 거죠?"

"죄송합니다. 그 질문에 저는 드릴 말씀이 없네요. 여기 계시는 동안 불편함 없게 해드리는 게 제가 할 수 있는 전부인 것 같군요."

"저를 여기 가두려는 속셈이 도대체 뭐죠?"

"가두다니요? 내일이라도 뱅상 씨가 빵을 배달하러 올 때 함께 내려가실 수 있어요. 또한 여기 계시는 동안은 동쪽 종탑을 제외한 어떤 공간도 마음껏 돌아다니실 수 있습니다. 뤼미에르 씨는 저희에게 손님이에요. 피터 씨가 초대하신 분이니까요."

그녀는 완강하게 부인했지만, 그녀의 강한 부정은 오히려 더욱 의심이 들게 했다. 화제를 돌려 다른 방식으로 질문을 해야 했다. 다른 표현으로 그녀에게 질문하면 그녀의 의중을 확인할 수 있기 때문이다.

"모든 질문에 답을 해줄 수 없다는 것은, 제가 무언가를 스스로 찾아야 한다는 뜻인가요? 퀴즈처럼요? 이건 일종의 테스트인가요? 테스트라면 뭘 위한 거죠?"

그녀는 이 질문에 잠시 침묵했다. 만약 이 질문에 그녀가 긍정하는 대답을 한다면, 그녀는 어떻게 해서든 나를 여기 머물도록 해야 했던 셈이다. 그것이 나에게는 감금이겠지만 그녀에게는 의도된 접대일 수 있다. 혹은 그녀가 부정적인 답변을 할지라도, 감금이 아닐지언정 나를 여기 잡아두어야만 했으리라는 추리가 맞는지 확인할 수 있다.

"죄송합니다. 쉴 방으로 안내해 드리죠."

원장은 이렇게 묵비권으로 내 질문을 피해 갔다. 자신의 불리함을 막기 위해서이기도 할 테지만, 시간을 벌기 위한 것이기도 하다. 다시 말해 그녀의 행동이 내 질문에 암묵적 대답이 된 것이다. 분명 그녀는 나를 여기에 잡아둘 이유를 숨기고 있었다. 단지 피터 씨의 건강 상태 때문이라면 나는 이 병원이 아니라 시내의 호텔에 묵을 수도 있었다. 병원은 으레 외부인의 출입이 극히 제한되는 곳이다. 심지어 면회 시간도 따로 있지 않은가? 외부인과 함께 유입될 수도 있는 병원균을 통제해야 하는 병원에서 나를 더 붙잡아두려 하는 데에는 분명 다른 감춰진 의도가 있었다. 환자들과 함께 이 병원에 같이 있어야 하는 이유라도 있는 걸까. 어떠한 격리도 없이 자유롭게 병원의 구석구석을 돌아다녀도 된다는 말은 마치 '알려줄 수는 없지만 병원을 보아달라'는 뜻으로 느껴졌다.

물론 나의 질문에 답을 피하는 것에는 답답하고 화가 났다. 어떻게든 이 병원을 떠나려 했다면 방법이 없는 것은 아니었다. 걸어서 내려가다가 지나가는 차를 얻어 타고 시내까지 갈 수도 있었다. 그러나 솔직히 말하면 건축가로서 이 저택에 대한 호기심이 너무나 커져버렸다. 병원이라 칭하기에는 너무 오래되어 마치 수도원이나 대저택처럼 느껴지는 이 공간이 나의 건축가적 호기심을 자극하고 있었다. 그 어떤 의구심이 들더라도 결국 나는 남았을 것이다. 마치 이상하고 묘한 여인에게 마음을 빼앗기기 직전과도 같았다. 비밀스러운 '여인'의 유혹에 넘어가고 만 것이다.

왈처요양병원의 정문은 아름답고 매력적이지만 동시에 표정이 없는 사람 같았다. 무섭기보다는 어떤 식으로도 자신을 드러내려 하지 않는 비밀의 여인 같은 느낌이 들었다. 하지만 문을 열고 들어서는 순간 바깥이라고 착각할 정도로 잔디가 덮인 바닥을 보면서 그녀의 비밀이 아주 깊은 곳에 있음을 직감했다. 이 병원을 감싸고 있는 빛줄기 또한 그녀의 매력을 발산하기에 충분했다. 그녀는 비밀이 많은 미지의 '여인'이었다. 결국 곳곳을 돌아다니며 프랑스와라는 건축가가 만든 이 '여인'을 샅샅이 알아보고 싶었다.

이 매혹적인 '여인'과 다르게 차갑게 변해버린 원장을 따라 3층의 어두운 복도 중간쯤에서 멈춰 섰다. 사실 중간인지는 확실치 않았다. 어두운 복도를 걷고 있었고 끝은 보이지 않았다. 단지 우리가 계단을 올랐다는 사실과 복도의 초입에 남아 있는 약간의 빛줄기 덕분에 그나마 방향을 잡을 수 있을 뿐이었다. 이렇게 어두운 복도에 조명 하나 없다는 점이 놀라웠다. 마치 끝을 알 수 없는 동굴 속으로 들어가는 기분이었다. 동굴 입구의 밝은 빛이 점점 작아지면서 미지의 공간 속으로 빨려 들어가고 있었다. 이 복도에 익숙한 원장에게 의지해 걸었다면 안심이 되었을 법도 하지만, 지금 그녀는 내게 의구심만 더할 뿐이었다. 공간과 사람이 주는 불안감이 극도로 신경을 곤두서게 했다. 몸에서는 찌릿한 느낌과 함께 소름이 돋아났다.

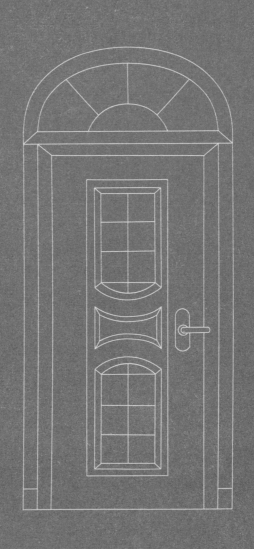

04

닫혀버린
비밀

원장의 안내로 3층 방문 앞에 이르렀다. 돌아온 곳을 바라보니 그나마 약간의 빛줄기가 보였다. 하지만 반대 방향은 마치 깊이를 알 수 없는 블랙홀 같았다. 원장은 아무 말 없이 방으로 들어가라는 눈빛을 보냈고 나는 의심스러운 마음으로 조심스레 문을 열었다. 방 내부는 어두워서 주변이 보이지 않았다. 어둠 속의 또 다른 어둠이 나를 맞아주었다. 창문을 가리고 있던 두꺼운 커튼을 걷자 빛줄기가 눈부시게 쏟아져 내렸다. 공기 속의 먼지가 빛줄기에 생명을 얻은 듯 유유히 떠다니고 있었다.

　짐이라고는 고작 작은 서류 가방 하나였다. 나는 침대에 털썩 앉았다. 너무 긴장을 해서 그런지 주저앉다시피 했다.

문득 건물 구석구석을 돌아봐도 된다는 원장의 말이 떠올랐다. 그렇다면 누가 나를 안내해 준다는 걸까. 의문이 들어 황급히 방문을 나서 원장의 뒤를 쫓았지만 그녀의 모습은 이미 복도에서 사라지고 난 뒤였다.

건물 내부 안내를 부탁하려 했었지만 내심 혼자서 조용히 돌아보는 것도 나쁘지 않겠다는 생각이 들었다. 어딘지 모르게 냉정한 그녀와 동행하는 것도 불편할 듯하고, 혼자 이리저리 둘러봐야 금지 구역도 몰래 들어갈 수 있으니 차라리 잘되었다 싶었다. 출입 금지 구역에 들어섰다가 들키면 몰랐다고, 미안하다고 발뺌하면 그만 아닌가.

방문을 조용히 열어두고 발걸음을 어두운 복도 쪽으로 향했다. 열어둔 문틈으로 빛줄기가 새어 나와 어두운 복도에 작은 조명이 되어주었다. 그러곤 누가 들을까 봐 까치발로 소리 없이 천천히 나아갔다. 복도가 끝나는 공간에 보통 계단실이 있을 것이라는 예상과 달리 그곳은 벽으로 막혀 있었다. 뒤돌아가려는 순간 아주 작은 실바람이 내 손에 닿았다. 막다른 벽 쪽에서 불어오는 바람 같았다. 하지만 사위가 어두워 분별하기는 어려웠다. 눈이 어둠에 익숙해졌을 무렵, 혹시나 하는 생각에 벽을 더듬더듬 짚어보니 이상한 점이 하나 있었다. 이 막다른 벽과 내부 복도의 벽 사이에 마치 문과 문지방 사이처럼 경계가 있는 것이다. 그 좁은 경계로 바람이 날아드는 것이 분명했다. 손으로 두드려 보니 속이 비어 있는 벽이었다. 아니, 이건 벽이 아니라 감춰진 문이 확실했다. 경계 사이로 퀴퀴한 먼지 냄새가 희미하게 흘러들어 왔다. 벽이었다면 바깥의 공기가 느껴져야 했을 테지만, 이 냄새는 오히려 오래된 방의 퀴퀴한 먼지와 나무 냄새 같았다. 문을 열려고 밀어보고 당겨도 봤지만 꿈쩍도 하지 않았다. 문손잡이도, 열쇠 구멍도 없는 이 문의 정체는 무엇일까. 그동안 사람들은 이 문을 벽이라고 생각했을 것이다. 이 복도에 조명을 설치하지 않은 이유는 이 공간을 지키기 위해서일지도 모르겠다. 어둠 속에 무언가를 감추려는 의도일 수도 있다.

순간 이 문은 안쪽에서만 열 수 있는 문이라는 확신이 들었다. 이 공간을 기점으로 내가 옮겨가는 발자국의 방향을 머릿속에 넣고 병원의 내부 지도를 만든다면, 결국 이 공간이 어디로 이어져 있는지 알 수 있을 것이다. 분명 다른 곳에 이 벽 너머로 들어가는 문이 있을 것이다.

오랜 시간 공간을 연구하고 디자인해 왔기 때문에 설령 미로 같은 건물일지라도 한 번 지나간 곳은 쉽게 머릿속에 그릴 수 있었다. 이번에는 병원의 보이지 않는 부분까지 상상해 전체 지도를 그려내야 했다. 손잡이가 없는 문에서 뒤로 돌아 북쪽 방향이라고 생각하고 한 발 한 발 내딛으면서 걸음 수를 세어 나갔다. 그리고 내 방을 지나 복도 입구쯤에서 왼편으로 이어진 더 좁은 복도를 발견했다.

조금 전 원장과 함께 걸을 때는 경황이 없어 인지하지 못했던 작은 복도였다. 이 복도는 폭이 이상하리만치 좁았다. 겨우 80센티미터 정도 되는 너비였기 때문에 옆으로 걸어야 통과할 수 있었다. 이런 멍청한 공간을 설계한 건축가라니, 바보인가? 아니면 실수인가? 순간 의문이 들었다. 몸을 옆으로 기울여 좁은 복도로 들어섰다.

그런데 이 복도는 들어갈수록 점점 좁아지고 있었다. 열 발자국을 걸으니 벽 사이에 몸이 딱 들어맞게 끼는 게 아닌가. 복도가 아니었던 걸까. 바로 앞 1미터가량을 남기고 끼어 있는 몸을 빼내기 위해 안간힘을 써대려니, 얼굴은 벌겋게 달아오르고 이마에는 힘줄이 튀어나올 정도였다. 손끝으로 있는 힘껏 벽에 낀 몸을 밀어젖혔다. 어떻게든 빠져나갈 수 있을 것 같다는 생각에 무리하게 전진한 것이 화근이었다.

'제길…….'

어깨가 복도 끝에 이르렀을 때쯤 느낄 수 있었다. 몸이 완전히 벽에 끼어버렸다. 숨을 크게 들이쉴 수 없을 정도로 가슴에 압박이 가해졌다. 여기서 죽을 수도 있다는 생각이 직감적으로 들었지만 심한 압박 탓에 소리를 질러 구조를 요청할 수도 없었다.

"아…….."

점점 기어들어 가듯 작은 신음만 내뱉었다. 점점 팔이 저려오고 이대로 있다간 어떻게 될지도 몰랐다. 몇 분이 몇 시간처럼 느껴지던 순간, 복도 끝으로 축 처져 있던 내 팔에 무언가 자극이 느껴졌다. 따뜻한 감촉이었다. 겨우 고개를 돌려 팔을 쳐다보니 한 노인이 내 팔을 만지고 있는 것이 아닌가.

나는 본능적으로 "살려주세요……"라고 힘없이 외쳤다. 그러나 노인은 미소를 지으며 고개를 끄덕거릴 뿐이었다. 이제 살았다는 생각에 안도하는 것도 잠시, 뭔가 좀 이상하다. 노인은 계속해서 손을 만지고 날 보며 웃기만 할 뿐 아무런 조치도 해주지 않았다. 누군가를 불러주지도 않고 그저 나를 보며 빙그레 웃고 있었다.

순간 울컥했다. 이대로 있다가는 몸속 혈관이 다 터질 것만 같았고 이러다 내일 아침쯤 변사체로 발견될 것만 같았다. 매스컴에서 흔히 떠드는 믿거나 말거나의 주인공이 되어 코미디 소재로 쓰일지도 모를 그런 죽음으로 말이다.

그러나 그날 나는 노인 덕분에 구사일생으로 목숨을 건질 수 있었다. 나중에 알고 보니 실어증을 앓고 있었던 그 노인은 나를 안정시키기 위해 손을 잡았지만 말은 할 수 없었던 것이다. 이내 노인이 데려온 원장과 여러 사람들의 도움으로 그 상황에서 벗어날 수 있었다. 세 명의 건장한 남자 간호사가 나를 거꾸로 밀어내어 간신히 그 좁은 지옥에서 빠져나올 수 있었다.

원장은 우선 나의 건강이 염려된다며 나를 바닥에 눕히고 가슴이나 내부 장기에 파열이 없는지 촉진으로 검진을 시작했다. 그리고 나를 병실로 옮겼다. 많은 사람들이 나를 둘러싸고 있었다. 가슴에서 오는 고통과 공포감보다도 사람들의 염려와 비웃음 뒤섞인, 따가운 시선을 견디는 게 더 힘들었다. 뭔가 변명이라도 하기 위해 나는 힘주어 말했다.

"어떤 바보 같은 건축가가 저런 말도 안 되는 복도를 만든 거예요? 정말 죽을 뻔했다고요."

그러자 주변 사람들은 참고 있던 웃음을 터트렸다.

"큭큭큭큭⋯⋯."

"아니, 사람이 죽을 뻔했는데 왜 웃죠?"

"자연이 다니는 통로에 사람이 들어간 게 잘못이지. 자기가 새인 줄 아는 거야?"

웃음소리 속에서 조롱 섞인 목소리가 흘러나왔다. 그 말에 웃음은 더욱 멈추질 않았다. 원장의 중재로 사람들은 모두 흩어졌고, 병실에 고요함이 감돌자 이내 모든 것들이 꿈만 같았다.

"원장님. 아까 그 복도, 아니 통로라고 부르던 그 공간은 도대체 뭐죠?"

"우리는 그 통로를 자연의 나팔관, 자연의 통로라고 불러요. 거기는 사람이 지나는 통로가 아니에요."

"네? 사람이 다니는 복도가 아니라 자연의 뭐라고요?"

"아까 수잔 부인이 뤼미에르 씨를 발견한 곳은 야외 테라스이면서 동시에 복도예요. 그 테라스 복도 기억나세요?"

"수잔 부인이 누구죠? 아, 아까 제 손을 잡으셨던 그분이요?"

"네, 실어증을 앓고 계신 할머니요. 그분이 계셨던 곳, 기억하시나요?"

"경황이 없어서 기억이 나질 나네요."

"바로 그곳이 바깥 자연과 연결된 외부 테라스 복도였어요. 외부 테라스는 건물 뒤편 온실과 이어져 있죠. 밖에서 보면 분명 테라스인데 건물 안에서 보면 복도인 공간이죠."

"아, 그래요? 그런데 나팔관은 뭐죠?"

"그 공간을 통해 자연의 소리를 듣고 향기도 맡을 수 있어요. 그것도 아주 선명하게요. 예를 들면 꽃향기, 풀잎 내음도 들어오고 귀를 기울이면 새소리, 바람 소리도 들을 수 있죠. 자연 속에 숨어 있는 음악을 듣는 거예요. 더불어…… 아침 햇살이 그 틈으로 들어올 때면 말로 설명할 수 없는 아름다운 광경이 펼쳐진답니다. 저희 병원에 계신 분들은 모두 그 공간에서 귀를 기울이거나 가만히 바라보세요. 그곳에 들어가려고 애쓴 분은 오늘 처음 봤어요."

이게 무슨 말도 안 되는 소리인지, 자연의 소리를 담는 공간이라고? 건축계에 몸담은 지 십수 년이 지났지만 그런 이야기는 들어본 적이 없었다. 원장이 하는 소리를 도통 이해할 수 없었다. 방금 전 몸이 끼어 창피했던 마음은 사라지고 건축가의 호기심이 곧 발동했다. 다시 그 공간에 가봐야겠다고 발동이 걸리기 시작했다.

통로나 복도 같은 길은 사람만을 위한 것이라 생각하는 경향이 있지만, 사실 물길도 길이고 바람 골도 길이다. 세상 만물이 지나는 길. 길은 사람만을 위한 것이 아니라 대상이 무엇이든 흐르게 해주는 것이었다. 숲속을 걸을 때도 가끔 멈추어 지나가는 바람을 온몸으로 맞이하지 않는가. 그것은 우리가 바람이 다니는 길에 들어섰기 때문이다. 그러나 이 바람 길은 우리 눈에 보이지 않는다. 보이지 않는 것을 옮겨주는 길도 존재하는 것이다. 이 병원에서 그 좁은 복도를 보기 전까지 내게 길이나 복도는 그저 건축의 물리적 요소 중하나일 뿐이었다. 그러나 이제 그 이상의 의미를 지니게 되었고, 이는 이 저택이 감추고 있는 놀라운 비밀의 서막에 불과했다.

원장의 만류에도 불구하고 나는 기어코 그 자연의 통로 혹은 자연의 나팔관이라 불리는 공간에 다시 가보고 싶었다. 여전히 가슴이 욱신거렸지만 통증을 참고 원장을 따라나섰다. 앞장선 그녀는 불안한 눈빛으로 슬쩍 뒤를 돌아보며 나의 상태를 수시로 살폈다. 그럴 때마다 나는 괜찮다는 억지 웃음을 보이며 그녀를 안심시켰다. 사실 몸 상태는 좋지 않았지만 그래도 꼭 다시 봐야 한다는 생각이 머릿속에서 떠나질 않았다. 상처 입은 자존심 때문이었는지, 아니면 진정한 건축가적 호기심 때문이었는지는 몰라도 빨리 공간을 확인해 보고 싶었다.

그녀와 함께 문제의 공간에 다다랐다. 나는 정확하게 그 공간을 수치화하기 시작했다. 건축가들은 언제나 자를 지니고 다니는데, 눈금이 적힌 자는 아니다. 엄지손가락 한 마디에 2.5센티미터, 검지 7.5센티미터, 중지 8.5센티미터, 그리고 손 한 뼘에 20센티미터라는 내 몸의 기준으로 수치를 재는 것이다. 이러한 계측은 발 치수로도 적용할 수 있다. 내가 주로 신는 밝은 갈색 구두의 길이는 29센티미터다. 우선 발로 폭을 재보니 갈색 구두로 세 걸음을 가고도 조금 남는다. 1센티미터 두께의 새끼손가락이 하나 반 정도 들어갈 것 같았다. 계산하면 총 88.5센티미터다. 그 다음에는 통로의 반대편으로 넘어가 폭을 재보아야 정확하겠지만 어림잡아도 20센티미터가 되지 않아 보였다. 양쪽으로 난 통로의 폭 차이가 대략 68.5센티미터 정도 되는 셈이다. 통로의 깊이는 열 발자국을 걷다가 열한 번째 걸음에서 몸이 살짝 끼었으니 열 걸음 반 정도 될 것이다. 또 다시 몸이 끼어 난처한 상황에 놓이지 않기 위해 조심스럽게 깊이를 쟀다. 보폭이 80센티미터인 것을 감안하면 깊이는 대략 9.2미터가 되었다. 뒷주머니에 항상 챙겨 다니는 작은 노트와 연필을 꺼내 이 공간을 개략적으로 스케치했다.

"지금 도대체 뭘 하시는 거죠? 잘은 모르겠지만 지금은 좀 쉬는 게 좋을 것 같은데요."

옆에서 지켜보던 원장이 내게 물었다. 걱정스러우면서도 약간은 귀찮은 듯한 어조였다.

"아, 죄송합니다. 일종의 직업병이라서요. 이 공간에 흥미가 생겨서 스케치를 하고 있습니다. 잠시만요……. 자! 다 그렸네요. 아까 말씀해 주신 자연의 통로 맞나요? 아, 나팔관이었죠? 좀 더 설명해 주시면 안 될까요? 최대한 자세하고 길게…… 사소한 것까지 다 알려주세요."

원장에게 질문을 건네면서 나는 뜻밖에도 내 안에 남아 있는 순수한 열정을 느낄 수 있었다. 무언가를 새롭게 발견하면서 젊은 피가 끓어오르는 건축가로 탈바꿈된 것만 같았다. 묘한 행복감이 나도 모르게 온몸을 휘감았다.

"뒤편으로 가보죠. 따라 오세요."

원장의 안내로 복도를 지나 건물의 뒤편으로 향했다. 바로 내 몸이 끼었던 그 통로 건너편이었다. 그때는 경황이 없어서 제대로 보지 못했던 곳이다. 그녀는 계단 옆에 난 작은 문으로 향했다. 마침 그 문을 열고 복도로 들어오는 몇몇 노인과 간호사들이 나를 힐끔 쳐다보며 지나쳐 갔다. 열린 문 안쪽은 역시 어두웠다. 내부 공간에는 또 하나의 문이 보였다. 그녀가 주저 없이 그 문을 열자, 작게 열린 틈으로 빛이 퍼져 나와 어두운 공간이 순식간에 밝게 물들었다. 문이 열리는 틈 사이로 강렬한 빛이 내뿜어져 나와 눈을 뜰 수 없을 지경이었다. 문 너머의 정체가 너무도 궁금해 가까스로 실눈을 뜨고 바라본 그곳에는 두 눈을 의심할 수밖에 없는 풍경이 펼쳐져 있었다. 문 너머에는 순간이동이라도 한 듯 푸른 하늘과 구름이 선명하게 보이는 유리창 아래로 초록의 식물들이 가득했다. 한낮의 태양빛이 밝고 따뜻하게 내려앉았고, 시원한 바람이 내 머리를 쓰다듬으며 지나갔다. 뒤를 돌아 방금 걸어 나왔던 어두운 복도를 돌아보니 더욱 차원 이동을 한 것 같은 착각이 들었다. 활짝 열린 문을 닫고 나서야 내가 서 있는 곳이 옛 건물의 어느 방이었음을 알 수 있었다. 우리는 그 방의 오래된 문을 열고 들어간 것이고, 눈앞에 펼쳐진 곳은 이 건물 전체의 절반이나 덮고 있는 거대한 유리벽 안이었다.

방은 오래된 폐허처럼 벽면이 깨진 채로 방치되어 있었다. 마치 온전했던 옛 건물의 절반이 통째로 깨져 나간 듯이 보였다. 깨져 나간 공간은 유리로 된 벽과 천장 그리고 자연이 대신 메우고 있었다. 철골 구조가 유리를 지지하고 있었는데 구조물이 굵지 않아 마치 유리가 가볍게 떠 있는 듯이 보였다. 철골 구조는 오래되고 깨져서 더 이상 지붕을 받치지 못하는 중세 돌기둥과 친구처럼 나란히 자리 잡고 있었다.

"지금 저희가 서 있는 곳이 건물의 뒤편이에요. 아주 오래전에 수도원 건물이 무슨 이유였는지 파괴되었다고 해요. 그때 건물의 절반이 부서졌고 나중에 피터 씨의 아버지 프랑스와 씨가 부서진 부분을 유리로 덮어서 이렇게 만드신 걸로 알고 있어요. 앞에 보이는 전경이 참 아름답죠? 전면이 유리로 되어 있어 바깥의 풍경이 한눈에 들어옵니다."

"이 유리 공간은 온실 같군요. 따뜻하네요. 그리고 바깥뿐만 아니라 내부에도 여러 종류의 식물이 많아서 꼭 제가 자연에 있는 것 같네요."

"네, 맞아요. 그리고 이 온실은 완전히 밀폐된 공간이 아니에요. 아래 1층을 보시면 이 온실의 문 사이로 틈이 있죠? 보이시나요?"

"네, 보이네요……."

"1층의 틈으로 바람은 물론이고 새들도 들어온답니다. 그러면 그 틈으로 그 소리가 복도에 울려 퍼져요. 저희는 그렇게 울려 퍼지는 소리와 함께 아침을 시작하죠."

순간 온몸이 얼음처럼 굳어버렸다. 이곳을 왜 자연의 나팔관이라고 했는지 그제야 이해가 갔다. 우리는 멀리까지 소리치고 싶을 때 두 손을 동그랗게 모아 입에 가져다 대고 외친다. 확성기와 같은 원리로, 소리의 진원지는 작고 좁지만 퍼져 나가야 하는 공간은 크고 넓게 만들어 울림을 유도하는 것이다. 그 쓸모없고 바보같이 보이던, 나를 죽일 뻔했던 공간은 자연의 소리를 건물 내부로 보내는 나팔관이었던 것이다. 이런 공간은 여태껏 본 적도 들은 적도 없었다.

온실이 건물의 절반을 덮고 있는 까닭에 원장의 말처럼 우리는 분명 건물의 복도에 있는데도 마치 바깥 테라스에서 자연을 관망하고 있는 듯한 기분이 들었다. 이것은 테라스이면서 동시에 복도였다.

"이런 나팔관 통로가 여기뿐인가요?"

원장은 층마다 크기가 조금씩 다른 나팔관이 있다고 했다. 어떤 미친…… 아니, 천재 건축가의 재치란 말인가. 나머지 층을 그녀와 함께 돌아보니 다섯 개의 각 층마다 한두 개의 나팔관 통로가 있었다. 그리고 모두 사람이 지나갈 수 없는 폭이었다. 아이들이라면 지나갈 수 있겠지만, 노인과 간호사뿐인 곳이니 자연의 소리만이 허락된 공간인 셈이다. 이렇게 감탄하고 있는 내게 그녀는 또 다른 이야기를 들려주었다.

"바람과 새소리뿐 아니라 빛도 들어온답니다. 각 층마다 빛이 깊게 들어오는 시간이 달라요. 내일 아침이 되면 살롱에서 보시게 될 거예요."

"네? 내일 아침에 빛이 어쩐다고요?"

그녀는 뭔가를 알려주면서도 어떤 것은 감추려는 듯 비밀스럽고 신중한 말투로 더 이상의 질문은 받지 않았다. 안정을 위해 쉼을 권유하는 그녀의 태도가 조금 당황스러울 정도였다. 마치 비밀을 감춘 사람처럼 어색해 보였기 때문이다. 그녀는 세상에는 말로 전하기보다는 직접 보아야 하는 것이 더 많고, 직접 보는 것보다는 눈을 감고 느껴야 하는 것들이 더 많다고 했다. 더불어 이 병원은 인내심을 가진 사람에게만 자신의 진짜 모습을 보여준다는 말을 덧붙였다.

모든 사람들에게 수많은 사연이 있듯이 집도 저마다 사연이 있는 법이다. 그 사연을 듣고 보고 느끼고 싶다면 천천히 기다려야 한다. 기다리는 사이에 집이 우리에게 이야기를 들려주고 보여주고 느끼게 해줄 것이다. 오래된 집은 그만큼 오랜 시간 누군가를 기다려 왔을 것이다. 자신의 이야기를 보고, 듣고, 느껴줄 사람을…… 때론 몇 십 년, 때론 수백 년을 그렇게 기다릴 것이다.

결국 원장의 권유를 받아들일 수밖에 없었다. 저녁을 먹은 뒤 휴식을 취하고 나니 벌써 저녁 8시가 다 되어갔다. 저녁놀은 이미 자취를 감추기 시작해 바깥은 숲속의 실루엣만 겨우 보일 정도로 빠르게 어두워져 갔다. 어떻게 지나간 것인지 모를 하루였다.

밤이 깊어 잠을 청하기 위해 방으로 들어서자 갑자기 긴장이 풀린 탓인지 침대에 잠깐 누웠다 눈을 떠 보니 벌써 아침 해가 떠오르고 있었다. 많이 피곤했는지 몸을 일으키기도 힘들었다. 억지로 몸을 일으키려는 순간 가슴과 어깨에 통증이 느껴졌다. 아무래도 어제의 후유증으로 근육통이 온 것 같았다. 몸을 이리저리 흔들면서 뻐근함을 풀어내려 애써보았다.

그러던 중 문득 아침 햇살이 나팔관 벽 사이 틈을 타고 들어온다고 했던 원장의 말이 기억났다. 씻지도 않고 부랴부랴 방을 나섰다. 하품을 하면서 나온 약간의 눈물과 눈곱 때문에 눈앞이 뿌예졌다. 뿌옇게 보이는 눈을 비비며 복도를 걸어갔다. 눈을 비벼도 좀처럼 선명해지지 않았다. 그러나 이내 내 눈 탓이 아니라 복도가 밝은 빛으로 가득하기 때문이라는 걸 알았다. 유럽의 오래된 건축물의 복도는 본래 칠흑 같은 어둠이 가득한데…… 왜? 그리고 전날 거닐었던 이 복도는 어둠 속 동굴 그 자체였는데 어떻게 갑자기 이렇게 밝아졌을까.

빛의 근원지를 찾아 멈춘 곳은 어제 내가 죽을 뻔했던 그 통로였다. 원장의 말대로 빛이 한가득 들어오고 있었다. 자세히 보니 그 통로의 벽은 하얗고 반질거려서 작은 틈으로 들어오는 빛이 굴절되어 내부 복도까지 환한 빛이 옮겨왔다. 온실에서부터 들어온 빛이 이 틈으로 새어 들어왔다. 틈 사이로 태양이 떠 있는 것으로 보아 이 틈은 남동향으로 파여 있는 것이 틀림없다. 오후가 되면 더 이상 빛이 들어오지 않을 것이고 그러면 어제처럼 어두운 동굴 복도가 만들어질 것이다. 보면 볼수록 이 묘한 저택에 궁금증이 커졌다.

복도의 밝게 물든 빛줄기 속에서 평온함을 느끼고 있을 때였다. 어디선가 목소리가 들려왔다. 누가 다가오고 있는지 실루엣조차 보이지 않고 목소리만 들려왔다. 아침 식사 시간을 알려주러 온 크리스 부인이었다. 이때부터였을까? 나는 원장을 크리스 부인이라고 부르기 시작했다. 복도의 밝은 분위기 때문이었는지 아니면 하루를 보내고 나도 아무 일이 없어서 불안감이 해소되어서였는지는 모르겠지만……. 어쨌든 나의 경계심은 한층 가라앉았고 그녀를 더 이상 원장이라 부르지 않고 친근하게 이름을 부르게 되었다. 그녀도 갑작스러운 내 존칭 때문이었는지 어제보다는 비교적 상냥한 미소로 맞아주었다.

그녀를 따라 어제의 살롱에 들어섰다. 어제 내게 비웃음을 던졌던 환자들과 간호사들은 테이블 주위에 앉아서 내가 걸어오는 것을 바라보고 있었다. 나를 기다렸던 것 같아서 내심 미안함에 고개를 떨어뜨리며 가볍게 인사를 건넸다. 그러고는 크리스 부인의 안내에 따라 어제와 같은 자리에 조용히 앉았다.

그런데 나를 바라보는 것 같았던 그들의 시선은 사실 다른 곳을 향하고 있었다. 나도 모르게 그들이 응시하는 쪽을 보았다. 그들은 내가 방금 내려온 복도 계단 쪽을 응시하고 있었다. 나 역시 그들에게 홀린 것처럼 멍하니 그곳을 쳐다보았다.

고요함이 건물 전체에 흐르는 것 같았다. 누군가 작은 소리라도 내면 모두가 그를 원망스러운 표정으로 쏘아볼 것 같은 거북한 침묵이 흘렀다. 모두가 아니라고 해도 내 자신이 옳다고 생각하는 일에는 말할 수 있는 용기가 있다고 스스로 자부해 왔던 나였다. 어떤 상황에도 지배되지 않는 자유로운 영혼이라 생각했었는데, 이건 지금까지 내가 접해보지 못한 새로운 상황인 걸까. 나는 아무 말도 못 하고 그저 그들의 일부가 되어 무엇인지 모를 무엇인가를 기다리고 있었다.

몇 분이 마치 1시간처럼 느껴지던 그 순간, 복도 계단으로부터 누군가 다가오는 느낌이 들었다. 빛이 점점 다가오는 것으로 보아 누군가 복도 문을 열고 여기로 오고 있는 것 같았다. 그런데 그 빛줄기는 점점 더 길어지더니 살롱 안쪽으로 들어오는 것이 아닌가? 점점 길어지는 빛줄기를 따라 모두의 시선이 움직이기 시작했다.

그래, 이건 어제 이들과 점심을 먹던 그때와 비슷한 상황이다. 어제 테이블에 빛이 닿을 때 모두 마법에서 풀려난 것처럼 식사를 시작했던 모습이 생각났다.

"지금 다들 뭐 하시는 겁니까?"

나는 궁금증을 참지 못하고 순간적으로 말을 꺼냈다.

"쉬이! 쉿!"

크리스 부인은 짧은 답변을 뒤로하고 입술에 검지를 가져다 대며 조용히 해줄 것을 요청했다. 하는 수 없이 다시 그들처럼 그 빛줄기를 바라보았다.

빛줄기는 잠시 후 살롱 끝자락 벽에 닿더니 천천히 벽을 타고 올라갔다. 처음에는 빛줄기가 살롱에 들어서고 벽을 타고 오르려 할 때, 약간이지만 어두워서 보이지 않던 천장과 벽에서 무엇인가가 드러나기 시작했다. 분명하게 보이는 것은 아니었지만 뭔가 거대한 것들이 천장과 벽에서 나를 응시하고 있는 것 같았다. 빛이 벽을 타고 천장으로 향하면 마치 숨어 있던 알 수 없는 것들이 쏟아져 내릴 것 같은 기분이었다. 마치 동굴 속 천장에 빛을 잘못 비추어 수천 마리의 박쥐들이 쏟아져 내릴 것처럼. 나도 모르게 무의식적으로 손으로 얼굴을 감싸면서도 실눈을 뜨고 알 수 없는 대상을 바라보았다. 잠시 후 벽을 오르던 빛줄기는 벽에 걸려 있는 오래되어 보이는 긴 타원형 거울로 향했다.

빛줄기가 거울에 닿자 순식간에 엄청난 일이 벌어졌다. 모두의 탄성이 이어졌고, 그중에서도 내가 지른 탄성은 거의 비명에 가까웠다. 어둡기만 했던 살롱이 갑자기 수많은 빛줄기로 환하게 밝아진 것이다. 벽 쪽 거울에 닿자마자 빛줄기는 반사되어 반대쪽 조금 높은 벽의 거울에 닿았고 그 빛줄기는 다시 반대편 거울에 마지막에는 천장에 닿았다. 어제 보이지 않던 천장은 온통 비스듬한 조각 거울로 이뤄져 있어 어두웠던 공간을 한순간 반사된 빛줄기들로 가득 채워버렸던 것이다.

손으로 눈을 가리고 있던 내게 떨어진 것은 수천 갈래의 밝은 빛줄기였다. 순식간에 일어난 빛의 반사로 처음에는 시야를 잃었고 이내 주변은 온통 따뜻함으로 감싸졌다. 마치 포근한 엄마의 품속에 안긴 것처럼.

잠시 후 눈이 밝음에 익숙해지고 어둡기만 해서 보이지 않았던 살롱의 화려함이 서서히 드러났다. 우선 천장 중심부

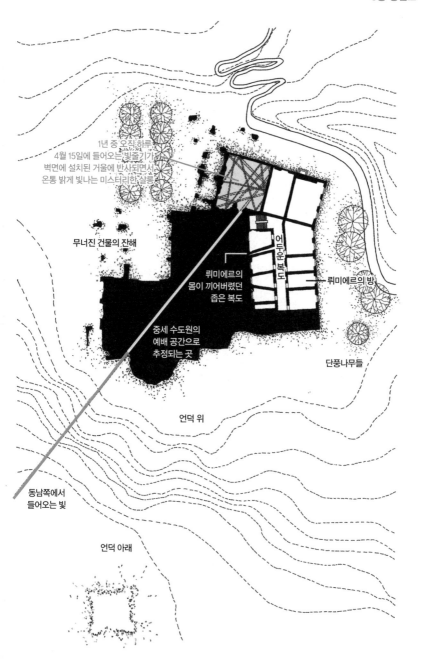

1년 중 오직 하루,
4월 15일에 들어오는 빛줄기가
벽면에 설치된 거울에 반사되면서
온통 밝게 빛나는 미스터리한 살롱

무너진 건물의 잔해

어두운 복도

뤼미에르의 방

뤼미에르의
몸이 끼어버렸던
좁은 복도

중세 수도원의
예배 공간으로
추정되는 곳

단풍나무들

언덕 위

동남쪽에서
들어오는 빛

언덕 아래

에 매달려 있는 화려한 샹들리에가 빛을 난반사시키며 한밤중에 떠 있는 별빛 조각처럼 반짝거리고 있었다. 그리고 살롱의 벽들에는 여러 가지 작은 부조 조각 장식이 보였다. 수많은 사람들과 동물 그리고 자연이 조각되어 있는 거대한 공간이었다. 빛이 벽을 타고 오르기 전 어둠 속에 숨어 나를 바라보던 그 정체 모를 대상들은 바로 조각상들이었다. 어제이 집에 처음 왔을 때도 그저 천장이 높고 유독 어두운 살롱이라고 생각했을 뿐 엄청난 부조상들이 어둠 속에 모습을 감추고 있었을 것이라곤 상상조차 못 했다.

또한 어둠에서 벗어난 조각상들은 빛의 반사 때문에 여러 방향으로 그림자가 생겼고, 마치 벽에서 뛰쳐나올 것처럼 보였다. 그 조각들의 일부는 아직도 예전의 채색 흔적이남아 있어 수백 년 전의 모습을 상상하기에 충분했다. 고개를 한 바퀴 돌리면서 중세 시대의 조각들이 되살아나는 듯한 순간을 만끽했다. 그들은 어둠 속 절망의 표정이 아니라밝고 희망을 보여주는 표정이었다. 이 표정과 움직임은 이건물의 깨지고 파손된 벽의 틈 사이로 들어온 빛이 만들어낸 것이었다.

그때 등이 굽은 한 노인이 말했다.

"어제 빛이 테이블에 비추는 신호로 시작해 오늘 같은 장면을 또 보려면 1년을 기다려야 하는군요. 아…… 내년에 과연 내가 살아서 저걸 볼 수 있을지. 그나저나 저 청년은 기가 막힌 타이밍에 와서 이걸 봤구먼. 허허허…… 운이 아주 좋은 친구야. 안 그런가들?"

"그러게 말이야. 이 순간을 잡은 건 행운이라오. 작년에는 날이 흐려서 못 봤단 말이야. 오늘은 날씨도 좋고 이 집의 비밀이 모두 열리는 날이니……."

"자, 여러분 이제 식사를 하셔야죠."

크리스 부인은 노인들에게 식사를 하면서 대화를 이어갈 것을 권했다. 이어 나에게도 이야기를 시작했다.

"오늘 유감스럽게도 피터 씨는 이 멋진 광경을 못 보고 누워 계시네요. 대신 이렇게 뤼미에르 씨가 보셨으니 그 감동을 나중에 전해주시겠어요?"

"아? 네……."

이 아름답고 따뜻한 광경이 그녀의 마음까지 녹였는지 몰라도 어제와는 사뭇 다른 미소를 머금고 내게 물었다.

"이 집의 이름이 뭔지 아세요?"

"외로운 부자들의 무덤이요?"

웅장한 광경에 넋을 빼앗긴 직후라 순간 뱅상 씨에게서 들었던 말을 무심코 흘리고 말았다. 생각 없이 내뱉은 말이 실언임을 깨닫고 얼른 사과했다.

"앗! 죄송합니다. 제가 큰 결례를 범했네요. 죄송합니다. 저는 그저……."

어떻게 변명을 해야 할지 눈앞이 캄캄했다. 이런 나의 당황한 모습을 본 한 노인은 킥킥거리면서 웃기 시작했고, 다른 노인들도 모두 크게 따라 웃었다. 그 웃음들 사이로 한 노인이 말했다.

"그 말이 틀린 건 아니지요. 우리가 좀 편하게 살다 보니, 하하하하. 그래도 이 집에는 진짜 이름이 있다오. 피터 씨의 아버지가 이 집을 설계할 때 지은 이름 말이오."

노인의 말이 끝나자 크리스 부인이 말을 이었다.

"이 집의 이름은 '4월 15일의 비밀'이에요."

"'4월 15일의 비밀'이요? 4월 15일이라면 혹시 오늘 아닌가요?"

"네, 맞아요. 오늘이 4월 15일이죠. 오늘이 바로 이 집의 비밀이 열리는 날이지요. 매년 4월 14일 태양빛이 정오에 테이블을 비추는 것을 시작으로 다음 날 4월 15일에 빛의 축제가 이 살롱에서 펼쳐지죠. 이따 오후에는 다른 것을 보실 수 있을 거예요. 참, 그보다 이제 예정대로 피터 씨의 서한을 전달해야겠네요."

05

비밀이 기다린
사람

"이게 웬 편지죠?"

크리스 부인은 예상치 못했던 피터 씨의 서한을 내밀었다.

"원래는 피터 씨가 뤼미에르 씨께 직접 드려야 하는 서한 이지만 지금 피터 씨가 위중한 상황이라서요. 만약을 대비해 제가 가지고 있었습니다."

"어제 주실 수도 있었는데, 왜 오늘 주신 거죠? 꼭 오늘이 어야 하는 이유라도 있는 건가요?"

"그 질문에는 뭐라고 답변을 드릴 수가 없네요. 죄송합니다. 저는 그저 만약의 상황에 예정되어 있던 절차를 이행하는 것뿐입니다."

나는 이상한 듯 고개를 갸우뚱거리며 주변을 둘러보았다.

노인 환자들은 마치 이런 상황이 익숙한 듯 별 관심을 보이지 않았다. 그 무관심 속에서 한 노인이 뭐라고 중얼거렸다.

"이건 테스트……."

말끝을 흐려 정확히 듣지는 못했지만 분명 테스트라고 말한 것 같았다. 노인은 이내 주변 노인들에게 질타의 눈빛을 받아야 했다.

"내가 뭐라고 했다고 다들 그런 표정이야?"

중얼거리던 노인은 이내 입을 다물었다. 분명 나만 모르는 뭔가가 있다. 설사 물어보더라도 대답을 해주지 않을 것 같았다.

피터 씨의 서한이 담긴 봉투에는 과거 봉건제 국가에서 쓰던 것처럼 도장을 찍은 실링 왁스가 붙어 있었다. 제법 고풍스러운 게 이 저택과 어울리는 서한이었다. 봉투를 열어보니 한 장의 편지지가 나왔고 한 줄의 문장이 눈에 들어왔다.

왜 4월 15일인가? 그리고 왜 당신이어야 하는가?

도대체 이게 무슨 의미인지 알 길이 없었다. 황당한 표정으로 크리스 부인을 바라봤지만 그녀는 자기도 모르겠다는 제스처를 했다. 그 모습을 본 나는 그녀가 이미 전에 이 문장을 보았다는 것을 확신했다. 그렇지 않았다면 내 황당한 표정을 보고 궁금한 나머지 이 문장을 확인해 보려 했을 것이다. 그렇게 그녀는 어제부터 지금까지 좀 서툴지만 뭔가를 감추려는 기색이 역력했다. 그리고 그것은 저 노인들도 모두 아는 이야기일 것이다. 나는 이 문장이 이곳까지 오게 된 나를 테스트하려는 문제라는 것을 직감했다. 그렇다면 무엇을 위한 테스트란 말인가?

곰곰이 생각해 보던 중 내가 여기 온 목적에 대해서 다시 짚어보기 시작했다. 피터 씨의 집을 보러 간 이후부터 계속해서 자의든 타의든 테스트가 이뤄지고 있던 것은 아닐까? 피터 씨의 집을 사기 위해 이런 테스트를 받아야 한다고 생각하니 아무리 저렴하게 집을 살 수 있다고 해도 은근히 기분 나쁜 상황이었다. 다른 사람들은 다 알고 자신만 모르는 비밀을 풀어보라고 한다면 누구나 소외감을 느낄 수 있다. 그리고 그들은 마치 동물원 원숭이를 쳐다보는 듯한 시선까지 던진다. 물론 몰래카메라처럼 완전히 대상을 속일 수 있다면 그런 느낌이 들지 않았을 것이다. 하지만 여기 병원에 있는 크리스 부인과 환자들은 아마추어 배우들처럼 뭔가를 숨기고 있는 티가 많이 났고, 시선 또한 동물원을 찾은 사람들처럼 나를 응시하고 있었다. 평소 같으면 자존심이 상해 테스트를 관두었겠지만, 지금은 이 저택에 대한 호기심이 나의 자존심보다 더 중요하게 느껴졌다. 이토록 아름다운 빛의 축제를 디자인한 이 집의 건축가에 대한 호기심도 더해졌다.

단순히 자존심 때문이거나 피터 씨의 낡은 집을 헐값에 사기 위해서가 아니라, 내가 서 있는 이 집에 대한 궁금증 때문에 테스트에 응할 수밖에 없었다.

"크리스 부인, 이 문제를 제가 풀어야 하는 건가요? 기한이 있나요? 피터 씨의 몸 상태가 좀 호전되면 직접 물어봐야 하나요? 아니 물어볼 수 있는 건가요? 제게 더 설명해 주실 것은요?"

"제가 드릴 수 있는 말씀은 피터 씨가 호전되시고, 면회가 가능해질 때 아까 그 문제에 대한 답을 피터 씨께 드리면 된다는 것뿐입니다."

그녀는 나 이전에 세 명의 건축가가 더 있었다고 이야기해 주었다. 피터 씨가 비밀을 지켜달라고 했지만, 왠지 이것은 말해줘야 할 것 같다고 덧붙였다. 그러나 진심이 묻어나는 그녀의 말도 내게 그다지 신뢰감을 주지는 못했다. 애초에 내게 너무 많은 것을 숨기고 있다가 이제야 몇 마디 건네준다고 해서 무턱대고 믿기는 어렵다. 보통 많은 것을 숨기고 있다가 은연중에 한두 개의 사실을 털어놓으면 사람들은 그 사실을 완벽하게 믿게 된다. 궁금증이 커지면서 어느 순간 논리적 판단보다는 감정에 치우치기 때문이다.

"하나 여쭤보고 싶네요."

"주저하지 마시고, 말씀하세요."

"이 병원 곳곳을 제한 없이 돌아볼 수 있을까요? 피터 씨의 질문에 대답을 찾으려면 그래야 할 것 같거든요."

"물론이죠. 이 저택도 피터 씨의 소유고 이미 그렇게 하라고 허락하셨습니다. 일단 식사를 마저 하시고 천천히 둘러보시죠."

크리스 부인의 배려에 다시 식사를 청했지만 내가 식사를 하는 건지 음식이 나를 먹는 건지 머릿속이 점점 복잡해졌다. 내가 왜 이 문제를 풀어야 하는지, 도대체 피터라는 사람은 누구인지 그리고 이 건물을 설계한 그의 아버지는 누구인지……. 나는 생각에 잠긴 채 손에 집히는 빵 한 조각을 입에 물었다. 입 안에서 서서히 녹는 향긋한 빵 덕분인지 곧 정신이 들었다. 빵의 깊고 담백한 맛이 잠시나마 현재 상황을 잊게 했다.

"빵이 아주 맛있죠?"

내가 맛있게 먹고 있는 모습을 본 그녀가 물었다. 나의 긴장을 눈치 채고 풀어주려는 의도가 느껴졌다.

"네, 아주 맛있네요. 갓 구워 낸 것도 아닌데 향과 맛이 아주 좋네요. 반죽이 아주 잘된 바게트 같아요."

"입맛에 맞다니 다행이네요. 여기서 소비하는 모든 빵들은 어제 뤼미에르 씨를 모시고 온 뱅상 씨가 직접 만들어 가져온 것들이랍니다. 매일 신선한 빵을 가져다주시는 뱅상 씨가 있어서 얼마나 다행인지 몰라요."

"뱅상 씨가 매일 아침 배달하시는 건가요?"

"네, 그럼요. 비가 오나 눈이 오나 언제나 10시 정도에 배달을 해주고 있습니다. 그것도 뱅상 씨 아버지 때부터 죽 계속되어 왔던 걸로 알고 있어요."

"그럼 이 집이 지어졌을 때부터 뱅상 씨의 부친께서 배달을 하신 건가요? 건물이 굉장히 오래되어 중세 건물로 보이는데요."

"네, 이 건물은 중세 시대 수도원이었고 오래전부터 왈처가의 소유였죠. 그런데 어떤 이유로 건물 절반이 무너졌다고 해요. 그리고 70년 전 피터 씨의 부친께서 이 건물을 지금처럼 고치셨다고 말씀드렸죠. 피터 씨 아버지 때부터 배달이 이뤄졌으니 거의 70여 년 되었네요."

이야기를 전해 듣는 동안 운이 좋게도 이 집에 대한 역사를 접할 수 있었다. 그녀의 말에서 유추해 보면, 분명 이 건물의 앞쪽은 내 예상대로 중세 수도원 건물이 맞았다. 그러나 뒤편은 프랑스와라는 건축가에 의해 근대식 철골 구조와 유리로 폐허였던 건물을 덮은 것이다. 그리고 지금 이 공간을 환하게 밝히는 빛은 건물 뒤편에서 들어온 것이다. 그렇다면 이 빛의 축제를 만든 피터 씨의 아버지 이야기를 살펴보면 '4월 15일'에 대한 해답이 나올 것 같았다.

그러나 '왜 당신이어야 하는가?'라는 질문은 무슨 의미지? 당신은 나를 말하는 건가? 아니면 다른 사람? 일단 해결 가능해 보이는 '4월 15일'의 답을 찾는 것이 지금으로선 최선이었다.

이런저런 생각을 하며 식사를 마칠 무렵 살롱이 조금씩 다시 어두워지고 있었다. 점점 어두워지는 빛줄기 사이로 부조상들에 슬픔이 드리워져 갔다. 다시 어둠 속으로 들어가야 하는 자신들의 처지를 아쉬워하듯 조각상의 얼굴에는 밝게 비추던 빛 대신 어둠의 그림자가 젖어들었고, 곧 하나둘씩 자신들의 모습을 어둠 속으로 감추고 있었다. 얼마 지나지 않아 빛은 거실에서 모두 사라졌다. 그들의 존재가 사라졌다. 그러나 이제는 그들의 존재를 느낄 수 있었다. 그들이 보이지 않아도…….

그렇게 칠흑같이 깊은 어둠이 실내를 잠식했고 눈은 어둠에 적응하지 못해 한동안 암흑 속에 갇혀 있어야만 했다. 이 공간의 빛과 어둠의 대조는 눈이 바로 적응하지 못할 만큼 강렬했다. 태양은 항상 제자리에서 빛을 내보내는 것이 아니라 움직인다는 상식으로 볼 때 방금과 같은 상황은 충분히 이해되었다.

"조금만 기다리면 앞이 보일 거예요."

크리스 부인은 나의 걱정을 달래주려는 듯 짧게 말했다.

"촛불이라도 켜놓으시면 좀 낫지 않나요? 갑작스러운 어둠에서 사고라도 나면 안 되니까요."

"잠시 움직임을 멈추고 눈을 감고 느껴보세요."

사실 크리스 부인의 짧은 대꾸는 나의 걱정을 달래주려는 것이라기보다 자신도 뭔가에 집중하느라 내뱉는 성의 없는 대답에 불과했다. 너무 질문을 많이 쏟아낸 터라 그냥 대꾸 없이 그녀가 말한 대로 식사를 멈추고 너무 어두워서 보이지 않는 눈을 감고 한숨을 내뱉었다.

그러나 얼마 지나지 않아, 고요함이 천천히 내 안으로 들어오는 것이 느껴졌다. 얼마 만에 느끼는 고요함인가. 그동안 나는 무엇을 위해 허둥지둥 바쁘게 살았는지…… 내 시간을 내 마음대로 쓰지도 못하는 인생이 정말 내 것이었는지. 이런저런 물음들이 떠올랐다. 이미 어둠 속으로 사라진 조각상들의 표정이 머릿속에 그려지면서 그들의 숨소리까지 느껴지는 것 같았다.

그때 마침 코끝에 약간 축축한 듯 시원한 바람이 스쳐 지나갔다. 바람 속에는 풀잎과 이슬의 향기가 담겨 있었다. 신선하고 깨끗한 아침의 자연 한가운데에 서 있는 것 같았다. 향기를 느끼고 있으니 어디선가 낯선 소리가 들려왔다. 가만히 귀를 기울여 보니 풀벌레 소리였다. 그리고 작지만 새들의 노랫소리도 들려왔고 발 빠르게 이리저리 몸짓을 옮기는 작은 날갯짓 소리도 전해졌다. 내가 건물 안에 있다는 사실을 잊을 정도로 자연의 소리는 맑고 청아했다. 그렇게 나는 자연의 소리에 심취해 가고 있었다. 이것은 자연의 나팔관에서 들려오는, 건물 뒤편의 소리였다. 잠깐 정적이 흐르고 오랜만에 몸과 마음을 평온함에 맡겼다. 그때 평온함을 두드리는 작지만 분명한 소리가 들렸다.

똑! 똑! 똑!

그 짧고 강한 울림은 문을 두드리는 소리였다. 그 소리 때문이었을까. 나는 천천히 눈을 떴다. 눈을 다 떴을 때, 한 사람의 발자국 소리가 들렸다. 차분하면서도 정적인 발자국 소리가 점점 멀어져 가고 있었다. 아직 눈이 어둠에 적응하지 못한 터라 벽에 길게 늘어진 짙은 실루엣만 보였지만 분명 크리스 부인의 발걸음이었다. 실루엣은 곧 복도 쪽으로 사라졌고 발자국 소리 또한 점점 작게 들리더니 이내 더 이상 들리지 않았다.

몇 초의 정적이 흐른 후, 정문의 자물쇠가 열리는 소리가 들려왔고 약간이지만 서서히 밝아 오는 빛줄기가 보였다. 빛줄기 덕분에 앞이 조금씩 보이기 시작했다. 어제 크리스 부인의 안내로 나와 뱅상 씨가 저 정문을 통해 들어왔던 시간이 바로 이때쯤이었던 것 같다. 그렇다면 문밖에 뱅상 씨가 온 것은 아닐까? 문밖에서 새어 들어온 빛줄기가 점점 가늘어지더니 이내 완전히 자취를 감추고, 문이 닫히는 소리가 들렸다. 철커덕거리는 소리와 함께 희미했던 빛줄기마저 사라지고 다시 어둠이 드리워졌다.

그때였다. 천장에 폐허 자국처럼 찢어진 틈으로 갑자기 한 줄기 빛이 힘차게 떨어졌고, 주변의 먼지는 빛의 유영을 시작했다. 그 빛줄기는 바로 입구 쪽 복도를 향해 있었다.

"아! 저거였구나!"

나도 모르게 탄성이 터져 나왔다. 처음 이 저택의 입구에 들어섰을 때, 내게 비춰진 그 강렬했던 빛줄기가 바로 저것이었다는 것을 직감할 수 있었다. 그러나 어제와는 달리 천장에 난 틈으로 여러 빛줄기들이 들어오면서 살롱 내부에 비스듬히 세워진 빛기둥들의 광경이 눈앞에 펼쳐졌다. 빛기둥 주위로는 빛을 머금은 먼지의 영혼이 떠다니고 있었다. 조금 전 이곳이 어둠 속이었다는 사실을 믿을 수 없었다. 또 한 번의 광명이 부활하는 순간이었다. 하지만 처음처럼 광명이 온 공간에 퍼지는 것이 아니라 어둠 속에 절제된 듯 쏟아지는 빛줄기들이 내려 앉아 어둠과 빛이 공존하는 순간이었다.

이 엄청난 광경 속에 코끝을 자극하는 구수한 바게트 향기가 퍼져나갔다. 뱅상 씨가 가지고 온 따뜻한 바게트였다. 그는 빵을 한 팔에 안고 비스듬히 떨어지는 빛기둥들 사이로 지나갔다. 이 빛의 향연이 뱅상 씨를 위한 것은 아니었다. 그러나 그 아름다운 광경은 부정할 수 없는 절대적인 것이었다.

그동안 건축을 하면서 이런 절제된 빛의 향연을 본 것은 로마의 판테온 외에 처음이었다. 로마 판테온은 거대한 빛기둥 하나만이 내려앉지만 이 살롱에는 가늘고 기다란 빛기둥들이 수없이 내려앉았다. 이는 종교적 웅장함과는 전혀 다른 종류의 빛의 향연이었다. 빛기둥이 선명하게 보이는 이유는 이 오래된 저택에 먼지가 있었기 때문이다. 먼지가 없었다면 빛기둥이 아니라 빛과 그림자뿐이었을 것이다. 먼지가 빛을 먹는 순간 빛의 비행을 하는 생명으로 다시 태어난 것이다. 빛은 세상의 모든 것을 깨우는 존재였다.

빛이 새어 들어오는 천장의 찢어진 틈을 자세히 보니 유리로 막혀 있지만 투명해서 하늘과 구름이 흘러가는 것이 보였다. 마치 오래전에 항해를 떠난 배의 낡은 갑판 아래, 나무 틈 사이로 보이는 하늘 같았다. 또한 이 건물의 깨진 면이 그대로 노출되어 과거의 역사를 그대로 느낄 수 있는 흔적이 되었다. 만약 천장의 찢어진 틈을 감쪽같이 메웠다면 이 집이 겪었던 격동의 과거는 느끼지 못했을 것이다. 이 건물은 과거의 상처를 있는 그대로 받아들이고 있었고 새로운 삶을 부여받아 지금의 병원으로 되살아났다.

만약 지금까지 내가 본 모든 것들이 이 저택을 고친 프랑스와가 철저히 의도한 계획이라면 내가 그의 존재를 모를 리 없다. 그런 천재 건축가라면 건축사에 언급되지 않았을 리 없으니 말이다. 하지만 프랑스와 왈처라는 건축가는 들어보지도, 배운 적도 없었다. 게다가 이 병원의 이름은 '4월 15일의 비밀'이 아닌가. 어쩌면 오늘을 위해 의도된 것일지도 모른다.

아침에 한 노인이 했던 말이 떠올랐다. 그 노인의 말에 의하면 이 건축물의 비밀은 1년에 한 번 드러난다. 그 역시 의

도되었다는 뜻인데 도대체 이 병원이 뭐기에? 의문이 머릿속을 더욱더 혼란스럽게 두드리고 있었다. 우선 4월 15일에 대한 의미를 해결해 보면 나머지 의문도 절로 풀릴 것이다.

식사를 끝마치고 차를 마시거나 방으로 들어가는 노인들, 그리고 산책을 하러 간호사와 동행하는 노인들이 서로 뿔뿔이 흩어졌다. 나는 크리스 부인과 함께 차를 마시고 자리에서 일어났다.

"부인, 전 이제 슬슬 수수께끼를 풀러 저택 곳곳을 돌아다녀 보겠습니다. 혼자 돌아봐도 되나요?"

"네, 그럼요. 그리고 저는 처리해야 할 일이 있어서요. 어제 말씀드린 동쪽 종탑을 제외한 모든 곳은 자유롭게 보실수 있습니다."

"왜 동쪽 종탑은 안 된다는 거죠? 거기는 어디죠?"

"어제 건물에 들어오실 때 못 보셨나요? 이 건물하고 좀 떨어져 있어서 못 보셨을 수도 있겠네요. 건물이 낡아서 몇번 사고가 발생한 적이 있어요. 안전을 위해서입니다."

어제 이 건물에 들어설 때 동쪽 종탑을 보진 못했다. 이 건물과 붙어 있는 것도 아니라고 하니 일단 '4월 15일'의 수수께끼에만 집중해야겠다고 마음먹고 밖으로 나섰다. 병원의 외부 윤곽을 먼저 확인해야 내부 공간도 어느 정도 유추가 가능하기 때문이다.

일반적으로 건축가는 건물을 설계할 때 외곽 형태부터 디자인한다. 그 후에야 외관과 맞는 내부 공간을 디자인한다. 물론 현대 건축은 이 방법이 뒤바뀌거나 뒤섞이기도 하지만…… 중세의 건축은 외관을 보면 건축가의 의도를 어느 정도 파악할 수 있다. 그러나 이 병원은 약 70여 년 전에 피터 씨의 아버지에 의해 개축되었다. 그 점을 감안하고 건물을 둘러봐야 한다.

어제 들어온 정문으로 나가서 전체 윤곽을 보기 위해 건물이 한눈에 들어올 만큼 멀리 계속해서 걸어 나갔다. 아직 여름이 시작되지 않았지만 들판은 봄의 햇살이 키워낸 푸름으로 가득했다. 도시 속 건물에 갇혀 지내던 내게 이런 광활한 푸름은 안식을 주었다. 천천히 눈을 감자 얼굴로 불어오는 봄바람의 향기 그리고 새들의 노랫소리까지…… 건물의 외관을 보려 했던 생각은 잠시 뒤로 하고 건물 주위의 큰 나무 옆 풀숲에 그냥 누워버렸다.

"에라, 모르겠다. 이렇게 평온하고 아름다운 자연 속에서 무슨 수수께끼, 잠시 잊자."

너무나 평온하고 아름다운 자연 속에 있어서 그런 것일까? 마치 여행 중인 것처럼, 고민과 생각을 잠시 접어두고 누운 채 하늘을 멍하니 바라보았다. 나뭇잎 사이로 새어 들어오는 빛과 반짝거림 그리고 잎새들의 속삭이는 소리가 나를 위로했다.

수많은 건축가와 디자이너가 자연에서 모티브를 얻어 제품과 건물을 만든다. 그럼에도 불구하고 본래 자연이 주는 그 위대한 디자인의 발끝에도 미치지 못한다.

지금까지 세상에서 찾아낸 가장 아름다운 디자인 두 가지가 있다. 하나는 '하늘'이다. 하늘은 태초부터 지금까지 그리고 앞으로도 똑같은 모습을 보여주지 않을 것이다. 한 번도 같은 모습이 아닌 다른 모습으로 사람들을 위로해 온 하늘이다. 나는 지금 나뭇잎으로 수놓은 오늘만의 하늘을 보고 있다.

다른 하나는 '생각'이다. 사람의 생각은 경계가 없고 끝을 알 수 없는 바다와도 같다. 그리고 그 생각을 잘 정제해 실현하면 위대한 작품이 만들어진다. 그러나 인간의 생각은 위험한 도구이기도 하다. 선악과처럼 잘 쓰면 이롭지만 잘못 쓰면 죽음으로까지 이어지는 것이다. 이 병원은 프랑스와라는 사람의 생각을 완전히 담아낸 그릇일지도 모른다. 그의 생각은 어떤 것이기에 병원의 이름이 '4월 15일의 비밀'일까?

잠시 누웠을 뿐인데, 이런저런 생각이 머릿속을 더 복잡하게 했다. 순간 짜증이 나서 복잡한 생각을 털어내려고 머리를 세차게 흔들었다. 우연히 앞을 내려다보니 멀리 백색 종탑이 눈에 들어왔다. 겉으로 보기에는 멀쩡한 백색 건물이었다. 언덕의 아래쪽에 있었던 터라, 종탑의 머리 부분만 약간 보였다. 동쪽 종탑은 가지 말라던 크리스 부인의 당부가 떠올랐지만, 가지 말라고 하니 더 가보고 싶은 건 왜일까. 종탑

내부에는 들어가지 않고 주변만 좀 둘러보고 오면 되겠다 싶어 바로 자리를 박차고 일어섰다. 엉덩이에 묻은 흙과 풀 쪼가리를 툴툴 털어내고 저택 내부의 사람들이 눈치 채지 못하게 조심스럽게 멀리 돌아서 종탑 쪽으로 내려갔다.

종탑으로 가는 길은 없었다. 허벅지까지 자란 풀들이 뒤엉켜 있었고 어느 곳에도 사람이 다닐 만한 길은 보이지 않았다. 꽤 오랫동안 사람의 발자취가 닿지 않았던 곳임을 직감했다. 눈 속에 빠진 발을 빼내면서 걷는 것처럼 풀들이 내 다리에 엉켜 붙었다. 마치 풀들이 종탑으로 가지 못하게 막기라도 하는 것처럼. 하지만 그럴수록 종탑을 향해 언덕을 내려가는 내 발걸음은 더욱더 빨라졌다. 아래로 내려갈수록 점점 종탑의 윤곽은 두드러졌고 이내 종탑의 높이를 대략 짐작할 수 있었다.

종탑의 하단부가 전부 보일 만큼 내려갔을 때쯤, 종탑 옆으로 모여 있는 묘지가 눈에 들어왔다. 종탑이 본 건물과 떨어진 것도 이상한데 종탑 주변에 공동묘지라니? 예전에 이 건물이 수도원이었다고는 하지만 동떨어진 종탑은 이해가 되지 않았다. 종탑은 종교 건물에 가깝거나 붙어 있는 경우가 대부분이기 때문이다. 그러나 이 종탑은 건물에서 대략 200미터쯤 떨어져 있었다. 물론 이탈리아의 교회 건축은 종탑과 교회가 떨어져 있는 것이 특징이다. 산마르코 광장의 종탑과 교회가 분리되어 있는 것이 가장 대표적인 사례다.

수도원이라고는 해도 기능과 뿌리는 교회와 같으므로 종탑이 떨어진 것도 이탈리아식으로 볼 수도 있다. 하지만 떨어져 있는 거리가 너무 멀고, 무엇보다 여기는 이탈리아가 아니다. 4월 15일이라는 문제를 풀려고 하면 할수록 새로운 문제가 튀어나오고 있다.

천천히 걸어서 내려와 보니 이제는 뒤편 언덕 위에 있던 병원이 보이질 않았다. 언덕 위에 숨어버린 병원을 뒤로하고 종탑 가까이에 이르자 멀리서 보던 것보다 훨씬 더 높다는 것을 알게 되었다. 언덕 위에서는 종탑의 하단부가 보이지 않아 그다지 크게 느껴지지 않았는데 가까이 와서 보니 종탑의 높이는 적어도 50미터는 되어 보였다.

웅장한 종탑은 나를 내려다보는 거대한 거인 같았다. 저 종소리가 울리면 이 주변에 있는 모든 생명체는 종탑으로 시선을 향할 것이다. 소리는 과연 얼마나 멀리까지 퍼질까? 건축가는 종탑을 설계할 때 이웃 종탑과 겹치지 않는 범위와 어디까지 들리게 할 것인지를 고려한다. 베니스국제건축포럼에 참여할 때 만났던 건축대학의 돌체타 교수는 베네치아 사람들이 같은 종소리를 듣는 사람과 연대감을 느낀다고 알려주었다. 베니스에는 수많은 작은 광장과 성당 그리고 종탑이 있다. 그러나 한 종탑의 소리는 주변 다른 종탑과 소리가 섞이지 않는다. 지도상의 행정구역이 아니라 사람들이 듣는 종탑의 소리가 같은 지역 주민이라는 연결고리를 만드는 셈이다.

하지만 이 종탑 주변에는 중세의 수도원이었던 이 병원 하나만 있을 뿐, 연대감을 이끌어 낼 다른 집도 사람도 없다. 과거에 있었을 법한 흔적도 전혀 없다. 과거의 수도원을 위해 종탑이 왜 이토록 멀리 떨어져 여기에 자리 잡았는지 도통 알 수 없었다. 이 종탑이 과연 저 언덕 위의 중세 수도원을 위한 것이었는지도 모르겠다.

그런 의문을 갖고 종탑 주변을 돌아보던 중 십여 개의 작은 무덤이 눈에 들어왔다. 얼핏 보아도 굉장히 오래되어 보이는 몇 개의 무덤과 만들어진 지 얼마 안 돼 보이는 무덤까지 다양했다.

무심코 다시 저택으로 발걸음을 돌리려 하는 순간, 문득 피터 씨의 아버지, 그 건축가가 여기 묻혀 있는 건 아닐까 하는 생각이 들었다. 다시 발걸음을 돌려 그의 무덤을 찾기 시작했다. 그 건축가라면 아마 묘비명도 특별할 것이고, 그렇다면 4월 15일의 단서를 찾게 될지도 모른다. 피터 왈처 씨의 아버지는 이름이 프랑스 왈처라고 했는데…….

풀숲에서 찾은 그의 비석은 오래되어 보이는 낡은 비석 중 하나였고, 넝쿨이 잔뜩 엉겨 붙어 왈처라는 이름만 어렴풋하게 보였다. 손으로 비석 주위에 엉겨 붙어 있는 넝쿨을 뜯어내기 시작했다. 오랜 시간 누구의 간섭도 받지 않고 자란 풀들과 넝쿨이 무성하게 무덤을 삼키고 있었기 때문에 머리에서 땀이 흐를 정도로 힘을 들여 풀들을 걷어내야만 했다. 비석에 붙은 마지막 넝쿨을 뜯어낸 후 손으로 먼지를 닦고 입에 잔뜩 힘을 주어 바람을 내뱉었다. 먼지와 함께 세월의 흔적이 공기 속으로 흩어졌다.

그의 비석은 마모가 너무 심해 출생 연도와 사망 연도는 식별이 불가능했지만 그래도 4월 15일이 아닌 것은 확실했다. 그가 남긴 메시지 또한 마모가 심해서 잘 구별되지 않았지만 정신을 집중해 판독했다.

당신의 방에서…… 바라본다.

어디를 바라본다는 것인지? 그리고 '당신의 방'이라니? 보통의 묘비라면 자신의 이야기를 남길 텐데, '당신'이라면 누굴 말하는 걸까? 피터 씨 혹은 피터 씨의 어머니? 아니면 다른 여인? 가족? 누구인지 알아야 그 방을 찾을 단서가 생길 텐데, 정말 모르겠다.

혹시 모를 다른 단서를 찾기 위해 왈처 성을 가진 묘비가 또 있는지 찾았지만 프랑스와 왈처뿐이었다. 프랑스와 왈처의 비석처럼 오래된 비석이 하나 더 있어 살펴보았지만 그 비석의 이름은 아나톨 가르니아였다. 성이 다른 것으로 보아 왈처 가와는 관련이 없어 보였다.

지금까지의 단서를 정리해 보면, 첫 번째 단서는 파리에서 만난 피터 씨의 대리인과 이곳 루체른의 왈처요양병원에서 나에게 말을 건넨 환자 모두 내가 건축가임을 이미 알고 있었다. 그렇다면 이 수수께끼는 건축가가 풀 수 있는 수수께끼일 수 있고, 건물 내부와 외부 공간에서 그 해답을 찾을 수 있을지 모르겠다. 그리고 이 공간을 설계한 프랑스와 왈처도 건축가였다.

두 번째 단서는 4월 15일! 오늘을 놓치면 안 된다. 4월 15일이어야 하는 이유! 그리고 마지막 단서는 바로 이 비석의 글귀, '당신의 방에서…… 바라본다'.

지금까지의 단서를 조합해 보아도 어떤 연결 고리를 찾을 수 없었다. 아직 아무것도 찾지 못한 탓에 힘 빠진 몸과 마음을 이끌고 병원을 향해 언덕 위로 올라갔다. 내려올 때는 잘 몰랐는데 생각보다 경사가 급했다. 몸을 바짝 앞으로 숙이고 언덕의 풀들을 밧줄처럼 부여잡고 올라가야만 했다.

언덕이 조금 완만해질 때쯤, 병원이 눈에 들어왔고 뒤를 돌아보니 웅장한 종탑이 다시 한번 그 자태를 뽐내고 있었다. 병원과 종탑을 번갈아 보니 이상하게도 이 두 건축물은 서로 다른 방식으로 지어져 있었다. 다른 방식이란 각각 다른 시기에 지어진 것을 의미한다. 자세히 보니 병원은 과거 중세풍 수도원 건물이 확실하지만 좀 전에 본 종탑은 벽돌로 만든 조적식 구조였다. 흰 벽돌은 산업혁명 이후에 대량 생산된 건축 재료였다. 중세 시대의 것은 아니었다.

결국 두 건물 모두 오래된 것은 맞지만 백색 종탑은 수도원이 그 기능을 상실했을 무렵 완성되었다는 말이다. 그렇다면 그때 왜 종탑이 필요했던 걸까? 종탑에 다른 기능이나 의미가 있는 걸까?

더 놀라운 것은 병원과 종탑의 높이가 엇비슷해 보인다는 점이다. 물론 병원 외관을 모두 돌아보고 제일 높은 곳으로 올라가 종탑을 보면 좀 더 확실할 것이다. 같은 평지에 있을 경우 종탑이 훨씬 높겠지만 병원은 언덕 위에 있어 종탑의 머리와 병원의 지붕선이 비슷해 보였다.

종탑은 보통 신과 인간의 연결부로서 수도원보다 최대한 높게 짓는다. 다시 말해서 상식적으로 종탑을 만들고자 했다면 언덕 위에 세우는 것이 맞다. 왜 일부러 낮은 곳에 세워서 높이 쌓았단 말인가? 이곳은 그동안 알고 있던 상식과 역사가 다 뒤엉켜 버리는 이상한 곳이었다. 문득 내가 건축가이기 때문에 이 점을 알 수 있고, 그래서 피터 씨가 나를 선택한 것이 아닐까 하는 생각이 들었다.

언덕을 다 오르고 나서야 참아왔던 가쁜 숨을 몰아쉬었다. 그동안 너무 책상머리에만 앉아 있었던 탓인지, 언덕 좀 올라왔다고 다리가 풀려버리다니. 병원 앞 큰 나무 밑으로 기어가듯 다가가 털썩 주저앉아 버렸다. 포근한 산들바람과 따뜻한 햇볕이 나의 눈을 또 한번 지그시 감게 만들었다.

바람을 타고 포근함뿐만 아니라 사람들의 속삭임도 같이

흘러왔다. 눈을 떠보니 마치 마법에 홀린 것처럼 모든 소리는 멈춰 있었다. 잘못 들은 것이라 생각하고 팔을 베고 다시 누워 살며시 눈을 감았다. 사람들의 목소리가 또 들려왔다. 다시 눈을 뜨자 마치 오디오의 볼륨을 꺼버린 것처럼 사라졌다. 다시 눈을 감고 천천히 기다리면 들리는 사람들 소리. 눈을 감고 조용히 자연에 몸을 맡기면 주변 소리가 들려오는 걸까. 눈을 뜨면 청각과 후각이 알려주던 세상은 시각의 지배 속에서 그 역할이 미미해졌다.

건물 뒤편에서 즐겁게 이야기하고 웃고 있는 사람들, 바람이 흔드는 나뭇잎 소리, 풀숲에서 전해지는 아름다운 하모니 같은 오색 풀잎 향기까지…… 모두 눈을 감았기 때문에 느낄 수 있는 세상이었다. 10여 년 전쯤 이탈리아 시에나에서 고대의 캄포 광장을 찾아 나섰던 그날이 떠올랐다. 맑게 갠 하늘에 바람까지 시원한 그런 날이었다. 지도를 펴고 시에나의 캄포 광장 위치를 찾고 있었다. 그런데 문득 '이 도시 초입에 처음 발길을 내딛었던 고대인들은 어떻게 캄포 광장을 찾았을까' 하는 생각이 스쳐 지나갔다. 그들에게 지도는 그곳 시에나까지 오는 데에만 필요했을 뿐, 미로 같은 시에나에서 모든 길은 광장으로 이어져 있다는 믿음으로 캄포 광장을 찾아 길을 나섰을 것이다. 바로 그 느낌이 알고 싶어 나는 과감히 그 자리에서 지도를 찢어버렸다. 그리고 무작정 지도를 보며 30분 정도 걸릴 거리를 2시간이나 넘게 헤맸다.

아무리 젊은 패기라고 해도 20킬로그램에 가까운 짐들로 인해 이미 지쳐버린 몸은 제대로 가누기 힘들었다. 결국 2시간 반 만에 길거리에 주저앉아 담벼락에 기대어 버렸다. 거친 숨을 몰아쉬며 눈을 감고 잠깐 잠이 들었는데, 거친 숨이 차분하게 가라앉고 숨소리도 들리지 않을 즈음 갑자기 주변의 속삭임에 놀라 눈을 떴다. 그러나 주변에는 나 혼자뿐, 아무도 없었다. 꿈이었나? 대수롭지 않게 생각한 나는 다시 눈을 감고 벽에 기대었다. 하지만 또 잠시 후 사람들의 속삭임, 뭔가 굴러가는 소리, 그리고 발자국 소리가 들려왔다. 놀라서 벌떡 일어난 내게 더 이상 소리는 들려오지 않았다. 나는 귀를 땅바닥에 대고 혹시나 모를 인기척을 기대했다. 역시 소리가 들렸다. 사람들 소리였다. 그렇게 사람들의 소리를 찾아 이른 곳이 세상에서 가장 아름답다는 캄포 광장이었다. 그때 처음으로 세상은 눈으로만 보는 것이 아니라는 것을 알게 되었다.

그리고 이 병원 앞에서도 그때와 비슷한 경험을 하게 되었다. 지친 몸을 다시 일으켜 건물 뒤편에서 들려오는 속삭임을 향해 걸었다. 소리의 근원지를 향해서…….

저택의 뒤편 동서쪽에 이르자 환한 햇살과 일렬로 늘어선 나무들이 웅장하게 자태를 뽐내고 있었다. 오랜 세월 서로 겹쳐진 나무들은 나뭇잎 사이로 흘러나오는 신비로운 빛으로 장관을 연출했다. 마치 바닥에 빛 덩어리들이 나뭇잎들을 피해 여기저기 떨어진 것처럼. 나무 사이 길을 걸으면서 이야기를 나누는 노인들, 햇볕이 잘 드는 자리에 앉아 책을 보거나 일광욕을 즐기는 노인들까지 모든 사람들의 얼굴에는 밝은 미소가 흘러나왔고 나 또한 그 미소에 젖어들고 있었다.

때마침 나를 구해주었던 수잔 부인이 내 앞으로 다가왔다. 나를 알아보고 괜찮냐는 듯 미소를 보냈고 나도 고맙다는 인사를 건넸다. 수잔 부인이 마치 '천만에요. 할 일을 했을 뿐이에요'라고 말하는 것 같았다. 수잔 부인은 가볍게 인사를 한 후 내 뒤로 지나갔다. 나는 돌아서서 그녀의 뒷모습을 배웅하듯 바라보았다.

건물로 들어가는 그녀의 모습을 보던 나는 눈이 휘둥그레지고 말았다. 그녀가 들어가는 건물을 밖에서 보니 또 다른 모습이었기 때문이다. 눈앞에 보이는 문은 오래되고 웅장한 석재로 조각되어 있는 중세 수도원의 대문이었다. 그 문 위에 새겨져 있는 다양한 군상의 모습은 과거 이 병원이 위엄 있는 수도원이었음을 증명해 주었다. 아침에 살롱에서 보았던 것과 동일한 종류의 중세 시대 조각상들이었다. 하지만 이 문은 홀로 서 있다. 예전에 함께했을 벽들은 이미 그 흔적을 잃은 지 오래였고 오직 문만 남아 오랫동안 외롭게 그 자리를 묵묵히 지키고 있었다.

좀 더 자세히 살펴보니 문은 눈부시게 흰 석재로 조각된 문틀과 아주 오래되어 닳아버린 회갈색 나무로 되어 있었다.

회갈색 나무문에는 미는 손잡이도 보였다. 금색으로 치장되어 있고 손잡이 중심부에는 뿔이 달린 도깨비 같은 조각상이 새겨져 있었다. 이상하게도 이 도깨비 조각상은 조금 닳은 반면 오히려 손잡이의 양 옆이 더 많이 닳아 있었다. 이상한 생각에 손잡이를 잡으려는 순간 손이 따끔했다. 도깨비의 뿔이 문을 미는 내 손에 닿았기 때문이다. 결국 두 손으로 손잡이의 양 옆을 밀고 열 수밖에 없었다.

순간 이 수도원을 설계한 건축가의 의도를 눈치 챌 수 있었다. 경건한 수도원에 들어오려거든 문을 한 손이 아닌 두 손으로 잡고 정성을 다해 문을 열라는 의미였다. 또한 도깨비처럼 무서운 조각상은 이 수도원에 들어오는 사람에게 경각심과 두려움을 주려고 한 것처럼 보였다. 결국 수많은 사람들이 나처럼 도깨비 손잡이를 잡고 밀려다가 포기하고 두 손으로 손잡이 주변을 밀었을 것이다. 그래서 손잡이 주위에 닳은 흔적이 남게 된 것이다.

중세 시대 종교는 절대 권력이었고 그 역사의 흔적이 여기 문손잡이에도 고스란히 남아 있었다. 안타깝게도 이 문의 주변 건물 벽은 이미 파괴되어 소실되었고, 지금 문을 감싸 안고 있는 것은 예전의 건물 벽이 아니었다. 예전의 건물 벽은 이미 사라지고, 거대하고 웅장한 문만이 예전의 영광을 기억하고 있었다.

지금 문을 지탱하는 것은 철골 구조와 유리였다. 어제 건물 내부에서 보았던 철골 구조로 된 온실이 바로 이곳이었다. 어제는 온실에 있던 따뜻한 온기와 굴절되어 들어오는 빛줄기 때문에 이 문을 자세히 볼 수가 없었다.

호기심에 수잔 부인의 뒤를 좇아 건물의 내부로 들어가 보았다. 어제와 마찬가지로 건물 내부는 온실이라 따뜻했고, 다른 온실과는 달리 습하지도 않고 통풍이 아주 잘되는 편이었다. 어제 3층에서 내려다본 이 석재로 된 문과 유리 사이의 틈으로 바람이 흐르고 있었기 때문이다. 환자들을 위한 최적의 공간이다. 뿐만 아니라 바닥도 여느 저택처럼 대리석이나 나무가 아니라 푸른 풀들이 자라는 숲속과도 같았다.

군데군데 아이보리 색의 깨진 대리석이 풀 사이로 살짝 모습을 드러냈다. 중세에 이곳은 웅장한 대리석으로 바닥이 치장된 공간이었을 것이다. 지붕을 잃어버린 기둥들이 지금도 곳곳에 자리 잡고 있어 과거의 모습을 떠올리게 했다.

좀 더 자세히 공간을 관찰해 보니 이 병원의 본래 모습인 수도원의 입구는 건물 뒤편이라는 걸 짐작할 수 있었다. 바깥에 열을 지어 있는 나무들이 입구로 들어오는 길을 강조하고 다른 문보다 더 화려한 입구의 조각 장식이 예전의 모습을 연상시켰다.

지금 이 순간, 이곳은 현대의 건축가가 보더라도 정말 완벽해 보이는 시각적 공간이다. 어제 3층에서 내려다보았던 것과는 달리 1층에 서서 보니 더 감동적이었다. 또한 분명히 실내임에도 불구하고 자연 속에 있는 것 같은 착각이 들었다.

이 파괴된 중세 수도원을 목도한 건축가 프랑스와 왈처! 그는 이 파괴된 잔재를 다시 원상 복귀시키는 것이 아니라 자신만의 방식으로 재현했다. 그리고 그가 재현시킨 폐허였던 중세 수도원과 그 폐허에서 다시 사람이 살 수 있게 만들어 놓은 유리와 철골 구조는 시간이 흘러 함께 늙어가는 부모와 자식처럼 느껴졌다. 재질은 전혀 다르지만 예전의 석조 공간과 프랑스와가 지은 유리와 철골 구조가 완벽히 결합했고, 현대 건축가인 내게는 둘 다 완벽한 한 편의 역사로 다가왔다.

예전 밀라노에서도 중세 시대 건물 발굴 작업 현장에서 비슷한 일이 일어나 보도된 적이 있었다. 발굴 작업을 하던 중세 건물터 아래에서 로마 시대의 작은 극장터를 추가로 발견한 것이었다. 알고 보니 중세 건물이 고대 로마 시대의 경기장 위에 세워져 있었다. 전혀 다른 시대에 세워진 두 건물을 어떻게 조합시킬지에 대해 수많은 논의가 이뤄졌고, 결국 이 프로젝트를 위해 한 저명한 건축가가 선택되었다. 그는 수년에 걸쳐 고민하고 연구한 결과, 충격적인 발표를 하기에 이르렀다.

"제 능력으로는 역부족입니다. 로마 시대와 중세 그리고 현대까지 아우르면서 동시에 각 시대의 정체성을 보존하는 작업은 제 능력으로 역부족이며, 이 시도를 후대의 천재 건축가에게 넘기고 저는 이 프로젝트에서 떠나겠습니다."

이 프로젝트를 진행하는 것만으로도 스타가 될 수 있는 기회였지만 그는 자신의 만용으로 역사가 망가질 수 있다고 판단하고 그 공을 후대에 넘길 줄 아는 진정 양심적인 건축가였다.

그가 이 건물을 보았다면 뭐라고 했을까? 밖에서는 예전의 영광을 느낄 수 있고 내부에서는 또 다른 시간의 역사를 느낄 수 있다는 것을 그도 인정할 수밖에 없었을 것이다. 어찌 보면 그가 찾았던 천재 건축가가 바로 프랑스와일지도 모르는 일이었다. 어떻게 이토록 예전의 모습을 잘 보존하면서 당시의 새로움을 완벽하게 담아냈는지 놀라웠다.

좀 더 자세히 보기 위해 오래된 중세의 문 그리고 유리와 철골 구조가 만나는 경계 지점을 유심히 살펴보았다. 과거 중세 수도원의 출입구였던 이 문은 군데군데 깨지고 파괴되어 보기가 좋지 않았다. 프랑스와는 깨지고 파손된 모양대로 철을 깎아 그 면에 접합시키는 과정에서 접합면에 아주 작은 틈을 주어 두 재질의 시간적 차이를 극명하게 나타냈다. 과거의 깨진 조각을 감싸 안는 방식을 썼다. 또 이미 깨진 조각과 같은 형태의 접합물을 만들었지만 구별되게 하기 위해 사이에 틈을 벌려놓았고 그 틈으로 자연의 바람이 흘러들게 했다.

폐허가 된 건물을 이렇게 새롭게 구축하는 방식을 고안한 그에게 깊은 존경심이 들었다. 내게 이 병원은 더 이상 하나의 건축물에 그치지 않았고 보물처럼 느껴졌다. 역사가 지나간 자리에 남은 향기로운 보물 말이다.

"잘 돌아보고 계신가요? 불편한 점은 없으세요?"

5층 꼭대기 복도 난간에서 울려 퍼지는 크리스 부인의 목소리에 정신이 들었다. 그 목소리 덕분이었을까? 미션을 해결해야 하는 나의 역할이 다시 떠올랐다.

"아, 네! 그럭저럭 노력 중입니다. 쉽지는 않네요. 그리고 왜 제가 이 문제를 풀어야 하는지 아직 의문이 드네요."

"이전의 지원자 세 분은 그 의문을 갖게 되자 곧 여길 떠나셨어요. 그 누구도 뤼미에르 씨에게 강요하지 않습니다. 선택의 문제지요."

그녀는 마치 피터 씨의 서한을 내게 준 후 모든 임무가 끝났다는 듯, 나에게 쏟던 관심이 거의 사라졌다는 식의 냉소적인 말투로 대답했다.

"아직은 피터 씨를 만나고 싶어요. 이 저택에 대한 건축적 호기심 때문에 그 문제를 풀고 싶고요. 적어도 지금은요. 생각이 바뀌면 바로 말씀드릴게요."

나도 그녀처럼 냉소적 말투로 대답했다. 그녀는 내 대답이 마음에 들지 않았던지 어떤 대꾸도 없이 복도 난간에서 모습을 감췄다. 대화의 끝이 미묘하고 어색하게 정리되는 순간이었다. 기분이 썩 좋은 편은 아니었지만, 그녀의 기분까지 맞춰주고 싶은 생각은 없었다. 그저 이 집의 비밀을 풀어야 한다는 생각이 내 머릿속을 꽉 채웠을 뿐이었다.

　종탑의 높이를 확인해 보고 싶어 계단으로 걸음을 옮겼다. 오래된 건물이지만 투명한 유리로 된 엘리베이터가 설치되어 5층까지 쉽게 올라갈 수 있었다. 그러나 나는 계단을 선택했다. 본래 건축가라면 공간에서 가장 세심하게 고려하는 곳이 바로 계단이기 때문이다.

　계단은 오르고 내리는 역할뿐만 아니라 위층과 아래층이 만나는 접합점이라는 측면에서 보면 공간이 뒤섞이는 곳이기도 하다. 예를 들면 1층의 로비가 대리석으로 이뤄졌다면 계단도 1층 부분은 대리석으로 만들어 조화로움을 지켰을 것이다. 그러나 이 건물의 2층부터는 방들이 있기 때문에 바닥에 마루나 카펫을 썼다. 그렇다면 2층으로 올라가는 계단은 마루나 카펫으로 마감을 했을 확률이 높다. 점점 더 궁금해졌다. 어떻게 그 이질적인 두 재료를 조화롭게 섞었을까? 보통은 계단을 돌로 시작해서 돌로 끝내려 하겠지만 이 죽었던 건물에 다시 생명을 불어넣은 프랑스와는 다를 것이라는 확신이 들었다.

　예상대로 그의 계단은 특별했다. 루비 조각들이 박혀 있는 듯한 아이보리색 대리석으로 이뤄져 있고 그 위에는 미끄럼 방지를 위해 와인 색깔의 천과 금색 테를 고정해 놓았다. 마치 위층에는 와인색 카펫이 깔려 있음을 암시하는 것 같았다. 그리고 예상은 적중했다. 그렇게 5층까지 가쁜 숨을 몰아쉬며 올라갔다.

어제 내가 묵었던 건너편 어두운 복도는 흰 대리석과 하얗게 칠해진 나무로 구성된 반면, 뒤편 내가 서 있는 테라스 복도는 화려했다. 오래된 카펫에서 나는 곰팡이 냄새가 거북했지만 그래도 자연에서 나오는 천연 향기가 모든 세월의 묵은 냄새를 덮어버리고 있었다.

방금 전 원장이 나를 바라보던 계단 난간에 다가섰다. 난간은 아르누보 양식의 화려한 철제 곡선으로 이루어져 있었다. 아름다운 난간을 짚고 복도 끝으로 발걸음을 옮겼다. 복도 끝은 벽으로 막혀 있었고 종탑은 보이지 않았다. 복도 끝 옆 방문으로 들어가면 그 방의 창으로는 종탑을 볼 수 있을 텐데……. 그러나 방문은 굳게 잠겨 있었다. 혹시 몰라 이리저리 문손잡이를 돌려보고 있을 때였다.

뒤에서 인기척이 들려왔다. 뒤를 돌아보니 크리스 부인이 나를 쳐다보고 있었다. 나도 모르게 뜨끔해서 핑계 같은 말투를 내뱉고 말았다.

"여기서 종탑을 볼 수 없나요? 종탑을 좀 보려고 여기 방이 열리나 확인 좀 했어요."

"제가 열어 드리죠. 자, 비켜주세요."

그녀는 이 건물의 방을 모두 열 수 있는 마스터키를 가지고 있었고 순순히 내가 이 방에 들어가는 것을 허락해 주었다. 방에 들어서자 아주 오랫동안 사람이 들어온 적이 없는지 퀴퀴한 먼지가 가득했다. 창문에는 두꺼운 커튼이 드리워져 있어 어두웠다. 커튼을 열자마자 오래된 먼지가 어지러이 펄럭였다. 바로 입을 막았지만 코로 들어간 먼지 때문에 한참 기침을 해댔다. 기침이 간신히 멎은 후에 비로소 창문을 열고 종탑을 바라보았다. 확실치는 않지만 이 건물의 높이와 비슷해 보였다. 물론 종탑이 훨씬 높지만 종탑은 언덕 아래에 있고 이 저택은 언덕 위에 세워져, 높이는 비슷하게 느껴졌다.

"이 저택과 종탑의 높이가 비슷해 보이네요."

질문을 하면 대답해 주지 않을 것 같아서 크리스 부인의 반응으로 답을 유추하고자 동의를 구하는 식으로 말했다.

"가보셨으니 얼마나 높은지는 아시겠죠? 아까 제가 말씀 드렸는데 무시하시더군요. 분명 사고가 많은 곳이라고 말씀 드렸는데 말이죠."

약간 화가 난 말투였다. 이제야 왜 아까 나에게 퉁명스럽게 말했는지 이해가 되었다. 내가 동쪽 종탑으로 가는 모습을 본 모양이다. 나는 무어라 핑계를 대야 할지 몰라 순간 당황했다.

"오래도록 방치된 종탑에 올라가다가 나무 바닥이 부서져 생긴 추락 사고가 몇 번 있었어요. 걱정돼서 드리는 말씀이니 다음부터는 조심해 주세요."

"아, 네…… 죄송합니다……. 그리고 저기……."

나는 어찌할 바를 몰라 말끝을 흐렸다.

"주저 말고 말씀해 보세요."

"다음부터는 꼭 조심하겠습니다. 죄송합니다. 그런데 종탑 옆에 프랑스와 왈쳐 씨의 묘비가 있던데요. 묘비명이 잘 안 보여서 못 읽었는데 혹시 '당신의 방에서 ……를 바라본다' 이런 문구 들어보신 적 있나요?"

"음, 글쎄요. 당신의 방이라면 혹시 프랑스와 왈쳐 씨의 부인 방을 말하는 건가요?"

"여기 왈쳐 씨 부인의 방이 있다고요? 그게 어디죠? 네?"

"지금 우리가 서 있는 바로 이 방입니다. 부인의 성함은 잘 모르겠지만 그렇게 불리는 방이에요. 실제로 부인이 여기에 거주하지는 않은 걸로 알고 있습니다."

순간 원인 모를 오싹함이 몸 전체를 타고 흘렀다.

"그럼 프랑스와가 말한 '당신의 방'은 여기일 수도 있겠군요. 아! 그녀의 무덤은 프랑스와 무덤 옆에 없던데, 어디에 있는지 아시나요?"

"글쎄요. 저는 잘 모르겠네요. 프랑스와 씨의 무덤이 종탑 옆에 있는 건 알았지만……. 그리고 보니 부인의 무덤은…… 글쎄요……."

그녀는 정말 몰랐다는 표정으로 나에게 말했다.

나는 천천히 다시 창문 쪽으로 다가갔다. 그리곤 종탑을 멍하니 쳐다보면서 생각에 잠겼다. 도대체 '당신의 방'은 무엇이고, 여기에서 '당신'은 부인을 말하는 것인가? 그럼 이 방에서 그 단서를 찾아야 한다는 말인데……. 창가에서 돌아서서 크리스 부인을 응시하며 말했다.

"그 수수께끼를 풀려면 아무래도 이 방을 좀 조사해야 할 것 같은데요. 가능할까요?"

아까부터 손으로 입을 막고 먼지가 들어갈까 노심초사하던 그녀는 웅얼거리듯 말했다.

"그러시죠. 전 이만……. 여기 열쇠는 두고 갈 테니 볼 일이 끝나면 문을 잠그고 1층 로비에 반납해 주세요."

그녀는 재빠르게 방에서 빠져나갔고 이제 세월의 먼지가 가득한 이 방엔 나 홀로 남았다. 아니 프랑스와의 영혼이 이 방에 나와 함께 있을지도 모를 일이었다. 그의 영혼이 나를 여기로 안내했을지도.

오래된 대리석으로 장식된 난로와 큰 거울, 고서들로 가득찬 책장, 소파 그리고 테이블……. 그런데 이상하게도 침대가 없다. 이 방에는 침대가 없었다는 말인가? 방에서 잠을 자지 않았다는 말인데……. 어쩌면 아까 원장이 말했던 것처럼 실제 부인이 거주하지 않았기 때문에 침대가 없는지도 모르겠다. 아니면 치워버린 건가?

나는 엎드려 왼손으로는 입을 막고 오른손으로는 바닥에 먼지를 쓸어내면서 바닥에서 흔적을 찾았다. 이 방에 오래도록 침대가 놓여 있었다면 침대를 치웠어도 그 흔적은 남았을 것이다. 바닥이 나무이기 때문에 침대가 놓여 있던 부분과 그렇지 않은 부분은 시간이 지나면서 확연히 차이가 나게 되어 있다. 노출된 나무 바닥은 사람이 계속해서 밟고 다니기 때문에 반질반질해진다. 그리고 좀 더 색이 진해진다. 반면 침대 밑은 먼지만 쌓일 뿐 나무 색도 거의 변화가 없고 침대 기둥이 놓인 자국은 먼지도 닿지 않아 더 옅은 색이 된다.

나는 지금 그 흔적을 찾고 있다. 손으로 입을 막았지만 그래도 먼지가 코나 눈으로 들어오는 것을 막기는 역부족이었는지 계속해서 재채기가 터져 나왔다. 흔적을 찾기는커녕 이러다 질식할 것 같아 창문가로 다가가 머리를 밖으로 힘껏 내밀고 신선한 공기를 들이마셨다. 그렇게 몇 번을 들이마신 후 다시 입을 막고 방바닥을 살피러 몸을 돌렸다. 그때였다.

삐거덕.

이건 나무 바닥이 오래되어 나는 소리였다. 직업병이 도진 나는 쭈그리고 앉아 문제가 있는 나무 바닥을 만져보았다. 나무 상태는 그리 나쁘지 않았지만 나무 밑이 썩은 것 같았다. 별 생각 없이 그 나무 바닥의 먼지를 손으로 쓸어냈다. 그 순간 약간의 먼지가 내 얼굴로 솟아올랐다. 나는 놀라서 뒤로 자빠졌다.

"퉤퉤! 이게 뭐야? 왜 먼지가 제멋대로 날리지?"

얼굴에 묻은 먼지를 닦아내고 다시 가까이 가보니 이번엔 얼굴에 아주 작은 바람이 와 닿았다. 분명 나무 바닥 틈을 통해 올라오는 바람이었다. 그렇다면 밑은 비어 있다는 말인데……. 나는 벌떡 일어나 바닥을 발로 세게 두드렸다. 그리고 그 주변도 계속해서 발로 두드렸다.

텅텅텅…… 턱턱.

소리가 울리는 곳은 밑의 공간이 비어 있다는 것이고 소리가 둔탁하게 바뀐 부분은 빈 공간이 아니다. 그렇다면 이 밑으로 내려갈 수 있지 않을까? 바닥에 문 같은 것이 있는지 살피기 시작했다. 바닥에 쌓인 먼지를 걷어내 보니 사람 한 명이 간신히 들어갈 정도의 비밀 문의 경계가 드러났다. 그리고 아주 작은 열쇠 구멍이 하나 보였다. 아까 크리스 부인이 준 마스터키를 꺼내 들고 조심스럽게 비밀의 문 열쇠 구멍에 열쇠를 꽂았다.

열쇠를 돌렸지만 문은 열리지 않았다. 다시 열쇠를 빼고 구멍으로 눈을 가까이 가져다 대보았지만 내부가 너무 어두워서 아무것도 보이지 않았다. 그렇다면 깊이라도 알아볼 필요가 있다는 생각에 주머니를 뒤지기 시작했다. 마침 옷에 아주 작은 쇠구슬 장식이 있어 그중 하나를 손으로 뜯어냈다. 그리곤 열쇠 구멍으로 밀어 넣었다.

……탁!

소리가 난 시간이 1초를 조금 넘긴 것으로 보아 아래의 층고는 한 층이 아닌 두 개 층 이상임이 확실했다. 그렇다면 여기가 5층이니 두 개 층이면 구슬은 내가 묵었던 3층 정도의 바닥에 떨어진 것이다.

그 순간 내가 어제 3층에서 나왔을 때 열쇠 구멍이 없던 문이 이 공간일 수도 있겠다는 생각이 들었다. 3층 내 방 옆의 문틈에서 나던 퀴퀴한 먼지 냄새가 기억나 몸을 엎드려 이 미지의 문 열쇠 구멍에 코를 바짝 대고 냄새를 맡았다. 어제 3층에서 맡은 냄새와 비슷했다. 두 공간이 연결되어 있다는 확신이 들었다.

문 열쇠를 구할 수 없다면 3층으로 들어가는 방법을 찾아야 할 것이다. 확실치는 않지만 왠지 이 방으로 들어가면 4월 15일의 수수께끼를 풀 수 있을 것만 같았다. 방에서 나와 크리스 부인을 만나기 위해 급하게 로비로 향했다.

부인은 내 말에 깜짝 놀랐을 뿐만 아니라 나와 동행해 그 공간에 대해 확인하고 나서도 믿지 못하는 눈치였다. 구슬의 낙하 시범으로 공간의 깊이를 알려준 후에야 그녀는 이 공간의 존재에 고개를 끄덕였다. 그러나 어제 발견한 3층 비밀의 벽 문에 대해서는 반신반의하는 눈치였다.

"마지막으로 확인해 보고 싶은 게 하나 있어요. 원장님이 여기서 구슬을 떨어뜨리면 그 구슬 소리가 제 옆방 문에서 들리는지 제가 밑에서 확인하고 싶습니다. 제가 3층에 가서 큰 소리로 외칠게요. 그때 이 구슬을 열쇠 구멍에 넣어주세요."

"제가 그 외치는 소리를 어떻게 듣죠?"

"바닥에 귀를 기울이시면 들릴 거예요."

나는 3층으로 향했고 잠시 후에 3층의 열쇠 구멍이 없는 벽 문에 손을 동그랗게 모은 후 소리쳤다.

"준비됐어요! 구슬을 넣으세요!"

그리고 잠시 후 아주 선명한 소리가 들려왔다.

탁! 타다다닥…… 도르르륵.

내 예상이 맞았다. 이 공간에 뭔가 있다. 철저히 외부와 차단된 이 안에 뭔가 비밀이 있다. 다시 5층으로 올라와 원장에게 내가 들었던 구슬이 땅에 부딪치고 굴러가는 소리에 대해 말해주었다.

"뤼미에르 씨는 정말 희한한 분이시군요. 천재 같기도 하고요. 이 병원에 몇 십 년을 있었던 저조차 알지도, 상상하지도 못했던 비밀 공간을 찾아내셨잖아요. 그런데 이 비밀 공간이 수수께끼와 관련이 있는 건가요?"

"그건 저도 모르지요. 그러나 수수께끼를 풀려면 모든 수를 동원해야죠. 수수께끼의 답이 어쩌면 이 비밀 공간에 있을지도 모르고요."

"정말 흥미롭네요."

"그나저나 여기 비밀의 문을 열 수 있는 다른 열쇠는 없는 건가요?"

"제가 가진 키가 마스터키거든요. 이 병원의 모든 방을 열 수 있는 키죠. 그런데 이 키로 안 된다면……."

그녀는 잠시 아무 말 없이 생각에 잠겼다. 그리곤 눈이 동
그랗게 커지더니 뭔가 떠오른 듯 급하게 말했다.

"아! 맞아요. 피터 씨의 목에 열쇠가 하나 걸려 있어요. 혹
시 그 작은 열쇠일지도 모르겠네요."

"피터 씨는 아직 위중하셔서 만나 뵐 수 없다고 하시지 않
았나요?"

"네, 그렇죠. 허락을 구하고 빌려야 하는 것이니까요. 지금
상태는 의식이 없으시거든요. 의식이 돌아오시면 바로 여쭤
볼게요. 지금으로선 어떤 도움도 드릴 수 없네요."

"혹시 저희가 먼저 열쇠를…… 아니면 억지로 열어보면
안 될까요? 안 되겠죠?"

그녀의 대답은 단호했고 더 이상 우긴다고 될 일이 아니
었다. 세상에서 궁금한 걸 참는 게 제일 싫은 나였기에 이 상
황은 내게 너무나 답답했다.

일단 이 공간에 들어갈 수 없다면 외부를 관찰할 수밖에
없었다. 이 공간을 건물 밖에서 관찰하기 위해 밖을 나서기
전에 다시 한번 5층 방에 들렀다. 혹시나 뭔가를 놓치고 있을
지도 모르기에 이것저것 꼼꼼히 다시 살펴보았다.

충분히 살핀 후 방을 나서기 전 아까 열어두고 간 창문을
닫았다. 그리곤 다시 그 비밀의 문이 있는 바닥을 만지는데
이상하게도 전까지 계속해서 불던 작은 실바람이 더 이상 느

140

꺼지지 않았다.

혹시나 하는 마음에 닫았던 창문을 열었더니 그제야 바람이 새어 나오는 것이 아닌가? 분명 이 창문이 열려야 바람이 통한다는 뜻인데, 그렇다면 이 비밀 공간의 어딘가에서 바람이 들어와 이 창문으로 나간다는 의미였다.

4월의 스위스는 따뜻하지만 그래도 약간은 쌀쌀한 날씨였고 실내는 난방으로 따뜻한 공기가 가득했다. 결국 5층의 프랑스와 씨 부인의 방에서 창문만 열면 실내의 따뜻한 공기는 차가운 공기로 대류 현상이 일어나 바깥으로 유출된다. 이때, 비밀의 공간의 어떤 틈을 통해서 외부의 차가운 공기가 이 방으로 올라오는 것이다. 오래 먼지가 쌓이면 쌓일수록 아래서 올라온 공기는 먼지를 위로 날려 보내 방금 전 내 얼굴에 먼지를 쏟은 것처럼 아래 공간의 실체를 알 수 있게 한다. 세월이 오래 흘러 먼지가 많이 쌓일수록 더욱더 선명하게 알 수 있다. 그렇다면 프랑스와 왈처, 그는 시간이 흘러 쌓이는 먼지까지도 이용할 줄 알았던 것은 아닐까? 그에 대한 경외심과 호기심이 더 커지는 순간이었다. 그리고 갑자기 묘비명이 떠올랐다.

'당신의 방에서 ……을 바라본다.'

결론적으로 내가 판독하지 못했던 그 글자는 백색 종탑이 아닐까? 종탑을 바라보기 위해 창문을 열어야만 했고, 바람이 통하면서 실바람이 흘러 들어와 이 바닥에 있는 비밀 공간의 실체가 드러났기 때문이다. 나의 가설은 이랬다. 물론 이 비밀 공간에 아무것도 없다면 내 가설은 잘못된 가설로 남을 뿐이겠지만. 어쨌든 지금으로선 이 추리가 최선이다. 혹시 프랑스와는 누군가 이 방에 와서 이 비밀의 공간을 발견해 주길 바란 것은 아닐까? 아직 '4월 15일'에 대한 단서를 찾아내지는 못했지만 모든 답은 이 건물의 비밀 공간에 있을 것만 같았다.

내부에서 관찰을 마치고 다시 건물 밖으로 나섰다. 외부에서 건물의 측면, 비밀 공간이 면하고 있는 바깥 벽면을 응시했다. 뭔가 작은 것이라도 그 공간의 내부를 알게 해줄 만한 단서를 찾기 위해서였다. 한참을 바라봐도 여느 중세 건물의 입면과 다를 것이 없었다. 그저 창문이 많이 부족해 보인다는 점 말고는 특이점을 찾을 수 없었다.

맞다! 왜 창문이 부족한 거지? 3층부터 4층까지 비밀의 공간에 면한 부분만 창문이 없었다. 일반적으로 방이라면 당연히 창문이 설치되어 있어야 한다. 하지만 비밀의 공간엔 창문이 없다. 비밀을 보호하기 위해서일까? 아니면 창문을 두면 안 되는 공간일까?

건물 벽면 가까이로 발걸음을 옮긴 후 자세히 보니 중세 석재에 묻어 있는 장인의 손길이 느껴졌다. 과거에는 화려했을 테지만 지금은 시간을 머금고 깊은 매력을 뿜어내고 있었다. 그리고 근대 시대의 벽돌이 부분적으로 섞여 있었다. 아마도 프랑스와가 파손된 석재 사이를 메우기 위해 벽돌을 사용한 흔적으로 보였다.

프랑스와가 벽돌을 사용한 방식은 이 건물의 본래 영혼을 해치지 않는 현명한 방법이었다. 보통은 부서지거나 훼손된 건물의 일부를 고친다는 명목 하에 예전과 똑같은 방식으로 복원하려고 한다. 재료도 방식도 모두 예전과 똑같게 말이다. 그러나 그것이 과연 똑같은 것일까? 복제품은 아닐까? 예전 재료와 방식대로 만들었다고 하지만 그건 가짜다. 오히려 후대 사람들에게 혼란만 가져다줄 것이다. 어떤 관광객이 오래된 건물의 벽을 만지며 아이에게 이렇게 말하던 장면이 아직도 기억에 남는다.

"이 벽은 나폴레옹 시대에 만들어진 것이란다."

하지만 그 벽은 예전 방식대로 복제된 가짜였다. 복제된 지 20년도 되지 않았고, 문화재도 아니고 진짜 예전의 역사를 담고 있지도 않았다. 반면 프랑스와는 폐허가 된 수도원의 상처를 그대로 지키는 것을 선택했고, 그 사이를 메우기 위해 복제가 아닌 다른 재료와 다른 방식을 이용했다. 바로 벽돌을 사용한 것이다. 그 덕분에 지금 이 벽의 어느 부분이 정말 중세 사람들의 손때가 묻은 진짜인지, 어느 부분이 보수된 곳인지를 정확히 구별할 수 있다. 벽돌로 채워진 부분 또한 하나의 역사적 증거로 남아 있다. 이는 진정 차곡차곡 쌓여가는 적층된 역사라고 불릴 만한 것이다.

이 세상에서 완벽히 예전의 모습을 지키는 문화재는 박제된 문화재일 뿐이다. 조금씩 변화되면서도 지켜야 할 부분은 지키는 문화재가 지금도 살아 있고 앞으로도 생명력을 보전해 갈 수 있는 존재다. 프랑스와는 이 건물에서 그것을 보여 주고 있었다.

그때 갑자기 벌 한 마리가 벽면에서 튀어나왔다. 꿀벌이었다. 윙윙거리는 날갯짓에 깜짝 놀랐다. 벽에서 벌이 튀어나오다니, 이게 무슨 마법인가? 아무리 자세히 봐도 바깥에서는 구멍이 보이지 않는다. 분명 벽 안에서 날아왔다. 내 눈에 보이지 않는 아주 작은 틈이 있는 것 같았다. 그 틈이 바로 바람이 지나는 통로일지도 모른다. 프랑스와의 부인의 방 밑에서 솟아오른 먼지를 일으킨 그 바람 말이다. 그러나 아직은 모든 것이 불확실했다. 그 비밀의 공간에 들어가기 전까지 확실한 것은 아무것도 없다.

이래저래 복잡한 생각이 많이 드는 하루가 지나가고 있었다. 저녁 식사가 끝나고 건물 뒤편 유리 온실에 사람들이 모여 앉아 이야기를 하거나 이것저것 뭔가를 하고 있는 게 보였다. 나는 조용히 의자에 앉았다. 오늘 정신없었던 하루 그리고 어제의 죽을 뻔한 고비 등의 여러 가지 사건들이 주마등처럼 스쳐 지나갔다. 이곳에서 겨우 하루를 묵었는데 이토록 많은 일들이 있었다니…….

하루 종일 돌아다녀서 그런지 와인을 한잔하고 싶다는 생각이 들었다. 와인빛 저녁노을이 서쪽 하늘에서 천천히, 강렬하게 지고 있었다. 피곤했는지 순간 나도 모르게 잠이 쏟아졌다. 방에 가서 누워야 하는데……. 너무 피곤한 나머지 나는 잠깐 의자에 앉은 채, 그대로 눈을 감고 말았다.

내 옆에 앉는 이 남자……. 익숙한 얼굴이다. 그런데 기억나지 않는다. 아무리 생각해도 떠오르지 않는다. 그러나 분명 어디서 본 얼굴이다. 그가 나에게 뭔가를 쥐어준다.

"이게 뭐죠?"

나는 물었다. 그러나 그는 대답하지 않는다. 그냥 뭔가를 내 손에 올려주고 살며시 웃고 있다. 손바닥을 펴 보았다. 동그란 구슬 같은 보석이다. 주변까지 화려하게 만드는 보석이다. 저녁의 석양 노을을 닮은 보석 같다.

"이걸 왜 제게 주는 거죠?"라고 묻는 순간 나는 그 보석을 떨어뜨리고 말았다. 그 보석은 또르르 바닥을 굴러가더니 사라지고 주변은 점점 어두워져 간다. 어어어…….

다시 어둠이 걷혀갔다. 눈을 떠보니 이건 꿈이었다. 꿈! 이게 무슨 꿈이지? 그리고 그 사람! 이제야 기억이 났다. 꿈속에서는 기억이 나지 않았지만 그는 분명 스위스행 기차를 탔을 때 꿈에서 본 신사였다. 뭔가 말해주고 싶어 했던 그 남자다! 그런데 왜 석양빛을 쏙 빼닮은 보석을 준 걸까?

바로 그때였다.

"와, 우와!"

온실에 있던 노인과 간호사의 환호성이 들렸다. 이 온실에도 비스듬히 설치된 거울 몇 개가 있었는데 석양빛에 반사되고 굴절되어 온실 내부가 붉은 보석처럼 빛나고 있었던 것이다. 꿈에서 본 그 보석 구슬과 너무도 비슷했다.

붉고 노란 석양빛이 에워싼 공간에는 푸른 하늘도 녹아들어 있었다. 남극 하늘의 오로라 같은 광경이었다. 그러나 어둠 속 오로라와는 달리 여기는 석양의 오로라였다. 손을 내밀면 잡힐 것 같은 붉고 노란, 그리고 파란 하늘빛이 오묘하게 뒤섞여 눈앞에 펼쳐졌다. 나도 모르게 손을 내밀었고 그 빛줄기들이 내 손에 스며들었다. 온실에 있던 많은 사람들이 오로라 빛을 잡으려고 너도나도 손을 허공에 휘젓고 있었다. 순간 우리는 마치 붉은 보석 속에서 살고 있는 영혼들 같았다.

이상한 꿈의 환상적인 공간 그리고 내가 지금 꿈에서 본 색감과 비슷한 공간에 있는 이상한 우연! 이 모든 것이 나를 혼란스럽게 했다. 그때 한 노인이 외쳤다.

"올해는 작년보다 더 멋지군. 천국에 온 기분이야."

그 노인의 말로는 석양빛이 언제나 이렇게 이 온실에 붉게 물드는 것은 아니라고 했다. 오직 4월 15일을 전후로 이틀 내에 딱 하루만 그렇다고 했다. 4월 15일에 비밀이 열린다는 말을 이제는 완전히 실감할 수 있었다. 그리고 어제 점심때 테이블에 비추었던 빛이 바로 비밀을 여는 첫 번째 신호였고 그 신호를 보고 4월 15일에 비밀이 열릴 것을 모두가 기다리고 있었으니······.

정말 놀라운 일이다. 4월 15일의 의미는 아직 모르겠지만, 이 건물은 1년 중 단 하루만을 위해 건축되었다는 말인데······. 그 이유가 궁금하다. 하지만 지금으로서는 알 길이 없다.

가만히 생각해 보니 꿈에서 내가 떨어뜨린 구슬은 어디론가 굴러갔다. 그래서 꿈속에서 본 그 방향 쪽으로 고개를 돌렸다. 비밀의 공간에 대한 의구심이 가득해서였을까? 그 방향은 우연히도 아까 발견한 비밀의 공간 쪽이었다. 비록 이 자리에서 잘 보이지 않지만, 방향은 비밀 공간 쪽이 확실하다. 그렇다면 도대체 내게 구슬 보석을 준 그는 누구란 말인가? 꿈속의 그도 나에게 저 비밀의 공간을 열어보라고 말하는 건가? 오싹한 느낌보다는 그가 이 집을 수호하는 성스러운 존재 같다는 느낌이 들었다.

"1년 중 오늘, 4월 15일 단 하루만 허락된 아름다움이에요."

크리스 부인이 한 손에는 와인 병을 다른 한 손에는 두 개의 와인 잔을 들고 내게 한 잔을 내밀며 말을 이어갔다.

"저희는 이 날이 무슨 날인지는 모르지만, 4월 15일을 위해 만들어진 이 저택을 기념하기 위해 석양이 온실 유리를 보석으로 바꿀 때 와인을 마셔요. 자, 한잔 드시겠어요?"

"아, 그렇군요. 안 그래도 마침 와인이 그리웠는데, 이 공간의 색감과 와인의 색감이 환상적인 조합이네요."

"이 온실에 이름이 있다는 거 아세요?"

"네? 이 온실에 이름이 있나요? 그게 뭐죠?"

"'잠들어 있는 보석'이요. 저기 오래된 돌문 옆, 철골 기둥에 그렇게 쓰여 있어요. 한번 보시겠어요?"

그녀를 따라 문 옆으로 다가서자 오래전에 새겨진 듯한 글귀가 보였다.

이 온실을 잠들어 있는 보석으로 명하니, 4월 15일 그 보석이 깨어날 것이다. 선각자는 이 깨어난 보석의 붉은 눈을 통해 비밀을 엿볼 것이다.

—프랑스와 왈처

암호같이 적힌 문장을 한참 동안 응시하고 또 응시했다. 그리고 시선을 돌려 석양을 바라보고 다시 온실 주변을 살폈다. 과연 선각자는 누구일까. 깨어난 보석은 오늘 4월 15일의 태양광 반사로 펼쳐진 화려한 공간을 의미하는 것일 테고, 그렇다면 붉은 눈은? 그리고 비밀이라면 혹시 오늘 발견한 비밀의 방을 의미하는 것은 아닐까?

조용히 주변을 둘러보고 있던 내 눈에 마침 붉은 눈빛 같은 반사거울이 보였다. 이상하게도 그 반사거울에서 좀처럼 시선을 뗄 수가 없었다. 혹시 저건가? 하지만 붉은 반사거울은 내가 찾은 비밀의 공간과는 정반대에 위치해 있었다. 그럼 다른 단서를 말하는 것일까? 일단 붉은 반사거울을 가까이 보기 위해 다가섰다. 꽤 높은 위치에 달려 있어서 손이 닿지 않았다.

"저걸 말하는 거 아닐까요? 보석의 붉은 눈 말이에요."

"저건 원래 그냥 흰 등이에요. 고장이 나서 쓰지 않고 있어요. 그러고 보니 지금은 석양빛에 물들어 붉은 등처럼 보이네요. 신기하네요."

"네? 고장 난 등이라고요? 언제 고장 난 거죠?"

"글쎄요. 제가 왔을 때부터 죽 고장 난 상태였던 것 같아요."

그렇다면 이 병원 안에서는 건물의 원래 모습을 본 사람이 없다는 말인데……. 내부를 들여다봐야 한다는 직감이 들었다. 또한 저 반사거울은 원래 흰 등인데 거울처럼 반사되게 만들었다는 것은, 어쩌면 주변을 비추기 위한 등이 아닐지도 모른다.

"여기 사다리 없나요?"

"사다리는 왜요?"

"저 안을 열어봐야겠어요. 평소에는 흰 등인데 석양이 깊게 들어온 지금은 석양을 반사시켜 붉게 보이잖아요. 아마도 저게 깨어난 보석의 붉은 눈인 것 같아요. 잠들어 있다는 말은 평소 이 온실의 모습인 거죠. 그리고 4월 15일 오늘이 바로 이 온실이 화려하게 석양에 물들어 보석처럼 보이는 날인 것입니다. 이게 깨어난 보석을 의미하는 것 같아요. 그리고 그 깨어난 보석의 붉은 눈이 바로 저 등이고요. 이건 어디까지나 제 추측이지만요."

크리스 부인과 주변에 있던 환자들은 놀란 얼굴빛으로 나를 바라봤다. 잠시 후 남자 간호사 폴 씨가 끙끙대며 긴 사다리를 가져다주었다.

사다리를 펴고 올라서니 꽤 높은 위치였다. 대략 5미터는 올라온 것 같았다. 손에 닿을 만큼 등 가까이에 이르자 아래서 본 것보다 장식이 아주 섬세하게 이뤄져 있었고 눈에 보일 듯 말 듯한 아주 작은 글씨가 쓰여 있었다.

엿볼 수 있을 것이다. 그리고 나를 찾을 것이다.

이건 프랑스와의 메시지가 분명했다. 등의 주변을 만져보니 작은 고정 손잡이가 손끝에 닿았다. 오래되어 뻑뻑한 손잡이를 힘껏 눌러 간신히 등을 열었다. 열어보니 전구가 꽂혀 있어야 할 자리에 다른 것이 꽂혀 있었다. 삐죽한 화살표 같은 것이었다. 그 화살표는 5층 왈처 부인의 방이 아니라

3층의 테라스 복도 쪽 벽을 향하고 있었다. 화살표처럼 생긴 물건을 만져보니 약간 흔들렸다. 혹시나 하는 마음에 이리저리 흔들어 보니 어렵지 않게 뽑혔다.

그건 열쇠였다.

나는 비밀의 문을 열 수 있는 열쇠라고 확신했다. 비록 방향은 3층 방향일지 몰라도 5층 비밀의 문 열쇠일 것이라는 확신이 들었다. 5층의 공간도 숨어 있었고 이 열쇠도 숨어 있었기 때문이다. 내가 만약 프랑스와라면 열쇠와 공간 모두를 이런 식으로 꼭꼭 숨겨 놓았을 것이 분명했다.

06

아나톨
가르니아

긴장된 마음을 진정하고 크리스 부인과 함께 5층 방에 들어섰다. 우선 크리스 부인이 마스터키로 방문을 열었고 우리는 바닥의 비밀 문 가까이로 발걸음을 옮겼다. 이제 내 차례다. 나는 천천히 조심스럽게 열쇠를 그 바닥 열쇠 구멍에 넣었다. 그리고 그녀를 한번 쳐다보고 말했다.

"이제 열겠습니다."

뭔가 튀어 나올지도 몰랐고, 혹은 뭔가 무서운 게 있을지도 모른다는 생각에 약간의 두려움이 엄습했다. 침을 한 번 삼키고 심호흡을 한 후 열쇠를 돌렸다.

그런데…… 열쇠가 들어가기는 했지만 돌아가지 않았다. 꿈적하지도 않았다. 아무리 해도 이 열쇠로는 문을 열 수 없었다.

그럴 리 없다는 생각에 이리저리 열쇠를 돌려보았지만 끝내 문은 열리지 않았다.

"왜 안 열리지? 그럼 이 열쇠는 뭐지?"

우리는 허탈한 마음이 들었다. 처음 이 열쇠를 발견했을 때 극도의 기대감으로 흥분했고 문을 열기 전에는 두려움이 있었지만 다 사라지고 지금은 허탈감만 남았다. 마치 죽은 프랑스와 왈처가 우리를 비웃는 듯한…… 아니, 이 건물이 우리를 비웃는 것처럼 느껴졌다.

"그냥 문을 부수고 들어가 보는 건 어떨까요? 네? 언제까지 피터 씨를 기다릴 수도 없습니다. 저도 스케줄이 있어서 조만간 떠나야 하거든요."

순간 이 건물에 농락당한 것 같아서 감정이 격해지고 말았다. 사실 급한 스케줄은 없었다. 단지 이 문을 빨리 열어보고 싶은 마음에 내세운 핑계였다. 하지만 크리스 부인의 대답은 단호했다.

"이곳에선 어떠한 파손도 허락되지 않습니다. 피터 씨를 기다리는 것 외에는 방법이 없습니다. 정 바쁘시면 저희도 어쩔 수가 없네요."

그때였다. 다급한 듯 뛰어오는 발걸음 소리가 복도 쪽에서 들려왔다.

"원장님, 원장님!"

그는 보조 간호사 폴 씨였다.

"피터 씨의 의식이 돌아왔습니다. 어서 가보셔야 할 것 같습니다."

"로비에서 기다리세요. 면회가 가능하면 곧바로 알려드릴게요."

크리스 부인은 나를 두고 폴 씨와 함께 급하게 달려 나가며 이렇게 덧붙였다. 그들이 사라진 복도에 나 혼자만 남겨졌다. 아직 한 번도 피터 씨를 만나 보지 못했지만 그와 나 사이에는 이 병원이라는 공통분모가 있기 때문인지 이미 알고 있는 사이처럼 느껴졌고, 하고 싶은 질문들이 너무 많았다.

로비에 내려와 아까 마시다 남긴 와인의 진한 향을 들이마셨다. 아직 석양이 지지 않아 이 공간은 와인 색처럼 빛나고 있었고 와인 잔을 석양에 가져다 대자 와인을 마시는 것이 아니라 석양을 마시는 것 같은 기분이 들었다. 아름답다는 수식어만으로는 충분하지 않은 그런 분위기였다. 그렇게 와인 잔을 이리저리 다른 공간에 비춰보았다. 와인의 색이 짙지 않아 어디에 비춰보아도 주변과 아름답게 어울렸다. 유리잔의 와인이 출렁거리며 석양에 반사된 이 공간을 더 몽환적으로 보이게 했다.

그렇게 기다리다가 좀 전에 뽑은 열쇠가 꽂혀 있던 그 자리에 나의 시선이 멈췄다. 비밀의 문을 여는 열쇠도 아닌데 왜 숨겨놓은 걸까? 설마…… 화살표가 가리킨 곳은 다른 곳이었을까?

　나는 아직 치우지 않은 사다리로 다시 올라갔다. 그리고 열쇠가 가리키는 곳을 유심히 살펴보았지만 다시 보아도 3층 복도 쪽 벽을 가리키고 있었다. 분명 그 복도 쪽 벽의 뒤편은 병실이었다. 이 열쇠가 가리키는 곳은 어쨌든 복도 벽일 뿐이었다. 그 벽은 아무런 특이점도 보이지 않았다. 그냥 오래되고 고풍스러운 곡선 문양의 붉은 벽지를 바른 벽일 뿐이었다.

　"뤼미에르 씨, 원장님께서 피터 씨의 병실로 오시랍니다."

　폴 씨가 사다리 위에 있던 내게 말했다. 그를 따라서 2층 복도를 지나 맨 끝 방에 이르렀다.

　"여깁니다. 들어가시면 됩니다."

　폴 씨의 안내를 받아 조심스럽게 방문을 열었다. 살짝 열린 틈으로 기계음이 들려왔다. 심장의 박동을 재는 기계음인 것 같았다. 천천히 문을 닫고 들어가 방 안의 작은 복도를 지나자 크리스 부인과 침대에 누워 온갖 기계를 몸에 붙인 백발의 노인이 나를 기다리고 있었다. 그가 바로 내가 그토록 만나고 싶었던 피터 왈처였다.

　"피터 씨의 상태에 대해서 먼저 말씀드릴게요. 피터 씨는 앞을 보지 못하십니다. 그러나 말씀을 하시는 데는 지장이 없습니다. 대신 오래 말씀하시면 몸에 무리가 될 수 있으니 10분 정도만 시간을 드리도록 하지요."

　"크리스티나, 난 괜찮으니깐 어서 가보도록 해요. 늙은이

들이 자네가 없으면 사고뭉치가 돼 버리니까. 허허. 이분과는 내가 천천히 이야기를 나누겠…… 콜록, 콜록."

피터 씨는 쉰 목소리와 힘없는 어조로 간신히 말을 이어 가고 있었다.

"알겠습니다. 혹시 무슨 일이 있으면 이 빨간 버튼을 누르세요. 혹시 피터 씨에게 이상이 생기면 뤼미에르 씨가 꼭 눌러주시고요. 부탁드리겠습니다."

크리스 부인은 방문을 나섰고, 방에는 피터 씨와 나 단둘만 남아 침묵의 정적이 흘렀다. 그 어색한 분위기를 깨고 말문을 연 것은 피터 씨였다.

"쓸데없는 통성명은 집어치웁시다. 제가 드린 문제를 푸셨나요?"

그의 질문에 이제껏 답을 찾아오던 그 문제, '왜 4월 15일인가? 그리고 왜 당신이어야 하는가?'를 잊고 있었던 게 생각났다. 그에게 수많은 질문을 하고 싶었던 나였지만 그의 첫 질문에 말문이 막혀버렸다.

"그게…… 그러니깐…… 아직 못 풀었습니다."

나는 풀이 죽은 듯 말했다.

"허허허…… 굉장히 애를 쓰셨군요. 그리고 뭔가를 느끼거나 발견하셨나 보군요."

"네?"

나는 어안이 벙벙했다.

"제가 애를 쓴 건 어떻게 아셨죠? 크리스 부인이 뭐라고 하시던가요?"

"아니요. 전 아무 말도 듣지 못했습니다. 콜록콜록……."

그는 잠시 말을 잇지 못하고 기침을 했다.

"괜찮으세요? 버튼을 누를까요?"

"아니요. 괜찮습니다. 그보다 물어보신 것에 대한 답변을 해드리죠. 뤼미에르 씨가 4년 동안 매년 4월 15일에 방문한 네 번째 방문자인 것은 아실 겁니다. 재밌게도 뤼미에르 씨의 반응은 이전의 세 분과는 다르군요."

그는 한숨을 몰아쉬면서 이야기를 이어 갔다.

"그 세 분은 내가 낸 문제에 대해 화를 내었습니다. 손님에게 무례하게 군다고요. 허허허. 반면 뤼미에르 씨의 답변에는 이 집에 대한 아쉬움과 애착이 느껴져요. 그렇지 않나요? 콜록콜록."

그의 답변에 나는 순간 벌거벗겨진 기분이었고, 이 여행을 내가 원하는 방향으로 끌어가겠다던 처음의 자신감은 보기 좋게 박살나 버렸다. 그는 사람을 보는 안목이 탁월한 사람이었다.

"그러고 보니 제가 불쾌해야 하는 상황에서 오히려 미안함과 아쉬움이 담긴 답변을 드렸네요. 말씀하신 대로 저는 그 문제에 대한 답을 찾기 위해 애썼습니다. 아니, 어쩌면 이 집에 숨겨진 매력에 매료되어 버린 걸지도 모릅니다. 주신 문제에 화가 나기보다는 그저 이 집을 지은 부친께 존경심이 들었습니다. 그리고 이 건물의 북동쪽 부분에서 오랫동안 잠들어 있던 이상한 공간을 발견했습니다. 모친의 방과 3층 복도로 이어진 깊은 공간이었습니다…….”

나는 그동안 있었던 모든 이야기를 털어놓았다.

“그러면 그 공간을 열기 위해서는 제 목에 있는 이 열쇠가 필요하다는 말씀이군요.”

“확실히 그 열쇠가 맞는지는 모르겠습니다.”

“맞을 겁니다. 아버지가 이 열쇠를 제게 보내셨을 때 함께 주신 서신에 쓰여 있던 글귀가 떠오르는군요. ‘너에 대한 사랑을 담아놓은 공간이다. 나중에 같이 가보자꾸나.’ 그 약속을 지키지는 못하셨지만……. 어쨌든 이 열쇠가 맞는 것 같군요. 자, 여기 있습니다.”

내게 열쇠를 쥐어주는 그 순간. 피터 씨는 감고 있던 눈을 치켜뜨고 나를 쳐다보았다. 그의 눈은 실명으로 하얗게 변해 있었다. 내 음성과 움직임이 내는 소리를 통해 나의 위치를 알고 바라보는 것이겠지만 그래도 마치 나를 보고 있는 느낌이 들었다.

“그 공간의 문이 열리면 본 것에 대한 모든 것을 말해주세요. 내가 그 공간을 볼 수 있게……. 아주 자세하게……. 세세한 것까지 놓치면 안 됩니다. 나의 아버지는 수수께끼를 좋아하시는 분이었어요. 내가 이렇게 장님이 될 줄 모르고…….

내가 풀어주길 바라는 마음으로 이 저택을 지은 겁니다. 꼭 부탁합니다."

"네, 그렇게 하겠습니다. 그리고 4월 15일은 무엇을 의미하는지는 모르겠지만 두 번째 질문, 왜 저여야 하는지에 대한 대답은 방금 찾았습니다. 부친이 건축가셨으니 부친을 이해하기 위해서는 건축가가 필요하셨겠죠? 또한 부친이 숨겨놓은 수수께끼를 풀고 그 이야기를 상상하게 할 수 있는 사람은 건축가뿐이겠죠. 그것도 이 저택의 숨은 매력을 알아주는 건축가가 필요하셨던 겁니다. 그럼 4월 15일도 찾아보겠습니다."

그렇게 말하고 병실을 나서면서 문을 닫으려는 순간 그가 말했다.

"4월 15일의 의미는 저도 모릅니다. 이건 아버지가 제게 준 수수께끼죠. 그리고 뤼미에르 씨에게 드린 두 번째 질문은 제가 만든 겁니다. 그리고 정답을 맞히셨습니다. 염치 불구하고 나머지도 부탁합니다. 사례는 충분히 하겠습니다."

"사례를 바라고 하는 일은 아닙니다. 저도 왜 지금 이렇게 열중하고 있는지 모르겠습니다. 그냥 지금은 이 저택의 비밀을 풀어보고 싶네요. 일단은 건축가의 호기심 정도라고 해두죠."

피터 씨와의 짧은 대화를 마치고 다시 5층 바닥의 비밀의 문 앞에 섰다. 그가 준 열쇠를 쥐고 기다리는 사이, 크리스 부인이 만약의 안전을 위해 랜턴을 가져왔다. 어느새 석양이 지고 어둠의 그림자가 건물 전체에 드리워졌다. 어두운 분위기 때문인지 아니면 벌써 여러 번 허탕을 친 것 때문인지 기대감이나 긴장감보다는 오히려 차분한 마음이었다.

피터 씨의 열쇠를 열쇠 구멍에 넣고 심호흡을 한 번 한 후 열쇠를 돌렸다. 한 바퀴 돌리고 두 바퀴, 세 바퀴까지 돌리자 철커덕 하는 큰 소리가 방 안에 울려 퍼졌다.

그러나 문은 열리지 않았다. 문을 열 만한 손잡이도 없고 열쇠 구멍에 걸린 열쇠를 손잡이 삼아 당기고 밀어도 꿈쩍하지 않았다. 분명 문이 열리는 소리가 들렸는데……. 내가 들은 소리를 크리스 부인도 분명히 들었다. 그렇다면 다른 곳이 열린 것인가? 나는 순간 등이 오싹함을 느꼈다.

그렇다면 3층? 열쇠 구멍이 없는 그 벽 문이 열린 걸까? 정신없이 3층으로 뛰어 내려갔다. 역시 복도 끝의 그 문이 열려 있었다. 아주 조금이지만 분명 열려 있었다. 손은 땀에 흥건하게 젖었고 묘한 긴장감이 흘렀다. 숨을 크게 내쉰 후 손바닥으로 천천히 문을 밀었다.

칠흑 같은 어둠 속이었다. 주변이 아무것도 보이지 않아 섣불리 들어갈 용기가 생기지 않았다. 뒤따라 온 크리스 부인이 어둠을 향해 랜턴을 켰지만 얼마나 어두운지 랜턴 빛이 닿는 부분만 보일 뿐 그 외 부분은 전혀 보이지 않았다. 빛이 닿은 부분에는 오래된 책장에 얼핏 보아도 오래 묵은 먼지

쌓인 책들이 보였다. 랜턴을 들고 좀 더 내부로 들어가 천장을 비춰보니 이곳은 약 10미터 높이의 서재였다. 아니 도서관 같았다. 아주 오래된 도서관이었다. 손을 뻗어 책꽂이에서 책 한 권을 뽑아 펼쳤다. 책을 펼치자마자 오랜 먼지가 사방으로 퍼져 랜턴의 빛이 뿌옇게 변해버렸다. 글자를 보니 중세 시대의 서적인 것 같았다.

어디선가 들어본 적이 있다. 중세 수도원의 보물은 도서관이라는 말을. 그 정도로 진귀한 책을 보관한 곳이 바로 수도원의 도서관이다. 지금의 병원이 되기 전에 이 비밀의 공간은 바로 수도원의 도서관이었던 것이다. 이건 엄청난 발견이다. 그러나 나의 관심사는 오히려 왜 프랑스와는 이 공간을 아들에게 보여주고 싶었는지에 있었다. 단지 오래된 역사적 가치가 있는 도서관을 피터 씨에게 남기고 싶었던 것일까? 그건 아닐 것이다. 피터 씨는 그의 부친이 이 공간의 열쇠를 주면서 그에게 이런 메시지를 남겼다고 했다.

'너에 대한 사랑을 담아 놓은 공간이다. 나중에 같이 가보자꾸나.'

분명 이 도서관에는 다른 뭔가가 더 있을 것 같았다. 크리스 부인의 랜턴을 건네받아 여기저기 구석구석을 비추어 보았다. 그리고 천장을 비추니 뭔가가 보였다. 글자였다.

나의 사랑하는 아들 피터에게…….

4월 15일 오전 10시에 종탑이 너를 인도할 것이다.

종탑이라면 창문이 없는 이 공간에서는 보이지 않는다. 보통 도서관에는 창문이 없다. 햇빛은 책을 상하게 하기 때문이다. 특히 오래된 고서적은 통풍이 잘되고 빛이 없는 곳에 보관해야만 한다. 이제야 이 공간에 창이 없는 것이 이해되었다. 그런데 이 공간에서 종탑이 인도한다니? 그건 무슨 의미일까? 아직 4월 15일에 대한 단서는 찾지 못했다. 그리고 4월 15일의 오전 10시라면 이미 끝나버린 것이 아닌가? 벌써 4월 15일 밤 10시가 다 되어가고 있었다.

한동안 랜턴을 여기저기 비추어 보았지만 또 다른 단서를 찾기에는 이미 날이 너무 어두웠다. 하는 수 없이 내일 아침 다시 이 공간을 살펴보기로 하고 문을 나섰다. 크리스 부인은 문을 닫아 놓는 것이 좋겠다며 문을 밖에서 닫으려 했지만 열쇠 구멍도 손잡이도 없어서 닫을 수가 없었다. 어떻게 닫을지 고민하다가 결국 포기하고 문을 나섰다. 나는 바로 옆방인 내 방으로 향했고, 크리스 부인은 지금은 너무 늦었으니 아침에 다시 살펴보자는 이야기를 하고 계단으로 내려갔다. 방에 들어가기 전 뒤돌아 벽 문을 바라봤다. 살짝 열린 틈 사이로 보이는 진한 어둠이 음산하게 느껴졌다.

혼자 남아 있던 복도에서 얼른 방 안으로 들어갔다. 방문을 닫고 들어가자마자 긴장이 풀렸는지 침대에 쓰러지듯 누웠다. 온몸의 피로를 풀기 위해 기지개를 켜고 오늘 있었던 기묘한 사건들을 노트에 적기 시작했다. 다섯 장을 넘게 적었지만 아직도 적을 것이 많았다. 그렇게 여러 장을 적다가 나도 모르게 잠이 들었다.

나에게 보석 구슬을 준 그 남자가 내 앞에 서 있다. 주변을 둘러보니 여긴 저택의 바깥이다. 그는 내게 저 멀리 보이는 종탑을 가리킨다. 또다시 비밀의 공간을 가리킨다. 그리고 다시 한 번 종탑을 가리킨다. 그리고 내게 무엇인가 말을 건네는데 목소리는 들리지 않는다…….

눈을 떴다. 꿈이었다. 또 꿈속에서 그를 보았다. 이제 그의 인상착의도 비교적 선명하게 기억이 났다. 흰색 와이셔츠에 흰색 넥타이, 흰색 정장 거기에 흰색 수염, 흰머리…… 금색 안경. 기품 있는 외모의 노인이었다. 오른쪽 얼굴에는 엄지손가락만 한 흉터 자국이 있었다. 도대체 그는 누구일까? 자주 꿈에 나타나서일까? 기분 나쁜 꿈은 아니었지만 뭔가 좀 이상한 느낌이 들었다. 나에게 뭘 이야기하려는 것일까?

이런저런 생각이 들면서 잠에서 완전히 깼다. 시간을 보니 벌써 아침 9시였다. 옷도 벗지 않고 바로 잠든 터라 그대로 방문을 나섰다. 어제 본 그 중세 도서관이 궁금해서였다.

방문을 나서서 복도 끝 비밀의 도서관 앞에 선 나는 내 눈을 의심했다. 문이 닫혀 있었기 때문이다. 어제 닫으려 했지만 닫을 수 없었던 문이 지금은 닫혀 있다. 혹시 크리스 부인이 내가 잠든 사이에 안에 들어가 문을 밀어서 잠갔나 싶어 문을 두드렸지만 안에서는 아무런 인기척이 없었다.

그때 누가 뒤에서 내 어깨를 두드렸다.

"아아아악!"

나는 순간 너무 놀라 소리치고 말았다.

"까아아악!"

낯선 손의 주인도 내가 놀라는 목소리에 함께 놀라며 소리쳤다. 크리스 부인이었다. 우리 둘은 서로를 확인하고는 웃음을 터뜨렸다.

"갑자기 그렇게 건드리시면 어떡해요? 놀라 죽을 뻔했어요."

"조용히 걷는다는 게……. 그런데 문은 어떻게 닫으신 거예요?"

"네? 제가 닫은 게 아닌데요……. 부인께서 닫으신 게 아닌가요?"

"저는 아닌데요. 갑자기 그런 말씀을 하니 오싹해지네요. 저주받은 도서관은 아니겠죠? 무서워지네요."

"그러게요. 저 절로 닫혔을 리는 없고 혹시 환자 중 누가 들어가셨다가 갇히신 건 아닐까요?"

"그럼 큰일이에요. 얼른 다시 열어야 할 텐데……. 어쩌죠? 거기 안에 누구 계셔요?"

"일단 어제 이 문을 연 것처럼 다시 5층 바닥 문의 열쇠 구멍에 열쇠를 넣고 돌려보겠습니다."

"제가 올라가서 열쇠를 돌려볼 테니, 뤼미에르 씨는 문 앞을 지켜주세요."

그녀는 5층으로 급히 올라갔고, 기다리는 동안 나의 심장은 두근거리기 시작했다. 혹시 안에 사람이 갇혀 있다면 이는 큰 사고가 아닌가! 하지만 아무도 없다면⋯⋯ 그땐⋯⋯.

순간 오싹함에 등골이 서늘해졌다.

그때였다. 철커덕 하는 소리와 함께 문이 조금 열렸다. 크리스 부인이 열쇠를 돌린 것이다. 긴장된 마음을 진정시키듯 침을 삼키고 문을 밀어서 열고 안으로 들어갔다. 이리저리 랜턴을 비추고 나서야 아무도 없다는 것을 알 수 있었다. 그 순간 안도의 한숨과 동시에 오싹함이 몰려왔다. 어젯밤과 마찬가지로 여전히 칠흑 같은 어둠 속이었지만 책장이 없는 한쪽 벽면에 아주 작은 구멍으로 빛줄기가 희미하게 들어오고 있어 주변을 조금은 식별할 수 있었다.

이 방은 직사각형의 도서관이었고 높이는 두 개 층을 조금 넘는 약 10미터 정도의 공간이었다. 빛줄기가 들어오는 한 면을 제외하고는 나머지 세 면에는 빽빽하게 오래된 책들이 짙은 갈색 나무 책장에 차곡차곡 쌓여 있었다. 책장이 없는 벽면에는 맨 위의 책을 꺼낼 수 있도록 나무 사다리가 설치되어 있었다. 그리고 모퉁이에는 작은 나무 책상과 의자가 놓여 있었다. 의자를 당겨보니 먼지가 의자 다리에 이끌려 바닥에서 공중으로 날아올랐다.

책상 위에는 한 권의 책이 펼쳐져 있는 상태로 먼지 이불에 덮여 있었는데, 마치 책상이 배불뚝이가 된 것처럼 보였다. 손으로 그 책을 책상에서 떼어내자 온갖 먼지와 거미줄이 책을 놔주지 않으려 했다. 먼지와 거미줄을 걷어내고 표지를 살펴보았지만 제목도 없고 너무 오래 펴 놓아서 바랬는지 내용도 식별이 불가능했다. 그리고 무엇보다 책의 몇 페이지를 제외한 나머지는 공백이었다.

그러다 문득 책상과 벽면이 닿아 있는 곳에 먼지에 엉겨붙어 있는 작은 무엇인가가 눈에 들어왔다. 손으로 먼지를 뜯어보니 이미 말라 비틀어져 버린 만년필 깃대와 작은 잉크병이었다. 호기심에 세월의 흔적인 책상 위 먼지를 모두 걷어냈다.

"콜록콜록…… 뤼미에르 씨?"

문 앞에서 크리스 부인이 입에 손을 막고 서 있었다. 내가 손으로 뜯어낸 먼지들이 마치 연기가 난 것처럼 주변을 뿌옇게 해 그녀는 들어올 엄두를 내지 못하고 있었다.

그녀는 사람이 갇히지 않아서 다행이라고는 했지만 얼굴에 두려움이 서려 있었다. 그러곤 아침 식사 준비와 여러 가지 핑계를 대면서 자신의 사무실로 가버렸고 이 미스터리한 공간에는 나 혼자만 남겨졌다.

다시 책상 위를 바라보았다. 내가 집어 든 책의 옆 부분에 희미하지만 다른 두 권의 책이 놓였던 자국이 선명하게 드러났다. 손으로 만져보니 두꺼운 바니시 칠이 책에 눌린 자국이었다. 가구를 만들고 바니시를 바르면 겉으로는 마른 것처럼 보이지만 속은 아직 마르지 않아 물렁할 때가 있다. 이때 무엇인가를 올려놓으면 표면만 건조된 바니시 액이 서서히 눌려 자국이 남게 된다. 이 책상을 만든 사람은 상당히 성격이 급했던 모양이다. 두 권의 책을 같이 펴놓은 자국으로 보면 뭔가를 필사하려 했던 것일지도 모른다. 내가 지금 들고 있는 이 책의 내용이 빈 것으로 보아 필사를 끝내지 못한 것 같다.

처음의 두렵고 걱정스러웠던 마음은 사라지고 이상하리만치 평온해지기 시작했다. 책상에서 눈을 떼고 주변 책들과 책장들을 살피고 먼지가 잔뜩 쌓인 책들도 몇 권 펼쳐보았다. 이 도서관 책 중에는 오래된 진귀한 성경도 있었지만 옛날의 악서惡書, 음서淫書들도 있었다. 왜 이런 비밀스러운 도서관을 만들었을까? 음서나 악서를 수도승들에게 공개하지 않기 위해서 이렇게 비밀스러운 공간을 만들었던 것은 아닐까 하는 생각도 들었다.

이곳저곳을 살펴보니 5층 바닥의 열쇠 구멍에서부터 3층 문까지 작고 정교한 기계 장치로 연결되어 있었다. 먼지가 엉겨 붙어 있어 기계 장치인 줄 몰랐다. 그보다 이렇게 먼지가 엉겨 붙었는데도 작동한 것을 보면 신기할 정도였다. 5층 바닥 문에서 열쇠를 돌리면 이 기계 장치를 통해 3층 문이 열린다. 여러 개의 작은 쇠막대와 지렛대, 톱니바퀴 그리고 태엽까지 갖춘 정밀한 기계였다. 얼핏 보아도 수백 년은 되어 보이는 아주 오래된 장치였다. 그 장치를 꼼꼼히 만져보고 그 외에도 이것저것을 뒤져보았다. 뭔가 단서를 찾기 위해서였다. 그렇게 살피던 중 갑자기 이상한 소리가 들려왔다.

철커덕, 문이 잠기는 소리였다.

알고 보니 3층 문이 닫혀버린 것이었다. 놀라서 다시 문을 열려고 했지만 열리지 않았다. 혹시나 내가 무엇인가를 잘못 건드려 닫힌 것은 아닌지 기계 장치를 이리저리 만져보았지만 열리지 않았다. 문손잡이도, 열쇠 구멍도 없는 문이었기 때문에 손으로 억지로 열 수도 없었다. 오직 5층에서 열쇠를 돌리고 난 후 3층의 벽 문이 조금 열리면 바깥에서 밀어야만 열 수 있는 문이었다. 난 지금 갇혀버린 것이다. 천만다행으로 아까 부인이 문을 열기 위해 열쇠를 챙긴 까닭에 이 문을 다시 열 수는 있다. 다만 그녀가 언제 올지 모른다는 것이 문제였다.

자세히 문을 살펴보니 아까는 감겨 있던 태엽이 풀려 있었다. 아무래도 시간이 되면 자동으로 닫히는 원리였던 것 같다. 손목시계를 보니 30분 정도 지난 시간이었다. 저절로 잠기는 문의 비밀은 알아냈지만 덕분에 난 갇혔다. 한심한 생각이 들어 그냥 자리에 주저앉았다. 이것저것 찾아보던 열정은 문이 잠겨버리자 다 사그라졌다. 혹시 이곳에 갇혀서 무슨 봉변을 당하는 건 아닌지 걱정되기 시작했다.

조용히 벽에 기대어 앉아 생각했다. 혹시 크리스 부인이 내가 갇힌 걸 모르고 밖에 있다고 생각하지는 않을까? 그 생각이 들자마자 나는 벌떡 일어나 문을 두드리며 소리쳤다.

"여기 사람 있어요. 크리스 부인, 거기 아무도 없어요?"

계속해서 목이 쉴 때까지 소리치기 시작했다. 그러나 아무 인기척도 들리지 않았다. 내 목소리가 들리지 않는 게 분명했다. 제길, 망했다. 크리스 부인이 이 문을 다시 열어주겠지…… 설마…….

그런 기대를 위안으로 삼으며 다시 자리에 주저앉아 책꽂이에 몸을 기댔다. 무엇이라도 집중하지 않으면 계속 걱정만 할 것 같아 불안한 마음을 참고 주변을 주의 깊게 살펴보기 시작했다.

아주 작은 구멍으로 빛이 들어오는 한쪽 면과는 달리 나머지 세 면은 모두 책장으로 둘러싸여 있다. 이 공간의 높이는 10미터 정도이고, 공간 면적은 어림잡아 50제곱미터 정도. 천장에는 프랑스와가 아들 피터에게 남긴 글이 있었다.

나의 사랑하는 아들 피터에게…….
4월 15일 오전 10시에 종탑이 너를 인도할 것이다.

10시라면…… 지금은 9시 53분. 7분 남았다. 오늘은 하루가 지난 4월 16일이지만 그래도 오전 10시까지는 7분이 남았다.

6분…… 5분…… 4분…….

3분…… 2분…… 1분…….

그렇게 기다리고 있는데 갑자기 작고 이상한 소리가 들려왔다.

위이이이잉…….

내 시선은 그 소리를 따라 움직였다. 소리의 주인공은 다름 아닌 작은 벌이었다. 벌이 어떻게 들어왔지?

아! 맞다. 어제도 밖에서 벽을 유심히 살펴보던 중 벽에서 갑자기 난데없는 벌이 튀어나왔었다. 벌이 지나다닐 정도로 아주 작은 구멍이어서 밖에선 보이지 않았던 것이다. 벌은 이리저리 날아다니고 있었는데 그 모습은 작은 구멍으로 들어온 빛줄기가 춤을 추는 것 같았다. 나의 시선은 자연스레 벌의 그림자가 드리워진 벽으로 향했다. 벌이 다시 구멍을 통해 나가고 있을 때 벌의 그림자는 거대한 공룡처럼 변했고, 공간은 순식간에 어두워졌다. 벌이 이 방을 완전히 떠난 후에 비로소 방은 다시 빛줄기를 받아들였다.

그때였다.

그 작은 구멍으로 들어온 빛이 맞은편 책장에 펼쳐졌는데 자세히 보니 그 빛에 바깥의 상이 거꾸로 투사되어 있었다. 자세히 보니 바깥 풍경이 거꾸로 맺혀 있었다. 이건 말로만 듣던 사진기의 원리였다. 고대의 아리스토텔레스는 방 안을 어둡게 한 뒤, 한쪽 벽면에 바늘구멍을 뚫어 방 밖에 있던 물체의 영상이 방 안에 거꾸로 투사된다는 사실을 알아냈다고 한다. 당시 이것을 '카메라 옵스큐라camera obscura'라고 불렀는데 바로 이 도서관에서 그 광경을 보게 된 것이다.

지금 투사된 피사체는 바로 종탑이었다. 거꾸로 투사된 종탑. 천장에 있었던 문구가 떠올랐다.

……4월 15일 오전 10시에 종탑이 너를 인도할 것이다.

벽에 투사된 거꾸로 된 종탑의 끝은 낡은 가죽으로 감겨 있는 책 한 권을 가리키고 있었다. 오늘이 4월 16일임을 감안한다 하더라도 하루 정도의 차이는 별로 큰 것이 아니다. 어제도 이 책을 가리켰을 것이다.

나는 벌떡 일어서서 그 책을 책장에서 꺼냈다. 분명 오래된 가죽에 싸여 있었지만 가죽 안에 있는 종이는 100년도 채 안 된 종이였다. 종이 제조의 변화는 촉감으로 확연히 구분된다. 중세 시대의 종이와 100년 전의 종이, 그리고 지금의 종이는 그 차이를 확실히 알 수 있다. 종이를 얇게 만드는 기술은 근대에 완성된 기술이기 때문에 두께나 촉감에서 차이가 난다. 그리고 이 책에는 날짜가 적혀 있었다.

1921년 4월 15일
나는 아나톨 가르니아. 오늘 가족들의 보금자리로 다시 돌
아왔다. 나의 가족을 영원히 기억하기 위해, 그것이 그들
을 영원히 살게 하는 것이라 믿기에 이 기록을 시작한다.
1916년 3월 4일, 나의 남편 라자르 가르니아는 연합군 장
교로 우리 가족을 떠나 전쟁터로 향했다. 그리고 이 사건
은 우리 앞으로 다가올 불행을 암시했다…….

아나톨 가르니아라는 여성의 일기였다. 그리고 4월 15일
이라 적혀 있었다. 아나톨의 4월 15일이 뭔지는 이 일기를 다
읽어봐야겠지만 그녀가 기록을 시작한 날짜가 내가 찾고 있
는 4월 15일과 절묘하게 맞아 떨어진다는 사실은 부정할 수
없는 단서였다.

이름 뒤에 성이 가르니아라면, 왈처 가문과는 어떤 관계일
까? 왈처 가문의 여인이었을까? 그 순간 종탑에서 보았던 프
랑스와 비석 옆의 비석명이 아나톨 가르니아라는 것이 떠올
랐다. 이 여인과 프랑스와는 분명 어떤 관계가 있음을 직감
했다. 유럽의 여인들은 결혼과 함께 성이 바뀌게 된다. 그걸
감안한다면 우선은 이 여인과 왈처 가문의 관계를 풀어내야
할 것이다.

그나저나 왜 문은 저절로 닫히게 설계를 해서 나를 난처하게 하는지……. 외지인이라면 이 비밀의 공간에 몰래 들어와 책을 보다가 문이 저절로 닫히는 바람에 갇혀버리지 않았을까? 이곳에 자주 출입하는 사람은 문이 닫히는 시간을 알았을 것이고 그에게는 문제가 되지 않았을 테니 오직 외부인에게만 작용되는 덫인 셈이다. 그렇다면 혹시 실수로 갇히게 된다면? 그렇게 위험을 감수하지는 않았을 것 같은데……. 이곳에 자주 들어온 사람만이 알 만한, 문을 열 수 있는 숨겨진 장치 같은 것이 있지 않을까?

나는 여기저기를 만져보면서 문을 열 수 있는 다른 장치가 없는지 살펴보았다. 그렇게 돌아다니다가 갑자기 발이 미끄러져 바닥에 큰 소리를 내면서 넘어졌다. 뭔가 미끄러운 것을 밟은 것 같았다. 주위가 잘 보이지 않아 랜턴으로 주위를 비추자 발밑에 동그란 구슬 같은 것이 있었다. 어제 이 공간의 깊이를 알아보기 위한 낙하 실험을 하면서 사용했던 내 옷의 장식 구슬이었다.

아무리 주변을 두리번거리고 이것저것 뒤져봐도 문을 열만한 도구나 장치는 보이지 않았다. 정말 완벽한 덫이었다. 시간은 11시. 이미 아침 식사 시간이 지난 상태지만 아무 인기척도 없었다. 기다리는 것 외엔 아무것도 할 수 없었던 나는 의자에 앉아 다시 아나톨 가르니아의 일기를 펼쳤다. 랜턴을 켜놓고 페이지를 계속 넘기기 시작했다.

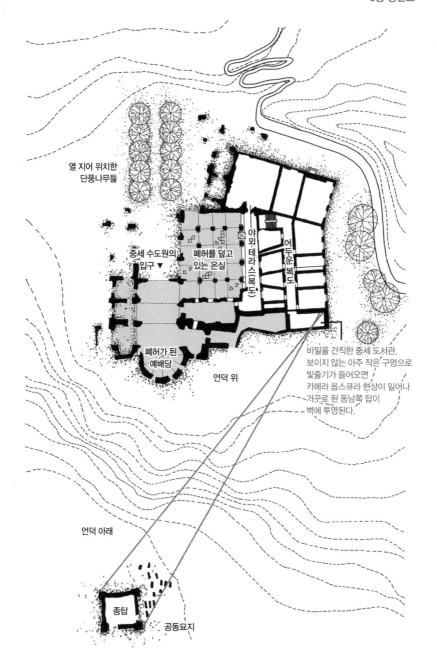

열 지어 위치한
단풍나무들

중세 수도원의
입구 ▼

폐허를 덮고
있는 온실

야외
테라스(복도)

어두운 복도

폐허가 된
예배당

언덕 위

비밀을 간직한 중세 도서관.
보이지 않는 아주 작은 구멍으로
빛줄기가 들어오면
카메라 옵스큐라 현상이 일어나
거꾸로 된 동남쪽 탑이
벽에 투영된다.

언덕 아래

종탑

공동묘지

……전쟁이 한창이던 1916년 8월 4일, 라자르의 마지막 편지가 도착했다.

'곧 전쟁이 끝날 것 같아. 이 전쟁이 끝나면 우리 아기를 볼 수 있겠지? 이름은 남자아이라면 레오나르, 여자아이라면 수잔이라고 지어주길 바라. 곧 출산일이 다가오는데 곁에 있어주지 못해서 미안해. 당신을 영원히 사랑해. 그리고 반드시 건강하게 돌아갈게. 약속해……'

이 편지를 끝으로 나의 사랑 라자르는 실종되었다. 1916년 9월 24일, 나는 쌍둥이를 출산했다. 남자아이와 여자아이. 그가 원했던 이름을 붙인다. 레오나르 가르니아, 수잔 가르니아라고 짓는다.

1918년 11월 11일. 전쟁이 끝났지만 라자르는 돌아오지 않았다. 나는 포기하지 않는다. 그는 약속을 어길 사람이 아니다. 기도했다. 그를 다시 만나게 해달라고 그렇게 매일 기도했고 나의 기도에 답이 도착했다. 종전 1년이 조금 지난 어느 날 국방병원으로부터 편지 한 장을 받았다.

'부인의 남편, 라자르 가르니아로 추정되는 기억상실증 군인 장교가 있으니 와서 신원을 확인해 주시기 바랍니다.'

그리고 나는 나의 사랑 라자르를 다시 만났다. 그러나 그의 반짝이는 영혼은 사라져 있었고 초점을 잃은 그의 눈빛과 나를 알아보지 못하는 그이 앞에서 주저앉아 한참을 울었다. 그이는 돌아왔지만 신께서는 그의 영혼은 돌려보내

주지 않으셨다…….

쿵쿵쿵!

"혹시 안에 사람 있나요? 뤼미에르 씨 안에 계세요? 있다면 소리를 내주세요."

아나톨의 일기를 보던 중 문밖에서 크리스 부인의 목소리가 들려왔다. 결국 그녀의 도움으로 이 덫에서 다시 빠져나올 수 있었다. 잠시 동안이지만 긴장을 한 탓인지 갑자기 허기가 몰려와 아침 식사를 허겁지겁 하고 난 후 피터 씨의 병실로 향했다. 어제보다 상태가 호전되어 보이는 피터 씨였지만 그 주위의 많은 기계들은 피터 씨의 상태가 언제고 다시 안 좋아질 수 있다는 것을 보여주었다.

"피터 씨, 그곳의 정체는 중세의 비밀 도서관이었습니다."

프랑스와 왈처가 아들 피터에게 남긴 글과 카메라 옵스큐라를 통해 종탑의 끝이 가리키는 위치에서 일기책을 찾은 사실을 설명했다. 그러자 그는 말을 이었다.

"아버지께서는 카메라에 관심이 많으셨어요. 역시 아버지답군요. 그런데 그 일기책은 아버지의 것인가요?"

"아니요. 어떤 여자 분의 것이었습니다. 이름이…… 아나톨 가르니아라고요. 혹시 아시는 분인가요?"

"음. 아나톨 가르니아? 처음 듣는 이름입니다. 그 책 말고 다른 것들은 없었나요?"

"아직 좀 더 찾아봐야겠지만 당신의 아버지가 가리키는 책은 이것이 맞는 것 같습니다. 이 일기의 저자 아나톨이 기록을 시작한 날이 1921년 4월 15일이거든요. 우연치고는 너무도 정확히 4월 15일입니다. 혹시 가족 중에 아나톨이라는 분이 있지는 않으신가요? 먼 친척일 수도 있고요."

"이상하군요. 저희 아버님과 어머니 그리고 저뿐 다른 가족은 없습니다. 친척도 없어요. 아버지는 일찍이 부모님을 잃은 고아셨고, 어린 시절 어머니가 많이 아프셔서 별다른 기억은 없습니다. 어머니의 친척에 관한 이야기도 들어보지 못했어요……. 그녀의 장례식 때도 친척은 없었어요. 그 책을 제 손에 올려주시겠어요?"

그는 가죽 향을 맡고 손으로 만져본 후 자신의 볼에 대보고 여기저기 구석구석을 만졌다. 그러고는 잠시 생각하듯 멈추었다가 곧 고개를 끄덕거리며 말했다.

"이건 아버지의 가죽이 맞군요. 아버지는 가죽의 무두질도 직접 하셨거든요. 그리고 가죽을 자르는 특별한 가위를 쓰셨죠. 뭉툭하고 날이 잘 들지 않는 가위였죠. 그 가위로 가죽을 재단하기는 매우 힘들었지만 그 가위로 자르면 가죽의 끝이 실타래가 풀린 것처럼 뜯어졌어요. 그런 마감을 좋아하셨어요. 이 책의 가죽은 아버지의 것이 맞아요. 제게 만들어 주신 가죽 지갑과 같은 마감으로 되어 있어요. 이 책의 내용을 읽어주시겠어요?"

그에게 내가 읽은 첫 장과 두 번째 장을 읽어주었다. 그러나 곧 실망한 듯 나에게 말했다.

"됐습니다. 제가 모르는 사람입니다. 그 책이 아니라 분명 다른 책이 있을 겁니다. 아까 말씀하신 그 공간에 대해 더 자세히 설명해 주시겠어요?"

그는 감고 있던 뿌연 눈을 떴다. 그리고 내가 말해준 하나하나의 요소를 가지고 그 공간을 상상하는 것처럼 보였다. 특히 그 공간의 깊이가 10미터가량 된다고 했을 때는 병실 천장을 향해 고개를 들었다. 마치 그 공간 속에 들어가 있는 사람처럼⋯⋯. 이어서 그는 잠시 무엇을 더 상상하는 것처럼 보였고 조용히 몇 분이 흘렀다. 그리고 갑자기 입을 열었다.

"구멍이에요. 구멍이요! 맞아요. 바로 구멍이에요. 그럴 거예요."

"네? 카메라 옵스큐라의 구멍 말씀하시는 건가요?"

"분명히 그 방에는 다른 구멍이 또 있을 거예요. 이 건물 내부와 연결되는 구멍이요. 아버지와 오래 살지는 않았지만 아버지는 공간을 몰래 엿보는 것을 좋아하셨어요. 그래서 말도 안 되는 구멍을 종종 벽에 뚫으셨고. 구멍과 구멍 사이를 관통해서 보시는 것을 좋아하셨어요. 특히 제가 어렸을 때 종이에 구멍을 뚫고 그 구멍으로 세상을 보는 법을 알려주셨어요. 그때 제게 해준 말씀이 아마도 이런 말이었을 겁니다. '세상은 전부 보이는 게 아니란다. 이렇게 작은 구멍으로 보면 세상의 진실을 찾을 수 있단다. 아빠는 벽에다 구멍을 뚫어서 세상을 보았단다. 너에게도 나중에 그걸 보여줄 기회가 오면 좋겠구나.' 분명히 그 공간 안에 구멍이 더 있을 거예요. 그 구멍을 찾아주세요. 그 구멍이 가리키는 곳에 무엇인가가 있을 거예요. 부탁합니다."

그의 어조에는 긴장과 기대감이 함께 묻어났다. 그의 간곡한 부탁과 프랑스와가 만들어 놓았을지 모를 구멍에 대한 호기심으로 다시 비밀 도서관을 향해 발걸음을 돌렸다. 이제는 문이 닫히지 않게 크리스 부인의 도움으로 나무토막 하나를 문에 받쳐놓았다.

도서관은 세 면이 책들로 가득 찬 책꽂이로 꽉 메워져 있는데 어디서 구멍을 찾는단 말인가? 책을 다 뽑아서 확인을 해봐야 하는 건가? 그러기엔 시간도 많이 걸리고 무엇보다 이 병원에서 그런 노동력을 제공해 줄 사람은 없었다. 그러나 혼자서는 불가능한 일이다. 구멍이 있다면 아주 작은 구멍일 테고 방향이라도 대략 알 수 있다면 도움이 될 텐데⋯⋯. 만약 구멍이 있다면 내부와 외부가 이어져 있을 것이다. 내부에서 이 구멍을 찾을 수 없다면 외부에서 찾을 수는 없을까? 외부에서 이 비밀의 도서관으로 향하는 구멍이나 뭔가 작은 단서라도 있다면 찾기 쉬울 텐데⋯⋯.

그때 문득 어제 붉은 등에서 나온 열쇠가 가리키던 방향이 생각났다. 부리나케 로비로 뛰어 내려온 나는 붉은 등 앞에 이르렀다. 그리고 붉은 등이 가리키는 방향을 다시 한번 바라봤다. 3층 복도 벽이다. 평소 건축 현장에서 손이 닿지 않는 공간에 대해 의논할 때 사용하는 레이저 포인터가 달린 만년필을 가슴 안주머니에서 꺼내 들었다. 폴 씨에게 다시 부탁해서 사다리를 가져다 놓고 올라가 레이저 포인터를 열쇠가 들어 있던 홈에 대신 끼워 넣었다. 다행히 홈에 딱 맞게 들어갔다. 그리고 레이저 포인터의 스위치를 켰다. 레이저 포인터는 3층 복도 벽 아래쪽을 가리켰다. 3층으로 올라와 포인터가 가리키는 방향을 유심히 관찰했다. 오래된 붉은 색 벽지로 치장된 벽을 손으로 여기저기 만져보았다. 그러자 포인터가 가리키는 지점에서 한 뼘 정도 왼쪽에 손가락이 살짝 들어가는 느낌이 들었다. 다른 부분의 벽지에서는 벽의 딱딱함이 느껴지는 반면 내가 지금 만지는 곳은 꼭 비어 있는 구멍 위에 벽지를 바른 것 같았다. 손가락으로 꾹 눌러보니 벽지가 움푹하게 들어갔다.

이건 분명 구멍이다. 이 구멍을 뚫기 위해 손가락을 넣고 힘을 주었지만 벽지가 생각보다 질겨서 찢어지지는 않았다. 로비에 있는 폴 씨에게 송곳과 칼을 부탁했고 그의 도움으로 구멍을 낼 수 있었다. 그 구멍은 벽을 관통해 3층 내부에 있는 환자 방으로 이어져 있었다. 환자 방에 들어가 구멍이 이어진 벽의 벽지를 뜯어내니 벽을 관통하는 구멍이 드러났다. 병실 안쪽에서 구멍을 통해 복도를 바라보니 유리 온실의 붉은 등과 내가 꽂아 넣은 레이저 포인터가 보였다.

로비로 내려가 3층 벽에 난 구멍을 향해 레이저 포인터를 정확히 조준하고 다시 3층의 병실로 올라왔다. 구멍을 관통한 레이저 불빛은 그 병실의 내부를 통과해 맞은편 내벽 위쪽을 가리켰다. 그 벽은 흰색 벽지로 마감되어 있었다. 아까와 마찬가지로 촉감을 통해 포인터가 가리키는 방향을 눌렀더니 움푹 들어갔다. 칼로 찢어서 구멍이 드러나게 벽지를 잘라내니 조금 큰 구멍이 보였다. 그 구멍은 4층 방향이었고 비밀의 도서관 벽 쪽이 분명했다. 기다란 꼬챙이로 그 구멍의 반대편을 뚫으면 레이저 포인터가 도서관 안에서 보일 텐데……. 주변을 두리번거리며 긴 꼬챙이를 찾던 중 방의 주인이 들어왔다.

"아니, 남의 방에 들어와……. 뭐 하는 거요? 크리스티나 원장 어디 있소?"

지팡이를 짚고 서 있던 노인 환자는 화를 내며 소리쳤다.

그러나 내 눈에는 노인의 분노보다 그의 지팡이가 먼저 들어왔다. 구멍을 뚫는 데 제격으로 보였다.

"금방 끝나니까요. 그 지팡이 좀 빌려주세요. 잠시만 쓰고 드릴게요. 너무 급해서 그래요."

나의 너무도 다급하고 당당한 표정과 떼를 쓰는 말투에 그는 어이없는 표정을 지으며 아무 말 없이 내게 지팡이를 건넸고 나는 부리나케 지팡이를 가로챘다. 제법 긴 지팡이를 쑥 밀어 넣어 반대편 벽을 두드려 보니 그냥 뚫린 구멍이었다. 육안으로는 반대편이 너무 어두워 보이지 않았지만 분명 비밀 도서관까지 뚫린 구멍이었다. 이렇게 어두운 반대편 공간이 도서관임을 확신했다. 레이저 포인터의 출력이 약해서 희미하긴 했지만 역시 예상대로 그 구멍을 정확히 관통했다.

급하게 발걸음을 옮겨 다시 비밀의 도서관으로 향했다. 도서관에서는 레이저의 출력이 약한지 빨간 포인터가 보이지 않았다. 로비의 레이저 포인터를 가져다 3층 병실에서 도서관 쪽으로 관통하는 구멍에 직접 넣고 다시 도서관으로 올라가 확인했다.

도서관의 먼지 때문인지 레이저는 선명하게 직선을 그리며 정확하게 어느 책 한 권에 닿아 있었다. 그러나 책은 너무 높은 곳에 있었고 사다리가 필요했다. 나는 오래된 이동식 레일에 걸쳐져 있는 긴 사다리를 조금 밀어보았다. 레일 위로 사다리가 거친 소리를 내며 조금씩 움직였다. 원래는 레일에 기름이 칠해져야 하지만 오랫동안 방치된 탓에 녹슨 철이 끌리는 소리가 요란하게 울려 퍼졌다.

끼이이익.

긁히는 소리에 눈살을 찌푸리며 포인터가 가리키는 방향으로 사다리를 옮겨 올라가니, 먼지가 잔뜩 묻은 가죽 장정의 또 다른 종이 뭉치를 발견했다. 내려와 랜턴을 비추어 자세히 확인했다. 좀 전에 발견한 아나톨의 일기와 같은 재질

의 가죽이 확실했다. 조심스럽게 첫 페이지를 펼쳐보았다. 그
것은 프랑스와 왈처의 일기였다.

1931년 4월 15일
나의 사랑하는 아들 피터에게……. 아끼고 사랑하는 마음
으로 보듬어 주지 못한 나의 아들아……. 너에게 이야기해
주고 싶은 여인이 있단다. 그녀의 이름은 아나톨 가르니아
란다. 그녀를 이해한다면 나를 이해할 수 있을 게다. 그녀
의 일기가 이 도서관에 잠들어 있단다. 천장에 새긴 나의
메시지가 그녀의 일기장이 잠든 곳을 알려줄 것이다.

여기서도 연도는 다르지만 4월 15일이 등장했다. 이 두 개
의 4월 15일은 무엇을 의미하는 것일까? 책의 첫 장을 읽자마
자 두 권의 일기책을 들고 급히 피터 씨의 방을 다시 찾았다.

07

같지만 다른
두 개의 일기

피터 씨가 준 힌트로 구멍을 찾았고, 뒤이어 아버지 프랑스와의 일기도 찾았다. 피터 씨에게 책을 건네자 그는 아나톨의 일기책 가죽을 만졌던 때처럼 냄새를 맡아보고 볼에 문지르기까지 한 뒤에야 이 가죽 역시 아버지가 직접 무두질과 재단을 했음을 확신했다.

피터 씨는 나에게 아버지의 일기를 읽어달라고 했다. 나는 읽기 전, 두 일기의 시작일이 연도는 다르지만 같은 4월 15일이라는 것을 설명했다. 아나톨은 1921년 4월 15일, 그리고 프랑스와는 1931년 4월 15일이었다. 10년 간격을 둔 두 개의 다른 일기. 그리고 그 두 개의 일기를 아들 피터 씨에게 주기 위해 모든 일을 꾸민 프랑스와 왈쳐. 점점 더 미궁 속으로 빠져들기 시작했다.

그녀를 처음 만난 것은 전쟁이 끝나고 2년 후, 1921년 4월
15일, 국가로부터 받은 국가유공 보상금으로 파리 시테섬
의 한 낡은 저택을 저렴하게 매입했을 때였다. 화재로 파
손이 심해 다 쓰러져 가는 집을 사서 보수하고 있었다. 마
치 고대 로마 시대에 전쟁이 끝나 돌아온 군인에게 개선문
을 만들게 했던 것처럼, 나에게도 전쟁에서 겪은 살육의
광기를 지우고 다시 평범한 시민으로 돌아올 수 있게 하는
기회가 필요했다.

공사 중인 나의 집 앞에 어떤 여인이 구걸을 하고 있었다.
공사 잔해에 다칠 수도 있을 것 같아서 몇 프랑을 그녀 앞
에 놓고 그녀가 떠나기를 기다렸다. 그러나 그녀는 그 돈
을 줍지 않았고 죽은 듯이 가만히 고개를 떨군 채 앉아만
있었다. 동네 꼬마들이 그 돈을 몰래 훔쳐 가도 그녀는 미

192

동도 하지 않았다. 이상한 생각에 그녀에게 다가가서 말을
걸었다.

"부인, 여기는 공사 중이라 위험하니 다른 곳으로 가시는
게 좋겠습니다."

그녀는 천천히 고개를 돌려 나를 바라보며 말했다. 망토를
뒤집어쓰고 있어 그녀의 얼굴은 보이지 않았다.

"당신은 누구시죠?"

"저는 이 집의 주인입니다. 지금 한창 공사 중이라서요. 여
기는 굉장히 위험하⋯⋯."

"여긴 제 집이에요⋯⋯. 저희 가족의 집이에요⋯⋯."

내 말이 끝나기도 전에 그녀는 이상한 소리를 하고는 흐느
껴 울기 시작했다.

나중에 알고 보니 내가 매입한 이 저택은 그녀의 집이었
다. 정확히 말하면 전 주인. 주인의 얼굴을 보지 못하고 부
동산 중개업자만 만나 계약을 했는데 이 허름한 차림의 여
인이 바로 전 주인이었다⋯⋯.

피터 씨는 내게 손을 저으며 연신 기침을 하며 말했다.

"그만 됐습니다. 결국 아버지란 사람이 나에게 남긴 건 자
신의 이야기를 들어달란 소리였군요. 알지도 못하는 여인과
의 로맨스를 들려주고 싶은 거였다니⋯⋯. 그리고 4월 15일
도 그런 이야기였다니⋯⋯ 더 듣고 싶지 않군요. 어머니와

나를 버리고 떠난 그가 남긴 이야기라는 것이 고작 이런 변명이었다니……. 죄송하지만 혼자 있고 싶군요. 나가주세요. 부탁합니다. 그리고 그 일기들도 당장 치워주세요."

화가 난 피터 씨의 말을 듣고 그만 나올 수밖에 없었다. 그날 저녁이 지나고 다음 날 아침이 되어서도 그를 다시 볼 기회는 없었다.

다음 날 아침에 크리스 부인이 내 방문을 두드렸다. 어제 저녁 나의 용무는 모두 끝난 것으로 생각하고 오늘 아침 제빵사 뱅상 씨의 차를 얻어 타고 돌아가겠다고 전달한 상태였다. 그래서였을까. 아침 일찍부터 그녀가 노크를 했다.

"그간 이 저택에서 많은 비밀을 찾아주신 뤼미에르 씨가 떠나신다고 하니 섭섭하네요. 지금 와서 생각해 보니 처음 뵐 때는 좀 무례했던 것 같아요. 이해해 주세요. 외지인이 오지 않는 곳이다 보니 저도 모르게……."

"천만에요. 너무 잘해주셔서 저는 정말 즐거웠습니다. 2박 3일 동안 건축가로서 신비하고 유쾌한 체험을 했거든요. 그보다 4월 15일에 대해서는 피터 씨가 원하시던 답이 아닌 것 같아서 유감이네요."

"그건…… 피터 씨한테 사연이 있어서요. 뤼미에르 씨는 최선을 다해주셨어요. 제가 대신해서 그 감사함을 전하고 싶네요."

"그나저나 피터 씨의 반응이 좀처럼 이해되질 않습니다. 무슨 사연인지 여쭤도 될까요?"

그녀는 머뭇거리다가 이내 나에게 피터 씨의 이야기를 조금 털어놓았다. 그리고 이야기를 끝마칠 즈음 나는 왜 그녀가 나에게 그의 이야기를 했는지 이해할 수 있었다.

피터 씨는 어렸을 적 아버지가 어머니와 자신을 떠났다고 했다. 그때 피터 씨는 자신이 버림을 받았다고 생각했고, 결국 그와 어머니는 파리를 떠났으며 그 분노로 수십 년 후 프랑스와의 장례식에도 참석하지 않았다.

시간이 꽤 흘러 어른이 되고 노인이 된 피터 씨는 그동안 아버지의 존재를 부정하고 저주하며 살았던 닫힌 마음의 문을 열고 그를 이해하고 싶어졌다. 그러던 중 아버지가 혹시 자신에게 남긴 메시지가 있을지도 모른다는 생각을 했고 그가 남긴 유산을 확인해 보았다. 유산은 파리 시테섬에 있는 저택과 수도원을 병원으로 바꾼 이 저택까지 두 채의 건물이었다.

처음 그가 파리 시테섬의 저택을 방문했을 때는 너무 낡고 오래 방치되었을 뿐만 아니라 아버지가 떠난 아픈 기억이 있던 터라 내버려 두었지만 이 병원에 대해서는 아주 많은 관심을 보였다.

왈처요양병원은 호화로운 노인 병원이라는 소문과는 달리 왈처 가문의 자금으로 운영되는 무료 병원으로, 불쌍하고 외로운 사람들의 마지막을 지켜주는 시설이었다.

크리스 부인은 이 병원을 처음 방문했던 당시의 피터 씨에 대해 선명하게 기억하고 있었다. 호리호리한 몸매에 날카로운 눈빛을 한 그를 보고 처음에는 프랑스와 왈처 씨와 느낌이 달라서 좀 놀랐다고 했다. 특히 머리부터 발끝까지 흰색으로 치장한 프랑스와 왈처의 인상과는 달리 피터 씨의 머릿결은 갈색에 곱슬이었다. 나는 피터 씨와 프랑스와 왈처의 느낌이 달랐다는 말을 듣자마자 다짜고짜 물었다.

"말씀 중에 죄송한데요. 프랑스와 왈처 씨를 본 적이 있으신가요? 그분은 백발인가요? 인상착의를 좀 설명해 주시겠어요?"

"아니요. 뵌 적은 없지만 제 집무실에 그분의 전신 초상화가 걸려 있거든요."

"저번에 집무실에서 전화할 때는 못 봤는데요?"

"집무실 안쪽에 작은 살롱이 하나 있습니다. 거기에 걸려 있어요."

"지금 당장 가볼 수 있을까요? 꼭 확인해 보고 싶은 것이 있어서요."

그렇다. 내 꿈속에 여러 번 등장한 백발의 노인, 그도 머리부터 발끝까지 흰색이었다. 설마 그 꿈속의 노인이 프랑스와 왈처? 믿기 힘들었지만 그래도 확인해 볼 만한 가치는 있었다.

부인의 집무실을 지나 작은 살롱의 문을 열고 들어섰다.

벽에 커다랗고 화려한 장식의 은색 커튼이 쳐 있었다. 그녀는 커튼을 걷었고 이내 드러나는 초상화의 주인공을 보고 나는 그 자리에 털썩 주저앉고 말았다. 내가 꿈속에서 본 그 노인이 바로 프랑스와 왈처였다. 꿈이라 정확하게 인상착의를 말하기는 어려워도 그가 확실했다. 분위기도 옷차림도 그랬다. 얼굴에 엄지손가락만 한 흉터 자국도 있었다.

털썩 주저앉은 나를 보고 놀란 그녀가 무슨 일이냐며 걱정 섞인 목소리로 나를 살폈다. 잠시 집무실 땅바닥에 주저앉아 멍하니 허공을 쳐다보면서 호흡을 가다듬었지만 정신이 들지 않았다. 몇 번 심호흡을 한 후 간신히 정신을 추스르고 그녀에게 말했다.

"꿈속에서 저 초상화에 있는 프랑스와 왈처 씨를 만났거든요."

"정말요? 우연치고는 신기하네요. 아무리 그래도……."

"여러 번이나 말이에요."

그녀는 놀라서 입을 열었다.

"무섭게 그러지 마세요. 요즘 세상에 유령이 어디 있다고……."

그녀의 말끝에 떨림이 느껴졌다. 한동안 우리는 서로 바라만 볼 뿐 아무 말도 할 수가 없었다. 그렇게 몇 분이 흘렀을까. 긴 침묵을 깨고 그녀에게 물었다.

"그런데 왜 피터 씨는 지금 저렇게 아프신 거죠? 거기다

가 눈도 실명하시고, 처음 뵐 때는 안 그랬다고 하신 것 같은
데……."

"네. 원래 오랜 지병이 있으셨지만 그래도 잘 버티셨죠. 그
런데 여기서 그만 사고로……."

크리스 부인은 고개를 저으며 이걸 언급하는 것은 원장으
로서 양심이 허락지 않는다며 말문을 닫았다. 그러나 그녀는
한참을 고민하더니 이내 다시 말문을 열었다.

"아니요. 뤼미에르 씨에게 다 말씀드려야 할 것 같네요. 어
쩌면 뤼미에르 씨가 마지막 희망일지도 모르니까요. 프랑스
와 왈처 씨가 그것을 원할지도 모르겠네요."

그녀는 이해할 수 없는 이상한 말을 하고는 이야기를 이
어갔다. 좀 더 구체적으로 물어보고 싶었지만 그녀가 언제
마음이 바뀌어 말문을 닫을지 몰라 조용히 듣고만 있었다.

"피터 씨는 처음에 이 병원을 보고 많이 흡족해하셨어요.
그때는 멀리 떨어진 지금의 종탑이 기초만 있을 때였어요.
처음에는 그게 종탑의 기초인지 아무도 몰랐어요. 그런데 제
가 지하실에서 옛날 도면을 찾았고 그것이 종탑의 기초라
는 것을 알게 되었죠. 물론 중세 시대의 종탑이었어요. 하지
만 어떤 종탑인지 알 수 없었죠. 도면에는 프랑스와 씨가 그
중세 시대 종탑의 기초 위에 새로 설계한 종탑이 그려져 있
었죠. 프랑스와 씨는 이 종탑의 설계를 마쳤지만 어떤 이유
에서인지 완성하지 못했어요. 그걸 피터 씨가 완성하고 싶어

하셨어요. 아마도 아버지의 마음을 알고 싶어 그랬을지도 모르죠.."

종탑이 수도원 건물과 다른 방식으로 건축된 이유가 바로 피터 씨가 완성했기 때문이라는 것을 깨달았다. 이미 아버지 프랑스와는 종탑을 디자인해 도서관의 비밀 메시지를 풀게 하려 했다. 그러나 유감스럽게도 그는 직접 완성하지 못했고 운명의 장난인지 그의 아들 피터가 완성시킨 것이다. 그리고 나는 그 종탑으로 아나톨의 일기장을 찾았다.

"그런데 그 종탑이 완성되어 갈 무렵, 자재를 트럭에 싣고 병원으로 오는 언덕을 올라오다가 그만 트럭이 전복되는 사고가 있었어요. 그 사고 때 눈을 다치셨어요. 그 결과 눈의 시신경이 손상되었고 한쪽 눈을 실명하셨죠. 그리고 몇 개월 뒤 오염된 한쪽 눈의 시신경에서 다른 쪽 눈으로 균이 전이되어 버렸죠. 그래도 피터 씨는 아버지의 메시지를 찾아야 한다면서 자신을 대신해 줄 사람을 찾으셨어요. 부친처럼 건축가이면서 건물을 살아 있는 생명체처럼 소중하고 자세하게 관찰해 줄 건축가를 찾으신 거예요. 솔직히 4년 동안 다녀간 세 명의 건축가들은 모두 실망이었어요. 피터 씨에게 건물이 낡았으니 신축하라는 조언만 해댔거든요. 그중에는 피터 씨가 눈이 보이지 않는다는 점을 악용해 돈을 뜯어내려는 사람도 있었어요. 그러다 비서 이자벨이 묘안을 낸 거죠. 시테섬에 있는 낡은 집을 마음에 들어 하는 건축가라면 가능성이 있을 거라고요. 낡은 건물에서 가치를 찾아낼 수 있는 건축가라면 피터 씨를 이해할 수 있으리라 생각했던 거죠. 그리고 그게 바로 뤼미에르 씨였어요."

"피터 씨가 원했던 메시지는 아마도 자신에게 용서를 구하는 것이었을 텐데, 부친이 자신을 버릴 수밖에 없었던 자신의 연애사를 남겼으니 분노할 수밖에 없었겠네요. 시력까지 잃어가면서 부친의 종탑을 완성했더니 돌아온 대답이……. 이제야 충분히 이해가 가네요. 그런데 이런 사적인 이야기를 제게 하시는 이유가 뭐죠? 그저 저의 호기심을 위해서는 아닌 것 같은데요. 다른 이유가 있나요?"

"사실 그건…… 이 편지 때문이에요."

그녀는 내게 오래되어 노랗게 바랜 편지 하나를 건넸다. 발신인은 프랑스와 왈처였다. 수신인은 왈처요양병원의 병원장으로 되어 있었다.

"이 병원에 처음 부임했을 때, 책상 서랍에서 이 편지를 발견하고 오랫동안 피터 씨를 기다렸어요. 그리고 피터 씨를 처음 본 그날의 설렘은 잊을 수가 없어요. 저택의 비밀은 이제부터 시작일지도 몰라요. 가시는 길에 그 편지를 읽어주세요. 그리고 두 권의 일기장도 필요하실 테니 가져가시고요."

"네? 아니 저는 일이 다 끝났는데요. 이건 제가 가지고 갈 물건이 아닌 것 같습니다만……."

"그 편지를 읽어보시면 제 말뜻을 이해하실 거예요. 그리고 이건 피터 씨가 전해주시라고 한 서한이에요. 잠시 후면 뱅상 씨가 오실 거예요. 아침 식사를 같이 하지 못해 아쉽네요. 그래도 왠지 다시 뵐 것 같은 느낌이네요."

그녀는 밝게 웃음 지었다. 피터 씨는 다시 보지 못했지만, 병원 사람들과 가벼운 볼 키스로 인사를 하고 뱅상 씨의 털털거리는 차에 몸을 실었다.

병원이 멀어질 때까지 사이드미러로 병원과 종탑을 번갈아 바라보았다. 뱅상 씨가 준 따뜻한 바게트를 한 입 베어 문 채 이 병원과의 3일간의 추억을 회상했다.

뱅상 씨가 나를 물끄러미 바라보았다. 뭔가 하고 싶은 말이 있나 싶어 물었다.

"제 얼굴에 뭐가 묻었나요? 왜 그렇게 빤히 바라보시죠?"

"아무것도 아니에요. 그냥 좀 달라서요. 왈처 가의 부탁으로 4년 동안 이맘때 항상 손님을 모셔 갔지만 이렇게 3일간 있던 분도 없었고, 모두들 제 차에 타자마자 왈처 집안 욕을 퍼부었거든요. 그런데 선생님에게서는 뭔가 아쉬움 같은 것이 느껴지네요. 아까 사이드미러로 병원을 바라보시던 눈빛도 그랬고요. 뭔가 좀 다른 분인 것 같기도 하고 그렇습니다. 하하하하. 제가 별소리를 다 하네요."

역에 도착해 뱅상 씨의 차에서 내리면서 말했다.

"뱅상 씨 말씀이 맞아요. 아직 저 저택에서 뭔가를 풀지 못하고 나와서인지 아쉬움이 발걸음을 잡는군요. 언제고 뱅상 씨를 다시 뵐 것 같네요. 데려다주셔서 고맙습니다."

그와 힘주어 악수를 하고 기차역 플랫폼에 들어섰다. 기차가 오고 있었다. 집으로 가는 기차. 나의 피곤함을 풀어주고 집으로 데려다줄 저 기차. 열차 칸에 오르자마자 곧 잠이 들었다. 2박 3일간의 모험이 끝나고 긴장이 풀린 듯 바로 잠에 빠져들었다.

얼마의 시간이 흘렀을까. 기차에서 흘러나오는 안내 소리에 잠을 깼다. 창밖을 보니 한밤중의 파리 북역이다. 집에 온 것이다. 이번에는 꿈도 꾸지 않고 깊은 잠에 들었나 보다.

기차에서 내려 빠른 걸음으로 북역을 빠져나왔다. 스위스 루체른의 상쾌한 공기와는 달리 어둡고 퀴퀴한 지린내와 집 없는 자들의 술판 그리고 어수룩한 여행객을 하이에나처럼 노리는 집시 여인들이 나를 맞이했다. 답답한 나폴레옹 3세 광장을 빠져나와 마젠타 거리를 지나고 바르베스로슈아르 거리에 이르자 흑인들이 속속들이 나타났다. 파리에서 흑인들이 가장 많이 모여 사는 곳이었다.

10분을 걷고 나서 브리케 거리에 이르자 몽마르트 언덕의 사크레쾨르 대성당이 눈에 들어왔다. 어두운 밤하늘 아래 몽마르트 언덕으로 향했다. 그랬다. 나의 집은 몽마르트 언덕에 있다. 가파른 언덕길을 올라 집 앞에 이르자 이제야 이상하고 신기한 여행이 끝났음을 실감했다. 밤하늘에는 별빛이 가득했고, 저 멀리서는 에펠탑의 불빛이 반짝였다. 모든 것이 마무리되고 이제야 집에 돌아왔다.

　문을 힘차게 열고 들어서자마자 바로 웃옷을 벗어 던지고 침대에 누워버렸다. 기차 안에서 충분히 잠을 잤는데, 또 졸렸다. 사르륵 눈이 감기고 나는 바로 침대에서 곯아떨어졌다.

　전화 소리에 잠이 깨어 시계를 보니 벌써 아침 10시가 넘어가고 있었다. 하품을 크게 하고 기지개까지 켜고 나서야 정신이 들어 전화를 받았다. 부동산 중개인 알랑 펠리시에였다. 지난주에 그의 전화를 받고 나서부터 지금까지의 일이 모두 꿈만 같았다. 이 모든 게 데자뷔 같았다. 그러나 내 침대에 놓인 아나톨과 프랑스와의 일기는 이 모든 게 꿈이 아니었음을 증명하고 있었다.

　"네, 무슈 알랑, 어쩐 일이세요?"

　"비서 이자벨 씨로부터 이야기 전해 들었어요. 여행은 즐거우셨나요? 참, 그리고 계약서 서명은 언제 하러 오실 거죠?"

　"네? 무슨 계약서요?"

　"시테섬의 낡은 저택 계약서요. 연락 못 받으셨어요? 제 앞에 피터 왈처 씨의 사인이 되어 있는 계약서가 있어요. 그 계약서에 뤼미에르 씨 사인만 있으면 그 저택의 주인은 뤼미에르 씨가 되는 겁니다. 오늘 오후나 내일 오전, 언제가 괜찮으세요?"

"네? 네…… 잠시만요. 제가 다시 연락 드릴게요……."

급한 일이 있는 것처럼 하고 끊었다. 갑자기 웬 계약서 이야기를 하는지 알 길이 없었다. 그때 머릿속을 스치듯 크리스 부인이 주었던 두 개의 서한이 떠올랐다. 한 장은 프랑스와 왈처가 부인에게 남긴 편지, 그리고 또 다른 하나는 피터 씨가 내게 남긴 편지였다.

카디건에 달린 가슴 주머니에서 피터 씨가 내게 남긴 편지를 꺼냈다. 편지에는 서류 하나, 그리고 수표 한 장도 있었다. 편지는 피터 왈처 씨의 메시지였다.

가시는 길 배웅하지도 못하고 자세한 설명도 드리지 못해 죄송합니다. 그동안 뤼미에르 클레제 씨의 노력에 대해서는 깊은 감사의 마음을 전하고 싶습니다. 그 감사에 대한 대가로 원하셨던 시테섬의 저택을 드리겠습니다. 제게는 별로 간직하고 싶지 않은 기억과 버릴 수 없는 기억이 공존하는 저택입니다. 고마움과 미움, 원망이 서려 있는 집이죠.
그리고 곰곰이 생각해 보았습니다. 분명 그 저택에도 저의 부친이 남긴 비밀이 있을 것이라고요. 그를 원망하고 미워하는 마음이 없어진 것은 아니지만 그래도 그의 비밀은 풀어주고 싶더군요. 그리고 바로 뤼미에르 씨가 그 일에 제격이라는 생각이 들었습니다.

제가 태어나서 자란 저택을 돈으로 거래하고 싶지는 않습니다. 돈이라면 지금도 충분하지만 그 돈으로 제 어린 시절의 추억을 사고팔 수는 없으니까요. 제 기억이 돈으로 매겨지는 것은 원치 않습니다.

뤼미에르 씨라면 그 저택을 가질 충분한 자격이 있다고 생각합니다. 당신은 그 집의 비밀을 찾아내겠죠? 이 병원에 숨겨진 비밀을 찾은 것처럼요.

추신: 기억의 가치는 돈으로 매길 수 없습니다. 그 기억이 비록 원망이나 미움일지라도……. 제 어린 시절이 담겨 있는 그 집을 부탁합니다.

—피터 왈처로부터

처음에는 시테섬의 저택이 목적이어서 간 것이었지만 지금은 이 저택을 받아도 되는지부터 찜찜한 생각이 들었다.

그때 마침 침대에 놓인 두 권의 일기 그리고 프랑스와 씨가 원장에게 남긴 편지가 눈에 들어왔다. 프랑스와 왈처 씨가 원장에게 남긴 편지봉투를 집어 들고 개봉하려다가 멈췄다.

'어차피 다 끝난 일인데 뭐 하러 지금 이런 것들을 봐야 해? 나중에 보자.'

편지를 지갑에 넣어두고 일기를 한쪽으로 치워놓았다. 그리고 부동산 중개인 알랑에게 전화를 걸어 오늘 오후에 당장 가겠다고 약속을 잡고 나갈 채비를 했다.

부동산 앞에 도착했다. 지난주가 생각났다. 그때와는 뭔가 달라진 것 같다. 바로 내 집이 생긴 거다. 그것도 파리에서 가장 좋은 땅에. 비록 허름해도 내가 고치면 된다. 건축가라는 직업이 지금만큼은 마음에 들었다. 문을 들어서자마자 알랑이 자리에서 일어나 밝은 미소를 지으며 나를 맞이했다.

"아니, 도대체 어떻게 된 겁니까? 계약금도 필요 없고 그냥 집을 넘기라고 했거든요. 난 정말 깜짝 놀랐어요. 그냥 거저 얻는 거잖아요. 부동산 중개 경력 20년에 이런 일은 처음이거든요."

"네? 제가 제시한 금액으로 이 집을 사는 게 아니라 그냥 제 것이 되는 거라고요?"

"이자벨 씨가 그렇게 처리해 달라고 하던데요."

잠시 당황스러워 알랑에게 양해를 구하고 자리에서 일어나 비서 이자벨에게 전화를 걸었다. 통화음이 울리는 동안 생각했다. 피터 왈처가 쓴 편지 속에 자신의 집을 돈을 받고 팔고 싶지 않다는 말이 정말 나에게 이 집을 그냥 준다는 의미였단 말인가? 머릿속이 복잡해졌다.

전화는 연결되지 않았고 자동 응답기로 이어졌다.

"부동산에 와보니 제가 집을 사는 것이 아니라 그냥 받는 거라고 하더군요. 물론 얼마 안 되는 금액을 제시했던 건 저였지만……. 좀 여쭤보려고 다시 연락드렸습니다. 연락 주세요."

음성 사서함에 메시지를 남긴 후 곰곰이 생각에 빠진 내게 알랑이 서류를 내밀었다. 저택 소유 서류였다.

"무슨 일인지는 잘 모르겠지만 저는 이미 수수료도 받았고 이 서류는 뤼미에르 씨 겁니다. 지금이든 나중이든 서류에 서명하시는 건 잊지 마시고요. 자, 여기 열쇠입니다."

알랑은 내게 열쇠를 준 뒤 자신의 다른 업무 때문에 부동산을 나갔다. 나도 따라 나올 수밖에 없었다. 이 저택을 사기 위해 은행 융자도 받았는데 그것도 필요 없어지고 그냥 공짜 집이라고 하니 왠지 좀 꺼림칙했다. 피터 씨가 써놓은 글에는 내게 주겠다고는 되어 있었지만 무료라는 말은 없었기 때문에 나중에 되돌려 달라고 하면 나만 바보가 되는 건 아닌가 싶었다.

만약의 사태에 대비하기 위해 변호사 친구 막심에게 전화를 걸어 물어봐야겠다는 생각이 들었다. 그와의 긴 통화 끝에 이 서류는 문제가 없고 내가 정말 그 집의 주인이 되었다는 것을 확인했다. 막심은 서류에 서명을 하고 몇 가지 소득세금 신고만 하면 끝이라고 했다. 보증인 공증비용, 주인 변경 세금 그리고 주택세 등이 있었다. 그것도 올해 안에만 하면 된다. 가장 중요한 것은 계약서에 서명하는 것이다. 그 말을 듣자 기쁘기도 하고 설레기도 한 마음을 움켜잡고 부지런히 센강을 따라 그 저택을 향해 걸었다. 낡고 망가졌어도 정말 내 집이 생긴 거다.

그때 마침 전화벨 소리가 울렸다. 이자벨이었다.

"죄송합니다. 급한 일처리 때문에 전화를 받지 못했습니다. 집은 피터 씨가 뤼미에르 씨에게 드리는 감사의 선물이라고 생각하시면 될 것 같습니다."

"하지만 이 집은 피터 씨의 아버님 댁이 아닙니까? 그리고 피터 씨의 어린 시절 추억이 담긴……."

"이유는 잘 모르겠지만 아버님과 연관된 모든 것들을 폐기하신다고 하셨습니다. 그러던 중 그 집은 뤼미에르 씨께 드리기로 한 것이고요. 참, 그리고 계약서에는 전에 제안하셨던 금액으로 적혀 있을 것입니다. 그 금액에 대한 세금만 시청에 지불하시면 나머진 별 문제 없이 진행될 겁니다. 법적으로는 돈이 오고 가야 세금 문제가 해결되기에 그렇게 적어놓았습니다. 피터 왈처 씨가 무상으로 드리고자 결정하셨으니 저희에게 그 돈을 주실 필요는 없습니다."

마지막으로 피터 씨를 만났을 때 보았던 분노에 찬 그의 표정이 떠올랐다. 분노의 대상이 프랑스와의 저택이 되어버렸고 그 덕분에 내가 이 저택을 가지게 된 것이다. 하지만 그는 분노와 동시에 아버지에 대한 연민도 느끼고 있었다. 그래서 내게 집을 부탁하는 편지를 쓴 것이다.

"병원은요? 병원도 폐기인가요?"

"아니요. 그건 왈처 가문의 이름으로 되어 있고 피터 씨의 지분이 많아도 그렇게 할 수가 없죠……. 제가 업무가 바빠서 그러는데 더 질문이 없으시면 이만 끊겠습니다."

이자벨과의 통화가 끝나자 나는 어느새 저택 문 앞에 도착해 있었다. 이제 정말 내 집을 갖게 된 것이다.

08

이어진
비밀

조심스럽게 열쇠를 들고 구멍에 넣은 뒤, 숨을 들이켜고 시계 방향으로 힘껏 두 번을 돌렸다. 철커덕거리는 소리와 함께 문이 열렸다.

열린 문 틈으로 오래되고 퀴퀴한 먼지 냄새가 진하게 퍼졌다. 이 집에 처음 왔을 때가 기억났다. 온통 먼지로 가득 쌓인 집. 2층까지 이어진 계단을 오를 때 보았던 와인 색의 붉은 대리석, 주황색 대리석 그리고 이상할 정도로 낮은 오른쪽 계단 난간⋯⋯.

우선은 그때 자세히 보지 못했던 저택의 구석구석을 살펴보았다. 그땐 2층인 줄 알았는데 알고 보니 2층 복도 구석에 사다리가 있어 3층 다락방으로 이어져 있었다. 방이 8개나

되는 큰 저택이었다. 1층의 살롱은 나무 바닥이었지만 그 외 1층의 다른 부분은 대리석 바닥이었다. 반면 2층은 전부 나무 마룻바닥으로 되어 있었다.

1층 살롱의 구석구석을 돌아보고 있을 때였다.

아악…….

콰지직 하는 소리와 함께 바닥이 부서져 오른발이 빠져버렸다. 놀라서 약간 소리를 지르긴 했지만 그렇게 깊지 않고 발목까지 빠진 것이라 대수롭지 않게 생각하고 다리를 빼냈다. 별일 아니라고 생각했는데 못 하나가 신발에 박혀 있었다. 놀라서 급하게 신발을 벗고 발바닥을 보니 벌써 피가 양말에 번지고 있었다. 발을 땅바닥에 내려놓자 발바닥에서 통증이 느껴졌다. 못에 찔린 것이다.

"제길, 이게 뭐야? 곳곳이 다 썩어 있는 건가?"

한숨을 내뱉듯 욕이 튀어나왔다. 양말을 벗어보니 피가 흐르고 있었다. 상처는 생각보다 심해 보였다. 욕실로 가서 물을 틀자 오랫동안 수도 밸브를 열지 않아서인지 시커먼 녹물이 쏟아지기 시작했다. 한참을 기다려도 녹물의 색깔은 투명해지지 않았다. 욕실에서 상처를 씻다가는 파상풍이라도 걸릴 것 같았다. 아픈 발을 끌고 부엌으로 이동했다. 부엌 물도 역시 시커먼 독극물 같았다. 하는 수 없이 다시 양말을 신고 좀 더 압박하기 위해 왼발의 양말을 벗었다. 그러고는 오른발의 상처에 감아서 매듭으로 고정하고 신발을 구겨 신은 채

밖으로 나왔다.

멀쩡한 왼발에 더 힘을 싣기는 했지만 오른발도 내딛어야만 했다. 깽깽이걸음은 오른발에 더 무리를 줄 수도 있기 때문이다. 길에 나왔지만 택시는 보이지 않았다. 근처에는 아무도 없었다. 그렇다고 앰뷸런스를 부를 만큼 위험한 상황은 아니었다. 아픈 오른발을 이끌고 조금 더 대로로 나가야 했다. 퐁네프다리에 이르자 지나가는 차들과 관광객 무리가 보이기 시작했다.

잠시 후 택시 한 대가 잡혔다.

"좋은 아침입니다. 어디로 모실까요?"

"파리 10구의 포부르그 푸아소니에르 거리로 가주세요."

택시에 오르자마자 전화를 걸었다.

"크리스토프! 나예요, 뤼미에르. 지금 당신의 병원으로 가고 있어요. 발에 상처를 입었는데…… 좀 찢어진 것 같아요. 일단 지혈을 하고 있는데 통증이 너무 심하네요."

"얼른 오세요. 준비해 놓을 테니까. 지금 어디쯤이죠? 앰뷸런스를 불러줄까요?"

"아니요. 지금 택시를 타고 가고 있어요. 늦어도 15분 안에 도착할 거예요."

크리스토프는 내가 사는 집 근처에 있는 의사였다. 주치의이기도 했다. 이곳에서는 사업자 등록을 한 사람은 누구나 주치의를 정해야 하는 의무가 있다. 사업자 등록을 할 때 그냥 별 생각 없이 집 근처에서 아는 사이인 그에게 부탁을 했고 그는 나의 주치의가 되었다.

병원에 들어서자 그의 얼굴에는 미소가 번져 있었다. 환자를 받는 의사의 절실함이 아니라 마치 고객 하나를 건졌다는 표정처럼 음흉해 보였다. 그는 내 상처를 소독하자마자 과장을 섞어 말하기 시작했다.

"오우…… 이런! 이건 꿰매야 할 것 같네요. 많이 아팠겠어요."

나는 대꾸 없이 그러라고 고개를 끄덕였다. 치료를 마치고 처방전을 받고 나와 맞은편 약국에서 약을 지었다. 그리고 곧장 몽마르트 언덕에 있는 집으로 향했다. 내가 원래 살던 월셋집이었다. 아픈 발을 끌고 가는 것이라 또 통증이 몰려왔다.

"칫! 프랑스와는 내가 그 저택에 사는 걸 원치 않는 건가? 당신 아들은 그 집을 포기 했다고……."

나도 모르게 있지도 않는 프랑스와 왈처에게 비난을 쏟아냈다.

이튿날 다시 시테섬의 저택을 찾았다. 이번에는 가죽으로 된 두껍고 긴 장화까지 신고 단단히 준비해 들어섰다. 우선 바닥은 다 교체해야 할 듯싶었다. 교체 방법을 확인하기 위해 마루가 어떻게 설치된 건지 조립 방식을 알아야 했다. 그래서 내가 빠졌던 구멍에서 쪼개진 나무 마루 파편을 걷어내고 깨진 마룻바닥을 살펴보았다.

그런데 자세히 보니 마룻바닥 밑에 뭔가 적혀 있었다.

"이 집은……"으로 시작하는 문장이었다. 오랜 시간 바랜 터라 나머지 글자들이 보이지 않았다. 그리고 메시지는 이곳 바닥에만 쓰여 있는 것이 아니었다. 스마트폰으로 플래시를 켜고 바닥의 어두운 곳까지 비춰보니 온통 똑같은 메시지가 반복적으로 적혀 있었다. 군데군데 보이는 글자를 종합해 보니, "이 집은 나의 가족에 대한 기록입니다. 지켜주십시오"라고 적혀 있었다.

가만, 이 저택도 프랑스와 왈처 건축가의 손길이 닿은 것이 아닐까? 필체도 익숙했다. 스위스 병원 비밀 도서관 천장에 적힌 필체와 비슷했다. 그렇다, 이건 프랑스와의 글씨다. 그는 왜 바닥에 메시지를 남겼을까? 왜 하필 마룻바닥에 가려진 이곳에 써놓은 걸까? 그것도 바닥 전체에 걸쳐, 마치 놓치지 말고 꼭 봐달라는 것처럼 말이다.

설마…… 설마…… 나에게?

요 며칠 프랑스와의 유령이 꿈에 나타난 것도 이상하고 어제 내가 이곳 바닥에 빠진 것도……. 혹시 내가 저주에 걸린 건 아닐까 하는 말도 안 되는 걱정이 들었다. 그럴 리 없다고 스스로를 안심시키고 곰곰이 생각해 보았다.

프랑스와는 건축가다. 그는 아들이 이 모든 비밀을 찾을 것을 확신하고 있었고 자신의 건물을 매우 아꼈다. 특히 아들과 사랑하는 여인에 대한 추억과 기억을 건물에 남기는 사람이기도 했다.

내가 그 사람이라면 아들이 꼭 이 집을 봐주길 바랐을 것이다. 그런데 그렇게 되지 못했다. 혹시 자신의 의지대로 되지 않을 경우, 아들이 집을 팔 경우 혹은 집주인이 바뀔 경우 집을 망가뜨릴 수도 있으니 그것을 막고 싶었을 것이다.

그렇다면 오랫동안 방치된 집을 고칠 때 가장 먼저 고치는 곳은? 갑자기 등골이 오싹했다. 집을 고칠 때 가장 먼저 확인하는 곳이 바로 마룻바닥이기 때문이다. 이미 프랑스와는 아들 외에 다른 사람이 이 집을 고치는 것을 막기 위해 마룻바닥에 메시지를 남긴 것이다. 혹은 너무 오랫동안 방치된 집을 찾아올 아들 피터에게 남긴 것일지도 모른다.

집에 사람이 살지 않으면 가장 먼저 망가지는 것이 바로 나무 마룻바닥이다. 나 역시 마룻바닥 상태를 제일 먼저 확인하려 하지 않았는가. 나무에는 아주 작은 벌레나 해충이 산다. 그 녀석들이 나무를 상하게 한다. 발이 마루를 수시로 밟으면 사람의 땀이나 압력이 벌레들에게 위협 요소가 되지만, 10년만 사람이 살지 않아도 작은 벌레들에 의해 나무 마루는 금방 상하게 된다. 사람이 없으면 집도 서서히 죽어가는 셈이다.

아마도 프랑스와는 사람이 살지 않고 오래되면 나무 마루가 상할 것이고 그때 바닥 공사를 하면 자신의 메시지가 노출될 것을 예상했을지도 모른다. 그는 알면 알수록 대단하고 놀라운 건축가다. 그의 메시지를 보고 어떤 책임감 같은 것이 생겼다. 병원에서 그가 남긴 비밀을 풀어가면서 어쩌면 그와의 특별한 유대감이 형성된 걸지도 모르겠다.

이 집의 주인, 프랑스와에 대해 알아야겠다. 그의 일기장을 읽어보면 그를 완전히 이해할 수 있을 것이다. 그러고 나서 이 집을 고칠지 아니면 그의 생각을 온전히 지킬지 정해야 한다는 마음이 들었다.

지금은 비록 법적으로 나의 집이지만 이 집은 예전에 프랑스와의 집이었다. 나 또한 나중에 죽고 나면 다른 이가 이 집의 주인이 될 것이다. 그렇다면 이 집의 진짜 주인은 누구인가? 그에 대한 답은 아무도 주인이 아니라는 것이다. 집은 그렇다. 잠시 자신의 생을 사는 동안 빌려 쓰는 공간이다. 누구의 것도 아니지만 동시에 모두의 것이기도 하다. 그 공간에 수백 년에 걸쳐 여러 사람의 흔적이 남는다. 그 흔적은 차곡차곡 쌓여 그 집의 역사가 된다.

나는 한 명의 건축가이기 이전에 이 집을 거쳐 간 수십 명의 집주인들 중 한 명일 뿐이다. 나는 전 주인 프랑스와의 흔적과 역사를 간직해 주기로 결심했다. 그리고 나 또한 여기에 흔적을 남길 것이다. 그게 바로 집이기 때문이다. 그렇게 집은 우리의 모든 것을 기억해 준다. 이제 나는 프랑스와 왈처의 감춰진 비밀을 찾는 사람이 아니라, 한 공간에서 그와 공감하고 이해하는 유대감을 가진 사람이 되어가고 있었다.

주저할 틈도 없이 바로 저택을 나와 몽마르트 언덕의 집으로 향했다. 아니 프랑스와의 일기장으로 향하고 있다고 해야 맞을 것이다.

집에 도착하자마자 책상 한편에 치워놓은 프랑스와의 일기장을 찾았다. 그리고 프랑스와 왈처, 그의 인생과 저택에 깃들어 있을 비밀을 들여다보기 위해 일기장을 펼쳤다.

집을 보수하는 현장에서 행색이 남루한 전 주인을 만나면서 그의 이야기는 시작되었다. 그녀의 이름은 아나톨 가르니였다. 그녀를 처음 보았을 때 그는 왠지 모를 연민을 느꼈다고 적었다.

1931년 4월 15일

……남루한 옷차림의 그녀가 전 주인이라고 하니 왠지 묘한 감정이 들었다. 그리고 비록 집이 많이 파손되었지만 몇 달의 공사만 하면 되는 건물인데 그냥 팔아버린 전 주인. 실제로 건물은 3층 다락방과 2층 방들의 일부가 파손되었을 뿐 1층은 거주하는 데 문제가 없는 집이었다.
그리고 지금 그녀가 남루한 걸인 같은 모습으로 입구에 앉아 있다. 측은한 마음에 그녀에게 따뜻한 차를 한잔 대접하고 싶었다.

"들어가서 차라도 한잔하시겠습니까?"

그녀는 말 대신 고개를 끄덕거릴 뿐이었다. 나는 문을 열고 그녀에게 들어오라고 말했다. 그녀가 힘들게 일어서서 나를 쳐다보았을 때는 소름이 돋았다.

은색 머리칼이 여기저기 헝클어지고 몸도 앞으로 굽은 데다 눈빛에 삶의 의지마저 사라져 그녀는 영혼이 없는 사람 같았다. 이런 말을 하고 싶지는 않지만 마치 마녀 같았다. 검은 망토를 머리까지 덮어쓰고 앉아 있을 때는 몰랐지만 일어서며 드러난 모습은 끔찍한 몰골이었고 집 안으로 들인 것에 후회도 몰려왔다.

그녀는 문으로 들어서자마자 나의 안내도 없이 살롱으로 향했다. 무척 당황스러운 상황이기는 했지만 그래도 이 집의 전 주인이니 억지로라도 이해해야 한다고 생각했다. 사실 이 집의 모든 물건은 그녀의 것이다. 이유는 모르겠지만 집을 팔면서 집에 있는 모든 집기를 버리지 말아 달라는 조건을 붙였다. 전쟁 후 받은 배상금을 제외한 어떤 것도 없는 처지였기에 내가 그 조건을 수용하지 않을 이유가 없었다. 그래서인지 그녀는 이 집을 아직도 자신의 집처럼 느끼고 있는 듯했다.

그녀는 살롱에 들어가 주변을 살피더니 바로 부엌으로 들어갔다. 뭔가 가져가야 할 물건을 두고 간 것인지도 모른다는 생각이 들었다. 물론 계약상으로는 이 집의 모든 것은 내 것이지만 전 주인이 원한다면 자신의 물건을 가져가는 것을 막고 싶지는 않았다. 그녀가 부엌에서 나올 때까지 살롱에서 기다리기로 마음을 먹고 살롱에 있는 붉고 짙은 가죽 소파에 앉아 그녀를 기다렸다.

잠시 후 그녀는 아름다운 찻잔과 물병 그리고 향이 좋은 홍차 잎을 들고 부엌에서 나왔다. 그러고는 내 앞에서 향긋한 차를 대접하는 것이 아닌가? 여긴 내 집인데……. 그리고 아무리 아름다운 향의 차를 내온들 그녀의 몰골은 귀신같아서 차에 독이라도 탄 것처럼 느껴졌다.

"초면에 죄송합니다. 아직도 제가 사는 집 같아서요. 제 남편과 아이들이 좋아했던 홍차예요. 한번 드셔보시겠어요?"

그녀가 말문을 열었다. 시끄러운 길가에서 남루한 차림으로 만났던 첫인상과는 전혀 다르게 그녀의 목소리는 고요하고 평온했으며 아름다웠다. 외모와는 정반대였다.

"향기가 참 좋네요. 무슨 차죠?"

"마리아주 가문에서 동방의 나라 꽃잎과 과일로 만든 홍차예요. 향기가 참 좋죠?"

"네. 그렇네요."

달콤한 향기에 쌉쌀한 맛이 마치 그녀의 아름다운 목소리와 추한 외모의 대비처럼 느껴졌다.

"그런데 집에는 무슨 일로 오신 거죠? 안 그래도 계약할 때

전 주인을 못 뵈어 집에 대한 것을 많이 묻지 못했네요. 그래도 이렇게 만나 뵙게 되어 영광입니다. 제 소개가 늦었네요. 프랑스와 왈처입니다."

"아나톨 가르니아입니다. 이렇게 무례하게 찾아 뵌 이유는……."

그녀는 말끝을 흐렸다. 차마 말하기 곤란한 부탁을 하려는 듯했다. 잠시 후 그녀는 속삭이듯 작은 소리로 내게 물었다.

"저기…… 혹시…… 집안일을 도와줄 사람이 필요하지 않으신가요?"

"네……? 아, 네. 그렇죠. 안 그래도 집안일을 해줄 집사를 고용할 생각입니다. 제가 지금 국군병원에서 퇴원한 지 얼마 안 돼서 몸이 좀 불편하거든요. 그런데 왜 그러시죠?"

"저기…… 혹시…… 저……, 저를 고용하실 생각은 없으신가요?"

"네……? 아니 왜? 그건 좀……."

내 말이 끝나기도 전에 그녀는 급하게 말을 이었다.

"제가 이 집의 구석구석을 잘 알고, 또 음식도 해드릴 수 있습니다. 한번 생각해 봐주세요."

"그렇지만 부인 몸도 안 좋으신 것 같은데…… 무리가 아닐까요?"

그녀는 자신이 화상을 입어 이렇게 된 것일 뿐 완전히 회복

되었고 지금은 갈 곳이 없다면서 나를 설득하려 애썼다. 그녀가 왜 지금 이런 상황에 처하게 되었는지 묻는 것은 실례인 듯해 묻지 않았지만 그래도 한 가지는 느낄 수 있었다. 혼자라는 외로움, 그녀에게서 진한 외로움이 느껴졌다.

나도 그 느낌을 잘 안다. 내가 태어나기 전 아버지는 돌아가셨고 어머니도 내가 아주 어렸을 때 돌아가셨다. 부모의 얼굴도 기억하지 못하고 자란 나는 피죽을 먹고 신발도 없이 맨발로 길거리를 헤매며 고아로 어린 시절을 보냈다. 부모가 내게 남겨준 것이라곤 아주 오래전에 폐허가 된, 아무도 관심 없는 수도원 건물뿐이다.

결국 돈을 벌기 위해 이것저것 안 해본 일이 없었다. 그러던 중 운이 좋게도 건축 공사장에서 일할 기회를 얻었고 그때 만난 건축가의 도움으로 나는 건축가가 되었다. 그러나 전쟁이 난 후 건축 일도 없어지고 나라 전체는 광기에 휩싸였으며 나는 돈을 벌 수 있다는 말에 군대에 지원했다.

전쟁에서 살아남은 이들은 가족에게 돌아가는 것이 최우선의 목표지만 난 예나 지금이나 혼자서 모든 것을 감당하며 살아야 했다. 전쟁에서 살아 돌아와도 반겨주는 사람은 아무도 없었다. 그렇게 외로움은 내 인생의 또 다른 이름이었다.

그녀에게서 느껴진 외로움이 나의 외로움을 건드려서인지 그녀를 집사로 고용할 수밖에 없었다. 그렇게 그녀와 이 저택에서 어색한 동거를 시작했다.

　프랑스와 왈처의 기록을 보며 갑자기 아나톨이라는 여성에게 관심이 가기 시작했다. 도대체 아나톨은 왜 자신의 집을 팔고 다시 그 집으로 들어간 걸까? 가족은 어디로 간 걸까? 이런저런 생각이 나를 혼란스럽게 했다. 그리고 그 궁금증 탓에 자연스레 아나톨의 일기로 손이 갔다.

　아나톨의 일기를 펼쳤다. 그녀가 집을 판 이유와 그 집의 전 주인이었던 아나톨을 알고 싶어서였다. 곰곰이 생각해 보니 이 두 권의 일기를 통해 한 저택, 다른 시대의 세 주인이 만나고 있는 셈이다.

　1921년 4월 15일
　나는 아나톨 가르니아. 오늘 가족들의 보금자리로 다시 돌아왔다. 나의 가족을 영원히 기억하기 위해, 그것이 그들을 영원히 살게 하는 것이라 믿기에 이 기록을 시작한다.
1916년 3월 4일, 나의 남편 라자르 가르니아는 연합군 장교로 우리 가족을 떠나 전쟁터로 향했다. 그리고 이 사건은 우리 앞으로 다가올 불행을 암시했다……

　1921년 4월 14일…….

순간 내 눈을 의심했다. 4월 15일에서 4월 14일이라니? 날짜가 거꾸로 되어 있었다. 뒷장을 넘겨보니 놀랍게도 일기는 과거로 가듯 날짜가 거꾸로 적혀 있었다. 처음에는 종이의 순서를 잘못 엮었다고 생각했지만 그렇지 않았다. 분명 거꾸로 가는 일기였다. 그녀는 외모만큼이나 괴상한 사람인가보다. 다시 그녀의 일기를 펼쳤다.

1921년 4월 14일

나는 모든 것을 잃고 헤매고 있다. 아무것도 남아 있지 않다. 나의 가족이 세상에 없다. 나 혼자…… 죽기 위해 한밤중 퐁네프다리에 섰다…….

그러나 죽을 용기가 나지 않는다. 그리고 여기서 죽고 싶지 않다. 내 집에서 나의 가족과 함께 죽고 싶다…….

발길을 돌려 집으로 향했다. 집 안에는 호롱불이 켜져 있다. 새 주인이 살고 있어 들어갈 수가 없다. 우리 집인데…… 집 앞 현관에 주저앉았다. 당장이라도 아이들과 남편이 나에게 문을 열어줄 것 같은데…….

1921년 4월 13일

나에게 남은 마지막 보물, 우리 막내아이를 신께서 데려가셨다…….

1921년 4월 12일

아직 우리 막내 레오나르가 내 곁에 있다. 그의 온기가 내게 전해진다. 신께서 아직 그와 나의 인연을 끊지 않으셨다. 레오나르가 나에게 물었다.

"엄마, 수잔 누나는 어디 있어? 아빠는? 엄마, 나 너무 아파……."

온몸을 붕대로 감고 오직 눈만 보이는 나의 아들 레오나르가 울고 있다.

나는 아무 말도 할 수 없어 눈물만 흘렸다. 의사는 오늘이 고비라고 했다. 그리고 내게도 치료를 권유했다.

하지만 내가 지금 할 수 있는 것은 나의 치료가 아니라 레오나르를 위한 기도였다. 의식이 닿는 그때까지 신께 간청해야 한다. 나의 마지막 보물 레오나르를 지켜달라고…….

1921년 4월 11일

우리 아이 레오나르의 의식이 돌아왔다. 몇 달 동안 의식이 없던 나의 레오나르가 돌아왔다…….

1921년 4월 1일

오늘 남편과 수잔을 화장했다. 그리고 센강에 하얗게 한 줌의 재가 된 그들을 뿌렸다. 그들이 지금 내 곁에 없다는 사실이 믿기지 않는다.

나의 사랑하는 아이와 남편의 장례식에서 기도했다. 제발 레오나르를 살려달라고…… 제발 레오나르는 데려가지 말라고…….

"여보, 수잔…… 레오나르는 데리고 가지 말아줘요…… 제발……."

1921년 3월 10일
오늘 우리 가족의 보금자리를 팔았다. 엄청난 수술비를 감당할 방법이 없었기 때문이다. 우선은 가족을 살려야 한다. 내 사랑하는 남편, 그리고 수잔, 레오나르…… 살아줘…… 제발…… 날 혼자 남겨두고 가지 말아줘…….

일기의 문장들은 길지 않았지만, 왜 아나톨 가르니아가 일기를 거꾸로 썼는지 조금은 알 것 같았다. 가족을 되살리고 싶은 심정이 아니었을까. 현실이 얼마나 고통스러웠는지 종잇장마다 마른 눈물 자국들이 가득하다. 그녀는 일기를 거꾸로 쓰면서 가족들이 되살아나는 것처럼 느꼈을지도 모른다. 그녀의 글 속에는 그녀의 아픔이 그대로 배어 있었다. 그리고 가족을 잃은 그녀와 이 저택의 새 주인 프랑스와의 이야기가 펼쳐지고 있었다.

09

죽음과 삶의 경계에
선 공간

아침 일찍 나의 시테섬 집으로 향했다. 어제 조금 읽은 두 권의 일기와 여러 가지 청소 도구를 가지고 새 집에 들어섰다. 어젯밤 일기를 보면서, 우선 이 저택을 깨끗이 청소하고 나서 어떻게 할지 결정해야겠다는 생각이 들었다.

창문을 모두 열고 마스크와 두건을 쓴 뒤 먼지떨이로 온 집을 다 털어냈다. 한참을 털고 있는데 먼지가 얼마나 많은지 창문 밖으로 먼지가 연기처럼 날아갔다. 길을 지나던 사람이 불이 난 것이 아니냐며 걱정하는 소리도 들려왔다. 늦은 오후가 돼서야 먼지가 어느 정도 처리가 되었고, 이어 걸레질을 시작했다. 청소 전문 업체에 문의하면 쉽게 처리할 수 있을 테지만, 이 집은 그럴 수 없었다. 워낙 낡아서 위험하기도 했고 청소를 하면서 구석구석 내 눈으로 직접 확인해야 했기 때문이다.

나무 마루부터 대리석 바닥 그리고 샹들리에까지 걸레질하고 시커멓게 변한 걸레를 수없이 빨기를 반복했다. 어둠이 몰려오고 한밤중이 되어서야 청소가 끝났다.

벽에 낀 먼지를 제거하다 보니 저택의 모든 벽에 두 줄의 손때 묻은 흔적이 가로로 이어져 있었는데, 지우려 하다가 뭔가 모를 호기심에 일단 놔두기로 했다. 아래쪽 흔적은 만져보니 작은 홈이 파여 있었다. 대략 3밀리미터 정도 깊이의 아주 작은 홈이었다. 이 홈은 집 안 구석구석에 연결되어 있었다. 두 번째 윗줄의 흔적은 좀 더 선명했지만 범위가 좀 넓게 퍼져 있었다. 직감적으로 지워서는 안 될 흔적 같았다.

어느 정도 정리와 청소를 끝냈다. 아니 어두워서 더 이상 먼지와 때를 분간할 수 없었다. 앞을 살피기 어려워 저택의 등을 켰지만 전기 배선이 문제인지 아니면 오래된 전구가 문제인지 켜지지 않았다. 다행히 부엌에서 오래된 양초 하나를 찾아서 촛불을 켜고 살롱의 붉은 가죽 소파에 걸터앉았다.

프랑스와 그리고 아나톨, 그들이 처음 만나 이 살롱에서 대화를 나눈 순간을 상상했다. 그때 문득 부엌에 아직도 그 홍차가 있을까 하는 생각이 들었다. 아나톨이 프랑스와에게 주었다던 그 홍차 말이다. 즉시 부엌으로 가서 수납장들을 열어 여기저기를 뒤지면서 이름 모를 홍차를 찾기 시작했다.

부엌 맨 끝 선반에서 마리아주 가문의 홍차라고 적혀 있는 양철통을 발견했다. 일기에 나온 그 차가 분명했다. 천천히 조심스럽게 부엌 테이블에 내려놓고 뚜껑을 열어보니 안은 텅 비어 있었다. 아쉽기는 했지만 양철통 안에는 아직도 차 향기가 배어 있어 달콤한 향내가 코끝을 자극했다. 차를 마실 수는 없었지만 그래도 차 향기가 나는 양철통을 가지고 살롱으로 돌아와 소파에 앉았다.

촛불을 가까이에 끌어다 놓고 두 개의 일기 중 프랑스와의 일기를 펼쳤다. 촛불에 반사된 나의 실루엣이 살롱 벽에 비쳤다. 나 외에도 이 저택에 누군가 있을 것 같은 느낌이 들었는데, 실루엣이 그 누군가처럼 느껴졌다. 그러나 두려운 느낌은 아니었다.

프랑스와 왈처, 그의 일기는 1931년 4월 15일이 아니라 1921년 4월 15일에 시작되었다. 그는 아들에게 남기고 싶은 메시지를 1931년 4월 15일에 마지막으로 쓰고 일기를 보관했다. 다시 말해 아나톨 가르니아와 같은 날짜에 프랑스와의 일기도 시작되고 있었다. 과연 4월 15일은 무엇일까? 프랑스와의 일기를 다시 꺼냈다.

1921년 4월 15일
이 저택의 전 주인이 내 집의 집사가 되었다. 집사로서 역할을 충실히 잘 이행할지는 모르겠지만 사실은 나의 동정심이 그녀를 고용하게 만든 것이다. 그녀의 방을 2층 복도 끝으로 정하고, 그녀가 방에 들어서는 것을 본 후 나는 3층 다락방으로 올라가 건물 보수 작업을 다시 시작했다. 화재로 불타고 망가진 다락방을 고치는 동안 망치질과 톱질 소리 그리고 대패질 소리가 온 집 안에 울려 퍼졌다. 몸이 아직 완쾌한 것은 아니지만 내 집이라는 생각에 힘든 줄 모르고 보수 공사에 전념했다. 못질을 잘못해서 망치질이 빗나가 불꽃이 튀길 때면 순간 나도 모르게 광기의 전쟁터로 돌아간 것 같은 착각이 들었다. 그럴수록 더욱 신중하게 망치질을 했다. 한 번, 두 번, 세 번 두들길 때마다 머릿속으로 되새겼다.

"미친 전쟁은 끝났고 이제 난 돌아온 거야. 이젠 다 잊고 사는 거야⋯⋯."

어느덧 저녁이 다가오고 출출한 배를 부여잡고 다락방에서 내려왔다. 2층 복도에 이르자 향긋한 음식 냄새가 코끝을 찔렀다. 알고 보니 아나톨 부인이 식사를 준비한 것이었다. 그뿐이 아니었다. 말끔하게 씻은 그녀의 머릿결은 촛불의 불빛을 반사할 정도로 아름답고 고귀한 은빛이었다. 비록 허리는 좀 굽었지만 아름다운 머릿결이 그녀를 빛나게 하고 있었다. 그녀가 나의 인기척을 느끼고 2층 복도를 바라보았다.

창백하지만 투명한 피부 그리고 아름다운 파란 눈빛…….

좀 전까지는 늙은 마녀 같았던 그녀의 모든 것이 아름답게

빛났다. 굽은 등과 길고 검은 망토만 그대로였다.

"안 그래도 식사하시라고 말씀드리려던 참이었어요. 식사

하시죠."

"이 많은 걸 언제 다……?"

테이블에 앉자 그녀가 빵과 샐러드 그리고 양파수프를 떨

리는 왼손으로 나에게 건네주었다.

"어디가 불편하세요? 손을 떠시네요."

"오른손을 다쳐서요. 아직 왼손이 익숙하지 않네요."

"아…… 그렇군요. 제가 도와드리죠. 자, 주세요. 참, 이 집

에서는 오래 사셨어요? 부동산중개인에게서는 별 이야기

를 듣지 못했거든요."

그녀에게서 접시를 건네받으며 은근슬쩍 말문을 열었다.

그녀는 우물쭈물하는 표정을 지으며 잠시 침묵하더니 천

천히 입을 떼었다.

"네. 가족들과 함께요."

"이 집에 살던 가족들은 다른 곳으로 이사하신 건가요?"

"네…… 아주 멀리 이사를 갔죠. 아주 멀리……. 아니 어쩌

면 아주 가까이에……."

그녀의 밝았던 얼굴에 순간 먹구름이 드리운 것처럼 어두

워졌다. 나는 화제를 돌리기 위해 다른 이야기를 꺼냈다.

하지만 그녀는 나의 이야기에 적당히 반응만 할 뿐, 식사 내내 어색하고 불편한 분위기가 계속되었다. 식사가 끝난 후 그녀가 식기들을 주방으로 옮기고 나는 소파에 앉았다. 그녀의 불편해 보이는 모습을 보니 그녀를 도와줘야 하는지 고민이 되었다. 하지만 집사로 고용했는데 왜 도와야 하지? 왜 이런 고민을 해야 하는지 참나……. 한숨을 쉬곤 바로 눈을 감아버렸다. 신경 쓰고 싶지 않았다.

그녀가 내 온 차와 디저트 케이크를 한 입 물고는 어색한 듯 살롱을 나와 2층 나의 방으로 향했다. '역시 내 집에 전 주인을 집사로 들이는 것은 너무 불편한 일이야.' 내일 아침 일찍 이야기를 해야겠다고 마음먹고 침대에 누웠다.

거의 매일 밤 악몽을 꾸는 내게 밤은 달갑지 않은 시간이었다. 언제나 눈을 감으면 죽은 전우들과 나의 총에 희생된 적군 병사들이 찾아와 괴로움을 상기시켰다. 전쟁터에서는 살기 위해 그리고 평화를 위해서 싸운다고 생각했지만 지금 돌이켜 보면 광기의 살육 현장일 뿐이었다. 어떤 방식으로든 나를 합리화하지 않는다면 평생 불행해질 것이 분명했다. 당시엔 어쩔 수 없는 상황에 놓였을 뿐이고 이제는 그 악몽에서 벗어나고 싶었다. 하지만 악몽을 꾸는 것만 보아도 난 아직 죄책감에 시달리고 있었다.

평소처럼 간신히 새우잠이 들었다. 그런데 한밤중에 눈이 번쩍 뜨였다. 전쟁터를 누비고 다니면서 작은 인기척에도 잠이 깨게 된 탓이다. 다시 누워 잠을 청하려는데 여인의 흐느끼는 소리가 들려왔다. 복도로 나와 귀를 기울여 보니 복도 끝 아나톨 부인의 방에서 들려오는 소리 같았다. 발걸음에 힘을 빼고 천천히 다가가 그녀의 방문에 귀를 대고 방 안의 동정을 살폈다.

분명 그녀가 흐느끼면서 울고 있었다. 무슨 일이 있냐며 방문을 두드리고 싶었지만, 그렇게 하면 그녀는 침묵할 것 같다는 생각이 들었다. 옆방의 문을 천천히 소리 나지 않게 열었다. 그리고 조용히 문을 닫고 들어가 그녀의 방 쪽 벽에 손과 귀를 대고 온 신경을 집중했다.

"……레오나르…… 수잔…… 라자르…… 잘 있나…… 요?"

그녀는 계속해서 흐느끼며 누군가를 부르고 있었다. 그렇게 한동안 계속해서 울고 있는 그녀의 목소리를 듣고 있으니 나에게까지 슬픔이 전해지는 듯했다. 그녀는 계속해서 무엇인가를 중얼거리며 흐느끼고 있었다. 그녀의 웅얼거리는 소리를 듣기 위해 더 집중해서 귀를 기울였지만, 잘 들리지 않았다. 뭔가 사연이 있는 것 같은데 물어볼 수도 없는 노릇이었다.

그러다 갑자기 눈을 떴다. 벽에 다시 귀를 대보니 아무 소리가 없다. 나는 순간 놀라서 그녀가 어떻게 된 건 아닌가 하는 생각에 방문을 뛰쳐나와 그녀의 방문을 활짝 열어젖혔다. 그러나 그녀는 방에 없었다. 놀라서 나와 복도를 돌면서 모든 방들을 다 열어보며 나는 외쳤다.

"아나톨 부인! 아나톨 부인!"

"네?"

그녀의 대답은 아래층 살롱에서 들려왔다. 앞치마를 두른 채 그녀는 밝은 미소를 지으며 아침 식사를 준비하고 있었다. 혹시나 그녀가 어떻게 된 줄 알고 깜짝 놀란 내가 순간 꿈을 꾼 건가 의심될 정도였다.

밤중에 흐느끼던 그녀와 아침에 밝게 미소를 짓던 그녀…….

프랑스와의 일기 속에 아나톨 부인은 좀 이상한 사람으로 비쳤다. 그리고 그의 일기는 그녀의 거꾸로 적힌 일기와는 달리 날짜가 순서대로 적혀 있었다. 그 둘의 교차점은 오직 그들이 만난 1921년 4월 15일이다. 프랑스와가 기억하고 싶었던 날이 4월 15일이라서 병원을 그렇게 복원 설계한 것일까?

궁금증을 잠시 뒤로하고, 그의 일기를 다시 펼쳐 들었다.

1921년 4월 30일

그녀와 벌써 15일 동안 같이 지내고 있다. 물론 집주인과 집사의 관계였다. 15일 동안 단 하루도 빠짐없이 밤에 흐느끼는 그녀 때문에 나는 이제 공포심까지 들기 시작했다. 대신 악몽은 더 이상 꾸지 않는다.

슬피 우는 소리를 듣고 있으면 그녀가 곧 목숨을 끊어버릴 것만 같다. 그러나 아침이면 아무 일도 없는 듯 밝게 웃는 그녀가 무섭기만 하다. 또 한편으로는 측은한 생각이 들어 이렇게 슬픔이 가득한 사람을 밖으로 내쫓을 수가 없었다. 그래서 내일은 그녀가 시장에 장을 보러 나갈 때 그녀를 몰래 따라가 보려고 한다. 그녀에 대해 작은 것이라도 알아내려면 우선 그녀가 만나는 사람들을 알아야 할 것 같다. 밖에 있는 동안 그녀의 행동이 걱정도 되었다.

그런데 내가 왜 이런 걱정을 해야 하는지?…… 왜? 나도 모르겠다. 그냥 호기심인 것 같다…….

1921년 5월 1일

오후에 일이 있다고 말하고 집을 나선 후 집 밖에서 그녀를 기다리고 있다가 장을 보러 집을 나오는 그녀의 뒤를 따라갔다. 웃기는 이야기지만 전쟁터에서 나는 언제나 첨병이었다. 적군이 어디 있을지 모르는 적지에 소규모 부대원들을 이끌고 잠입해 적군의 동태와 전략 등을 알아내 아군에게 보고하는 일이었다. 덕분에 수도 없이 목숨을 잃을 뻔했지만 살아남아 무공훈장을 여러 번 받았다. 그리고 마지막 전투에서 부상을 당해 전역 후에 많은 보상금을 받았다. 그 보상금으로 이 집을 샀던 것이다. 그때에 비하면 지금 그녀를 몰래 따라가는 것은 그리 어려운 일이 아니다. 천천히 그녀가 눈치 채지 못하게 거리를 두고 따라갔다.

아나톨 부인은 근처 시장에서 이것저것 식료품을 샀고 별다른 특이점은 보이지 않았다. 장을 본 후 안 그래도 불편한 몸을 이끌고 얼른 집으로 와야 할 그녀가 집과 반대 방향으로 걸어갔다. 그녀가 향한 곳은 파리에서 가장 큰 시테 섬의 꽃시장이었다. 그녀는 앙세쿨라Insecula라는 꽃가게에 익숙한 듯 들렀고, 주인으로 보이는 사람이 그녀의 두 손을 움켜쥐고 한동안 무슨 대화를 하는 듯했다. 그녀는 꽃을 산 후 곧바로 집으로 향했다. 힘겹게 짐을 들고 집에 들어가는 것을 보니 마음이 안쓰러웠다. 짐 정리라도 도와줄 심산으로 집으로 달려가려던 나는 발걸음을 멈추고 재빨리 근처 나무 뒤로 숨었다. 그녀가 다시 나왔기 때문이다. 한 손에 세 송이의 카네이션프랑스에서는 장례식에 카네이션을 사용한다을 들고 나온 그녀는 집 앞의 센강으로 향했다. 강변에 선 그녀는 기도를 하는 것처럼 한동안 움직임이 없었다. 그리곤 카네이션을 한 송이씩 모두 강에 던졌다. 그리고 하염없이 센강을 바라보던 그녀는 기도를 한 후 집으로 발길을 돌렸다. 나는 이해할 수가 없었다. 왜 카네이션을 센강에? 그것도 세 송이를? 해답을 알려줄 사람이 누구인지 직감적으로 알 것 같았다. 바로 꽃집 주인이다.

"실례합니다. 말씀 좀 여쭤볼게요."

"꽃 사시려고요? 무슨 꽃을 드릴까요?"

"장미 한 다발 주세요. 그리고 아까 여기서 카네이션 세 송이를 사 간, 등이 굽은 부인 기억하세요?"

"아…… 마담 아나톨을 말씀하시는 거예요?"

"네. 마담 아나톨 맞아요. 잘 아는 사이신가 봐요?"

"여기 근처에서 마담 아나톨을 모르는 사람은 없을 거예요…… 불쌍한 여인이죠……. 너무 가혹해……. 신께서 어떻게 이런 시련을 주시는지……."

꽃집 주인의 이야기를 듣고 얼마나 놀랐는지 지금 생각해도 심장이 내려앉는 것 같다. 그의 말에 의하면 그녀는 행복한 가정을 가진 평범한 여인이었다. 그리고 모두에게 친절한, 마음이 고운 부인으로 노숙자들과 걸인들을 도와주는 천사 같은 사람이었다고 한다. 그러나 그런 착한 사람에게 재앙이 닥쳤다. 화재로 가족들을 모두 잃고 자신도 화상으로 한쪽 어깨가 기울었으며 오른손은 녹아서 모든 손가락이 붙어버렸다. 그 때문에 그녀의 아름다운 은빛 머리카락도 예전에는 아름답고 신비함을 나타내는 매력이었지만, 지금은 마치 마녀의 머리칼처럼 음산한 느낌을 풍기게 했다.

그녀의 사랑하는 남편과 두 아이는 화장해서 집 앞 센강에 뿌렸고 일주일에 한 번 카네이션을 사러 온다고 했다. 그들을 위로하기 위해……. 또한 소문에 의하면 여러 번 자살 시도도 했지만 그녀에게 도움을 받았던 걸인들과 노숙자들이 그녀의 죽음을 막았다고 했다.

그 화재는 다름 아닌 그녀의 집에서 일어났다. 바로 내가 살고 있는 집이었다. 이제야 왜 그녀가 등이 굽고 오른손을 못 쓰는지, 그리고 왜 이 집에 다시 들어오려 했는지…… 모든 것이 이해되기 시작했다.

나는 읽고 있던 일기를 덮었다. 순간 온몸에 으스스한 느낌이 들었다. 이 집에서 아나톨의 가족이 사망했다니……. 혹시 이 집이 저주받은 건 아닐까 하는 생각마저 들었다. 무엇보다 이 거대한 집에 지금 혼자라는 사실이 좀 꺼림칙했다. 프랑스와의 일기를 한밤중에 읽다 보니 음산한 느낌이 들어서 그의 일기 대신 아나톨의 일기를 펼쳤다.

1921년 3월 10일
오늘 우리 가족의 보금자리를 팔았다. 엄청난 수술비를 감당할 방법이 없었기 때문이다. 우선은 가족을 살려야 한다. 내 사랑하는 남편, 그리고 수잔, 레오나르…… 살아줘…… 제발…… 날 혼자 남겨두고 가지 말아줘…….

1921년 2월 10일

눈을 떠보니 병원이었다. 흰색 가운을 입은 의사가 나를 바라보고 있었다. 온몸에 찢어지는 듯한 고통이 몰려왔다. 그리고 오른손과 등에는 커다란 붕대가 칭칭 감겨 있었고 욱신거리는 통증이 계속 이어졌다.

"가족들은요……?"

"현재 위험한 고비이지만 모두 다른 병실에서 치료받고 있습니다. 우선 부인의 건강을 먼저 챙기셔야 합니다."

"감사합니다. 하느님…… 저희 가족을 제발 지켜주세요……."

1921년 2월 3일

시장에서 장을 보고 돌아오는 길에 시테섬 저편에서 검고 자욱한 연기와 불길이 치솟고 있었다. 이때까지만 해도 그 불길이 우리 집으로 옮겨 붙으리라곤 상상도 못 했다. 급히 집 근처로 와보니 옆집에서 일어난 화재가 우리 집 3층 다락방에 옮겨 붙어 타고 있었다. 집사와 유모가 집 밖에서 발을 동동거리고 있었다. 아직 아이들과 남편이 집에 있다는 것을 알고 나는 집으로 뛰어들었다. 집 안에는 연기가 자욱했고 나는 아이들을 부르기 시작했다. 그때 레오나르의 목소리를 들었다. 2층 복도 끝 방이었다. 불길이 악마처럼 번지고 있었다. 그 악마의 불길 속을 뛰어들어 레오나르를 안고 집 밖으로 나왔다. 레오나르를 집사에게 맡기고 다시 집으로 뛰어 들어갔지만 수잔과 라자르는 결국 찾지 못하고 나는 집 안에서 의식을 잃었다…….

그때 나는 죽었어야 했다…….

1921년 2월 1일

추웠던 날씨가 잠시 봄의 기운을 띄고 따뜻해졌다.

아직 라자르의 정신이 온전히 돌아온 것은 아니지만 그에게 상쾌한 공기를 쐬게 해주고 싶어서 파리 남쪽의 몽수리공원으로 소풍을 나섰다. 레오나르와 수잔이 검은 백조에게 바게트를 뜯어 던져주며 행복해한다. 그리고 라자르는…… 조금씩 좋아지는 것 같다…….

1921년 2월 1일자부터는 더 이상 종이에 눈물 자국이 보이지 않았다. 아마도 여기서부터 그녀의 기억이 닿는 모든 과거는 행복했던 순간일 것이다. 그녀의 일기를 조용히 덮고 저택의 2층 복도로 올라갔다. 복도 끝, 그녀의 방문 앞에 섰다. 그녀가 지냈던 방을 보기 위해 방문을 열었다.

불이 들어오지 않아 촛불을 들고 방 안 곳곳을 살펴보았다. 오래된 나무 향이 올라오는 마룻바닥, 낡아서 삐거덕거리는 나무침대, 소박한 장식이 새겨진 옷장, 그리고 작은 네이블과 의자가 있는 방이었다. 코를 막고 조심스럽게 옷장 문을 열어보니 적어도 90년 전에 입었을 법한 옷들이 걸려 있었다. 부패하고 냄새가 심하게 날까 싶어 마음을 단단히 먹었건만, 옷장 속의 옷들은 아주 정갈하고 깨끗한 상태였다.

옷을 이것저것 만져보다가 닳고 닳은 검은색 망토를 한 벌 발견했다. 아마도 이 망토가 아나톨의 것일지도 모른다. 그녀의 망토를 만지는 순간 마치 내가 프랑스와와 아나톨이 살던 1920년대로 돌아간 것 같았다.

테이블 앞, 그녀의 의자에 앉아보았다. 그녀는 이곳에서 일기를 썼을 것이다. 촛불을 내려놓고 그들의 일기장을 테이블에 올려놓았다. 테이블은 벽에 바짝 붙어 있었다. 아마도 그 벽 너머로 프랑스와, 그가 귀를 기울이고 있었을 것이다. 옆방으로 가기 위해 복도로 나왔다. 프랑스와가 아나톨의 슬픔을 들었던 바로 그 방이다. 아나톨의 방과 크게 다른 점은 보이지 않았다. 다만 오래된 축음기가 하나 있고 마룻바닥에 카펫이 일부 깔려 있었다.

촛불을 들고 공간을 둘러보는 그때…… 벽에 드리워진 나의 그림자가 이상하게 굴곡이 져 보였다. 그림자가 비춘 벽은 그녀의 방 쪽이다. 나는 호기심에 그 벽을 만져보았다. 얼핏 보면 평평해 보이지만, 반듯하던 촛불의 그림자가 아나톨의 테이블이 놓인 지점에서는 굴곡이 지는 것이었다. 손으로 만져보니 눈으로는 반듯해 보이던 벽이 울퉁불퉁했다. 벽의 마감을 왜 이렇게 울퉁불퉁하게 했을까 의아한 마음에 벽을 두드려 보았다.

텅텅!

소리가 생각보다 심했다. 이 벽은 다른 벽의 절반도 안 되는 두께로 만들어진 것이 틀림없었다. 아마도 원래 벽은 두꺼웠는데 뭔가 날카로운 끌로 긁어서 벽 두께를 얇게 만든 것 같았다. 울퉁불퉁한 벽에 끌로 긁어내린 흔적이 보였기 때문이다. 벽의 울림은 그녀의 방에 테이블이 놓여 있는 벽 쪽에서 가장 크게 들렸다. 즉 이쪽 벽의 두께가 가장 얇다. 누군가 고의적으로 벽 두께를 얇게 했을 가능성이 컸다.

설마 프랑스와가? 급하게 그의 일기를 펼쳤다.

1921년 5월 2일

어제 꽃가게 주인의 말대로라면 그녀는 가족을 잃은 슬픔으로 고통 받고 있는 사람이다. 그리고 언제 자살 시도를 할지 모를 일이다. 그녀를 집에서 나가라고 하면 바로 센강에 투신할 것만 같다……. 처음부터 그녀를 이 집에 들이는 게 아니었다. 아니지, 어쩌면 한 사람을 살린 걸지도 모르지……. 어쨌거나 지금은 그녀의 자살을 막아야 하는데 방법이 없다. 물론 직접 물어보거나 그녀와 함께 해결책을 찾을 수도 있겠지만 적어도 지금의 그녀에게는 불가능한 방법 같다. 그녀는 테이블 끝에 반쯤 걸쳐진 아주 얇은 와인 잔 같았다. 내가 살짝만 건드려도 그대로 떨어져 산산이 조각나 버릴 그런……. 그녀의 위태위태한 불안함이 내게 그대로 느껴진다.

매일 그녀의 방에 귀를 기울이고 관찰해야겠다. 혹시나 모를 위험한 행동…… 혹은 자살을 막기 위해.

1921년 5월 3일

며칠째 그녀가 기도 후에 무엇을 하는지 알 수가 없어 그녀가 없을 때 방을 뒤졌지만 아무것도 찾지 못했다. 여전히 그녀는 밤마다 흐느끼면서 기도를 한다. 기도가 끝나고 시간이 꽤 흐른 후에 촛불은 꺼졌지만 그녀가 무엇을 하는지 알 수가 없었다. 그래서 오늘은 그녀에게 시장에 가서 사 올 물건을 하나 부탁했다. 그녀가 집을 비운 사이에 그녀의 방에 면하고 있는 벽의 일부를 끌과 망치로 깎아 두께를 줄였다. 바닥에는 카펫을 깔아 고요한 한밤중에 발자국 소리가 나지 않도록 했다. 그녀가 자리를 비운 몇 시간 동안에 공사를 끝내야 했기 때문에 마감 처리까지 할 시간이 없었다. 대신 벽지를 발라 그녀가 눈치 채지 못하게 했다. 벽에서 떨어져 나온 나무 조각과 벽돌 파편들은 지붕 공사에서 떨어진 것처럼 3층 다락방에 올려다 놓았다.

좀 더 얇아진 벽 덕분에 그녀가 울면서 기도를 마치고 무언가 적는 소리를 들을 수 있었다. 거친 종이 위로 펜촉이 스르륵 움직이는 소리였다.

1921년 5월 4일

내가 지금 왜 밤마다 그녀의 방에 귀를 기울이는지 모르겠다. 밤을 새서 귀를 기울이다 보면 아침이 되고 낮엔 피곤하고, 공사도 느려진다. 벌써 끝나고도 남았을 다락방 보수와 지붕 공사는 여전히 진행 중이다.

1921년 5월 25일

한 달 넘게 그녀의 기도를 듣고 있다 보니 그녀가 큰 상처를 입은 가엾은 영혼이라는 사실을 분명하게 느끼게 되었다. 하지만 한편 나는 가족이 없어서인지 그녀가 느끼는 상실감이 어떤 것인지 실감나지 않았다. 그래도 이제 조금은 그녀의 처지를 이해할 수 있게 된 것 같다.

그리고 오늘은 그녀의 울음이 멈춘 날이다. 직접 보지 않았지만 이제 그녀가 힘을 내려는 것처럼 느껴진다. 내일은 그녀를 데리고 센강이나 몽수리공원을 산책해야겠다. 그녀에게 조금이라도 웃음을 찾아주고 싶다.

역시 예상대로 이 울퉁불퉁하고 얇은 벽은 그가 그녀를 걱정하는 마음에서 긁어낸 흔적이었다. 그는 아름다운 사람이었다. 그가 만든 벽을 다시 만져보니 그녀를 걱정하던 그의 감정이 느껴지는 듯했다.

아침이 되자마자 프랑스 전기공사에 연락해 전기 문제를

250

이야기했지만 일주일 후에나 기술자가 방문할 수 있다고 한다. 오래된 전기 배선을 모두 바꿔야 해서 대공사가 필요하다고 한다. 상담자는 한참 캐비닛을 뒤지고 나서야 비로소 아주 오래된 서류를 찾았다고 했다.

"오, 저런! 선생님의 저택은 1920년대 초기의 전기 배선 상태이고요. 지금은 전기 배선 교체 정책으로 파리 시내의 저택이 다 바뀌었는데…… 선생님 집은 너무 오래 방치되어서 다시 배선을 설치해야 합니다……."

"기간은 얼마나 걸릴까요?"

"한두 달은 필요하겠는데요. 그리고 무엇보다 전기 배선을 위해서 내부 인테리어 공사를 해야 합니다. 그런데 오래된 집이라 공사 허가를 받으려면 꽤 오래 기다리셔야 할 것 같네요."

그랬다. 파리의 건축물 중에서도 특히 시테섬의 건물들은 대부분이 문화재로 지정되어 있어 공사 허가를 받기가 굉장히 어렵다. 한창 일하던 무렵, 문화재로 지정된 고객의 집에 새로 페인트칠 허가를 받기까지 1년의 줄다리기 협상을 했던 기억이 떠올랐다.

바로 파리 시청에 가서 이 집의 보수를 위한 허가를 신청했다. 언제 허가가 떨어질지는 모르지만 우선은 이 집을 천천히 알아가는 것도 나쁘진 않다고 생각했다. 보수 사유로는 너무 오래 방치된 집을 복원할 예정이라고 적었다. 새로 고친다고 하면 허가를 위해 위원회가 열려야 하는 등 절차가 복잡해지지만, 원형을 복원할 경우 비교적 쉽게 허가가 나오기 때문이다. 그리고 무엇보다 나는 이 집을 프랑스와가 살던 그때의 모습으로 돌려놓고 싶었다.

허가 신청을 마친 뒤, 당분간 전기가 들어오지 않을 집을 밝힐 양초 한 묶음을 사고 부엌의 옛날식 오븐을 돌리기 위해 땔감을 주문했다. 전기 공사 상담까지 마치고 나서 친구와 점심을 먹기 위해 마레지구의 레스토랑 르돔뒤마레에 들렀다. 가운데 우윳빛 유리 돔에서 떨어지는 은은한 햇빛 덕분에 마치 야외에서 식사를 하는 느낌이 들었다. 즐거운 식사를 마치고 계산을 위해 겉옷 안주머니에서 지갑을 꺼내는 순간 무언가가 땅바닥으로 떨어졌다. 다시 주우려고 보니 크리스 부인이 준 프랑스와의 편지였다. 그동안 까맣게 잊고 있었던 것이다. 나는 곧바로 근처의 노천카페에 앉아 누렇게 바랜 봉투를 뜯었다.

친애하는 원장님께
저는 왈처 가의 프랑스와입니다. 이 편지를 받으실 즈음 저는 이 세상 사람이 아닐 겁니다. 왈처 가의 자문 위원들이 훌륭한 원장님을 모셨을 것이라 확신합니다. 앞으로 병원이 불쌍하고 힘없는 많은 사람들의 거처가 될 수 있도록 부탁드립니다.

그리고 개인적으로 부탁을 하나 드리고 싶습니다. 제 사랑하는 아들 피터 왈처에 관한 이야기입니다. 그 아이가 언젠가는 이 병원에 찾아올 것입니다. 전 그 아이에게 메시지를 남겨놓았습니다. 아마도 저를 이해하려는 마음이 생기면 피터는 제 메시지를 찾으려 할 겁니다. 그때 피터가 스스로 찾을 수 있도록 도와주십시오. 메시지를 찾게 되면 피터에게 꼭 파리 시테섬 저택으로 가라고 전해주시기 바랍니다. 병원에 남긴 메시지는 파리 저택의 비밀을 여는 열쇠가 될 것입니다. 병원의 메시지와 저택의 비밀을 찾을 수 있도록, 꼭 도와주시기를 바랍니다.

제 메시지는 숨겨져 있습니다. 피터가 언제 제게 돌아올지 모르는데, 그 전에 다른 이에 의해 메시지가 훼손되어서는 안 되니까요. 부디 그가 포기하지 않도록 용기를 북돋아 주시기 바랍니다.

—프랑스와 왈처 올림

이제야 크리스 부인이 내게 부탁했던 말이 이해되었다. 그리고 왜 피터 씨의 이야기를 해주었는지 알 수 있었다. 그녀의 말을 회상해 보았다. 이 저택도 병원처럼 숨겨진 비밀이 있다는 말이었다. 그는 왜 자신의 아들에게 남기는 메시지를 건물에 숨겨놓은 것일까? 그것을 찾아야 하는 의무감은 없지

만 불현듯 프랑스와 왈처와의 연대감, 혹은 같은 건축가로서
느끼는 동질감 때문에라도 그 비밀을 찾아내고 싶었다.

10

다시 살아나는
집

스위스의 왈처요양병원에서처럼 이 저택에서도 내가 그
동안 보지 못했던 특이점을 하나씩 찾아보기로 마음먹었다.
프랑스와가 남긴 흔적을 모두 찾겠다는 다짐이 생겼다. 이는
피터 왈처를 위한 것이라기보다는 이 집의 새 주인으로서 전
주인의 흔적과 역사를 지켜주고 싶은 의무감 같은 것이 생겼
기 때문이다.

　무엇보다도 내게는 이 집의 비밀을 풀 수 있는 강력한 무
기가 있다. 바로 일기다. 프랑스와가 말한 병원에 남긴 메시
지는 이 일기를 이야기한 것이다. 먼저 프랑스와의 일기를
펼쳤다.

1921년 5월 26일

어젯밤 한참을 생각해 봐도 센강 산책보다는 몽수리공원 산책이 나을 것 같았다. 센강 변은 이제 아나톨에게 더 이상 아름다운 장소가 아니라 가족들의 무덤일 테니까……. 아침 식사를 마치고 그녀에게 오늘은 공원으로 피크닉을 가자고 제안했다. 그녀는 대답 대신 고개를 끄덕였고 샌드위치와 과일, 보르도와인 한 병을 준비했다.

날씨는 쾌청하고 구름도 아름다웠다. 그녀도 모처럼의 나들이라 그런지 얼굴에 작은 미소가 번져 있었다. 어느덧 그녀와 함께 있으면 가족 같은 느낌이 든다. 사실 나는 고아라서 어떤 것이 가족의 느낌인지 잘 모른다. 하지만 전쟁터에서 동료들이 이야기하기를, 말하지 않아도 눈빛으로 이해하고 함께하는 것만으로도 세상 부러울 것 없는 존재가 바로 가족이라고 했다. 그때는 무슨 말인지 몰랐지만 이제는 알 것 같다. 가족이란 것을……. 아나톨 그녀와 함께하면서……. 그렇게 그녀가 점점 좋아지기 시작했다.

그런데 갑자기 그녀의 흐느낌 소리가 들려왔다. 너무 놀라 그녀에게로 시선을 돌린 순간 눈에 들어온 것은 검은 백조에게 빵 조각을 나눠주는 어린아이였다. 나는 말없이 그녀에게 손수건을 건넸다. 아나톨이 행복해지면 좋겠다. 그녀가 웃을 때면 나도 행복하고 그녀가 슬퍼하면 나도 슬퍼졌다.

1921년 5월 28일

어젯밤 몰래 아나톨의 기도를 듣고 너무나 놀라 지금도 가슴이 뛰고 있다. 그녀는 신께 빌었다.

"이제 그만 고통을 주시고 저를 데려가 주세요. 아이들과 남편이 보고 싶습니다. 떠날 준비를 하겠습니다……."

그녀의 기도를 듣고 나니 걱정이 돼서 미칠 것만 같다. 그녀가 밤마다 기도하고 뭔가를 적고 있다는 것이 문득 생각났다. 그것이 뭔지는 모르지만 그걸 보면 그녀를 더 깊이 이해하고 위로해 줄 수 있지 않을까. 무엇보다 그녀의 자살을 막기 위해서는 꼭 알아야 한다.

그녀가 집을 비운 사이 그녀의 방에 들어갔다. 잉크와 펜이 테이블 위에 놓여 있었지만 기록의 흔적은 어디에도 보이지 않았다. 테이블 주변과 옷장을 살펴봐도 없다.

그런데 밤에 그녀가 테이블 앞에 앉아 기도하고 무언가를 적은 뒤 곧바로 침대의 삐걱거리는 소리가 들렸던 것이 떠올랐다. 테이블에서 글을 쓴 뒤에 바로 침대에 눕는다면 침대 근처에 숨겨놓았을 가능성이 높았다. 혹시나 하는 마음에 침대 받침을 들춰보니 그 밑에 실로 엮은 종이 뭉치가 있었다. 그녀의 일기였다. 글씨는 심하게 삐뚤빼뚤했다. 오른손을 쓸 수 없어 왼손으로 글씨를 썼기 때문일 것이다.

그녀의 기록은 4월 15일, 그녀가 이 집으로 돌아온 날부터 시작하고 있었다. 이상한 것은 그녀의 기록이 거꾸로 가고 있다는 점이다. 이 집에 들어온 날부터 가족들과의 이별, 그리고 행복했던 순간들이 역순으로 적혀 있었다.

그리고 5월 25일, 그녀의 눈물이 멈춘 이유를 알게 되었다. 최근에 쓴 기록에는 그녀의 가족들이 모두 행복하게 묘사되어 있었기 때문이다. 그녀는 가족을 잃은 고통에서 벗어나고 있는 것이 아니라 가족을 잃은 상실감의 늪에 더 깊이 빠져들고 있었던 것이다. 고통이 얼마나 크기에 자신의 일기에서라도 시간을 거꾸로 돌리고 싶었던 걸까. 나도 모르게 눈물이 흘렀다. 그녀를 더 이상 어둠 속에 홀로 내버려 두고 싶지 않다…….

그때였다. 현관 초인종 소리가 저택에 울려 퍼졌다. 그녀의 일기장을 얼른 침대 받침에 넣어놓고 그녀의 방에서 나왔다. 그러곤 아무런 일도 없었다는 듯이 천천히 현관 쪽으로 걸어갔다. 처음엔 그녀가 집 열쇠를 놓고 가서 벨을 누른다고 생각했지만 벨 소리는 다급한 듯 여러 번 울렸다. 순간적으로 불길한 예감이 들었다. 문을 열어보니 전에 만났던 꽃가게의 주인이었다. 그가 다급하게 말했다.

"아나톨 부인이 쓰러져서 병원에 실려 갔어요."

순긴 온몸이 얼어붙는 것 같았다. 옷을 제대로 챙겨 입을 겨를도 없이 외투만 대충 걸치고 그와 함께 급하게 병원으로 달렸다. 병원에 도착해 차갑고 흰 복도를 지나면서 나는 제발 죽지만 말아달라고 마음속으로 외쳤다.

병실에 들어가 잠들어 있는 그녀를 확인하고 나서야 다급하고 불안했던 마음을 쓸어내릴 수 있었다. 의사가 들어와 나에게 환자의 보호자인지 묻는 바람에 나는 잠시 주저했지만, 그녀에게 아무도 없다는 사실과 그녀를 향한 나의 마음 때문인지 그렇다고 대답했다. 그리고 곧 의사로부터 그녀의 충격적인 상태를 듣게 되었다.

"지금은 진정제를 투여하고 잠드신 겁니다. 너무 걱정 안 하셔도 됩니다. 그보다 아나톨 부인은 화재의 후유증으로 각막이 매우 약해진 상태였는데, 그 각막과 시신경이 많이 훼손되었습니다……."

"치료가 가능한가요?"

"치료는 이미 늦었고…… 곧 실명하실 겁니다. 최근 들어 주변이 점점 뿌옇게 느껴지셨을 겁니다. 빨리 오셨더라면 실명까지는 막을 수 있었을 텐데……."

청천벽력 같은 소리였다. 그녀가 실명할 거라니! 의사의 말로는 화재에 노출되어 약해진 각막이 지속적으로 자극을 받으면서 그리 되었을 것이라 했다. 매일 눈물로 밤을 지새우는 동안 그녀의 눈이 더 이상 슬픔을 버티지 못하게 된 것일지도 모른다.

그녀는 아직 의식이 돌아오지 않았다. 이 상태로 영원히 잠드는 것이 그녀에게 더 나을지도 모르겠다. 세상은 그녀에게 너무 큰 고통이었다. 그리고 이제 그녀의 고통이 내게도 고통으로 다가온다. 도무지 믿기 힘든 하루가 지나고 있다.

프랑스와의 일기를 보면서 아나톨에 대한 프랑스와의 애틋한 마음이 점점 더 커지고 있음을 느꼈다. 그리고 아나톨에게 닥친 이 비극이 얼마나 잔인한 것인지를 느끼며 소름이 돋았다. 가족을 잃고 집도 잃고 이제는 눈까지 잃어버린 이 비극을 그녀가 어떻게 받아들였는지 그녀의 일기를 통해 알수 있었다.

1921년 1월 21일
라자르의 의식이 많이 좋아졌다. 아이들이 뛰어노는 모습을 보면서 즐거워했다. 전쟁터에서 그는 무엇을 겪었을까? 지옥을 보았을지도 모른다. 그래서 그의 맑았던 영혼이 상처를 입은 것이다. 그는 언제나 창가의 흔들의자에 앉아 창밖만을 바라봤다. 레오나르가 난로의 불꽃으로 종이에 불을 붙여 장난을 하자 라자르는 공포에 휩싸였다. 왜인지는 모르나 라자르는 불꽃을 무서워했다.
아이들과 나는 라자르의 겁에 질린 표정에 너무 놀라 한동안 말이 나오지 않았다. 라자르의 공포는 우리를 두렵게 했다. 라자르의 친구인 의사 리처드가 와서 그를 진료했다. 그의 말로는 정신적 쇼크 상태라고 했다. 그리고 불꽃은 트라우마일 수 있으니 조심해야 한다고 했다.

1921년……
오늘이 며칠인지도 모르겠다. 며칠, 혹은 몇 달째 아무것도 보이지 않는다. 낮인지 밤인지도 모르겠다. 신께서 또 한 번의 저주를 내리신 것인지… 혹은 벌을 주신 걸지도 모르겠다. 밤마다 눈물을 흘리는 내게 낮과 밤을 구분하는 눈을 가져가셨으니까……. 이제 나에게는 슬픔 가득한 어둠뿐이다.
이제 죽어야겠다. 희망이 없다. 아니 애초부터, 사랑하는 가족을 잃은 나에게 희망은 없었다. 집주인 프랑스와 씨께 감사할 뿐이다. 가족들의 체취가 남은 이 집에서 잠시나마 시간을 가질 수 있게 해주셔서……. 그러나 이제 그 어떤 자취도 볼 수 없다. 모든 것이 끝났다.

시력을 잃은 직후 아나톨은 기록을 포기하지 않았다. 그러나 글씨는 줄이 맞지 않고 삐뚤빼뚤했으며 알파벳들이 겹쳐져 있었다. 엉망으로 쓴 글씨가 그녀의 상황을 처절히 드러내고 있었다.
아나톨에게 가족들의 자취가 남아 있던 이 집이 더 이상 쓸모없게 느껴졌을지도 모른다. 그리고 그녀는 자신에 대한 프랑스와의 마음을 모르고 있었다. 그녀가 이대로 죽는다면 프랑스와는 어떻게 될까? 걱정스러운 마음이 들었다.

1921년 6월 7일

열흘 만에 그녀가 눈을 떴다. 그러나 그녀의 파란 눈은 이미 하얗게 변해 있었다. 나는 순간 입을 막고 울음을 삼켰다. 내 눈가에선 눈물이 쏟아져 흐르고 있었다. 그때 그녀가 말했다.

"여기가 어디죠? 옆에 누가 계시면 불 좀 켜주시겠어요?"

그녀는 자신이 실명했다는 것을 모르는 눈치였다. 나는 그녀의 왼손을 잡고 말했다.

"나예요. 프랑스와 왈처……. 여긴 병원이에요. 길에서 쓰러졌던 거 기억나세요?"

"네? 프랑스와 씨인가요? 그런데 왜 이렇게 어둡게 하고 계세요? 불을 좀 켜주시겠어요?"

"아나톨…… 제가 하는 말 놀라지 말고 잘 들어주세요……."

나는 차마 그녀가 실명했다고 말할 수 없었다.

"너무 무리를 해서 한동안 눈앞이 좀 어두울 거라고 해요. 잘 쉬고 몸을 추스르면 몇 달 내로 시력이 돌아올 거예요. 걱정하지 말아요……."

거짓말을 해버리고 말았다. 그녀를 위한 거짓말이라 믿었

266

지만 사실 나를 위한 것이기도 했다. 그녀의 절망을 옆에서 보고 있을 수 없는 내 두려움이 거짓말을 만들어 낸 것이었다. 그녀는 한동안 말이 없이 자신의 눈을 만지작거렸다. 손을 덜덜덜 떨면서 내게 물었다.

"정말 몇 달만 지나면 볼 수 있는 건가요? 의사가 그러던가요? 네?"

"네, 그렇다네요. 가끔 너무 피곤하면 그럴 수 있대요. 집안일은 이제 제게 맡기고 집에서 푹 쉬면서 치료해요."

"프랑스와 씨께 폐를 끼치게 되었네요. 죄송해요."

그녀는 자신의 병보다도 나에 대한 미안함에 더 괴로워했다.

1921년 6월 10일

아나톨이 퇴원해서 집에 왔다. 그녀에게 이제 편하게 쉬라고 이야기했지만 그녀는 뭔가 일을 해야 한다고 생각했는지 보이지 않는 눈으로 손을 허공에 휘저으며 집안 구석구석을 헤집고 다녔다. 얼마 동안을 그렇게 헤매고 나서 나의 부축을 받아 소파에 앉았다.

"평생을 살아온 집이라 눈이 안 보여도 집안일 정도는 할 수 있을 줄 알았는데 그렇지 않네요……."

이제 이 집은 그녀를 힘들게 하는 공간이 되어버렸다. 그녀는 앞이 보이지 않아 자꾸 벽에 부딪힌다. 그리고 계단을 찾는 데도 한참이 걸렸다. 조심스럽게 움직일 때도 주변 테이블, 의자, 가구에 부딪혀 온몸에 멍이 들었다. 그녀를 위해 집을 고쳐야 했다. 그리고 그 전에 이 집이 그녀에게 어떤 의미인지 알아야 했다.

1921년 6월 11일
그녀에게 제안을 했다.

"아나톨, 당신이 여기서 살았을 때 즐거웠던 기억을 떠올려 줄래요? 내가 최대한 그와 비슷한 공간을 만들어 줄게요. 우선 현관부터 해볼까요? 당신에게 가장 행복했던 현관의 모습은 어땠나요?"

"저는 지금 당장 앞을 보지도 못할뿐더러, 이 집은 프랑스와 씨 것이잖아요. 제안은 감사하지만 그렇게 애쓰지 않으셔도 돼요."

"하하하, 오해하지 말아요. 이건 나를 위한 거예요. 아나톨이 빨리 나아야 저에게 맛있는 음식을 해줄 수 있잖아요. 의사가 그러는데 아나톨이 많이 웃고 행복해야만 시력이 빨리 돌아온대요. 그리고 이건 건축가로서도 재밌는 도전일 것 같아서요. 언제나 건축은 앞을 볼 수 있는 이들의 것이었잖아요. 그 편견을 깨보고 싶어요. 보이지 않아도 공간을 느낄 방법은 많이 있다고 믿거든요. 그걸 한번 실험해 보고 싶어요."

"그래도……."

"아, 괜찮아요. 이건 내 집이니깐 내 마음대로 할 권리가 있어요. 자, 부담 갖지 말고 현관을 떠올려 봐요. 현관에서 즐거웠던 때요."

그녀는 잠시 생각에 잠기더니 말을 이었다.

"레오나르요. 제 아들 레오나르가 여섯 살 때 집 앞에 있는 허브 잎을 하나씩 따 와서는 제게 포옹을 했어요. 레오나르는 허브 향기를 좋아했거든요. 매일 집 앞 작은 정원에서 허브 잎을 따다가 현관에 놓고 들어왔어요. 아이를 현관에서 안을 때마다 허브 향이 났고, 계단을 올라 방에 도착할 때까지 향이 났어요. 갑자기 집 안에서 허브 향이 나면 그건 정원에서 놀던 레오나르가 들어왔다는 뜻이었죠."

그녀는 순간 눈시울이 빨개졌다. 아마 아이를 생각하는 것 같았다. 그녀의 불편함을 덜어주기 위한 공사를 하려는 것이었는데 생각지도 못한 이야기를 듣게 된 것이었다. 아이에 대한 그녀의 이야기를 그냥 외면할 수 없었다. 그녀의 표정에서 아주 잠깐이지만 생기와 행복감이 느껴졌기 때문이다.

"그래요, 좋아요. 일단은 현관을 그렇게 디자인해 보도록 하죠. 쉬고 있어요."

"그런데 프랑스와 씨가 건축가인 줄은 몰랐어요."

"하하하…… 군대 가기 전에 건축 일을 도와 경력을 쌓았죠. 집 정도는 뚝딱 만드는 건축가라고요. 기대해요."

말은 시원하고 당당하게 했지만 사실 어떻게 해야 할지 고

민이었다. 머리를 싸매며 펜과 종이를 들고 현관에서 치수
를 잰 뒤 간략한 실측 도면을 그렸다.

1921년 6월 15일

며칠을 고민해도 풀리지 않던 현관 콘셉트가 떠올랐다. 샤
워를 하던 중에 아이디어가 떠올라 수건을 대충 두르고 뛰
어나와 복도에 엎드린 채로 콘셉트 스케치를 끝냈다. 순간
적으로 떠오른 생각은 시간이 조금이라도 지나기 전에 적
어놔야 잊지 않기 때문이다.

간신히 개념 스케치를 마쳤다. 기쁜 나머지 벌떡 일어나
두 주먹을 하늘 위로 뻗어 올리며 작은 환호성을 질렀다.
그때였다. 내 눈앞에 서 있는 그녀를 발견하고는 놀라서
샤워실로 다시 뛰어 들어갔다. 앞을 볼 수 없는데도 벌거
벗은 몸이 창피한 것은 어쩔 수 없었다.

1921년 6월 16일~19일

공사를 시작했고 3일 후 끝났다…….

아니 어떤 공사를 했는지는 나와 있지 않고 그냥 3일간 공
사를 했다니? 무슨 일인지 도대체 이해가 되지 않았다. 문득
내가 프랑스와 왈처라면 어땠을까 생각을 해보았다. 그가 어
떻게 공사했는지 아들인 피터 왈처가 직접 알아내 주길 바란

건 아닐까? 쉽게 설명해 주는 법이 없는 사람이니…….

"제길, 피터 왈처는 관심도 없고 나만 여기에 있는 걸 프랑스와는 예상치 못했겠지……."

혼잣말을 중얼거리며 현관으로 향했다. 도대체 어떻게 바뀌었다는 걸까? 단서는 레오나르와 허브인데…….

현관을 구석구석 만지기 시작했다. 한쪽 벽에는 홈이 파여 있는데 계단까지 이어진 홈이다. 흙이 묻은 흔적이 있었는데 내가 다 치웠던 기억이 난다. 그런데 자세히 보니 흙물 얼룩 자국이 조금 남아 있다. 네모난 모양의 얼룩이었다. 이건 물받이 대를 하지 않고 화분에 물을 주면 화분 바닥이 닿은 면에 흙과 물이 고이고 나중에 화분을 들면 생기는 화분 모양의 물 얼룩이 분명했다. 그렇다면 여기 벽에 난 긴 홈에는 화분이 있었다는 것이다.

그렇게 화분이 놓였을지도 모를 홈을 손으로 만지면서 계단 쪽으로 걷는 찰나, 바닥의 대리석이 덜그럭거렸다. 몇 번을 더 밟아보아도 같은 부분에서 덜커덕 하는 소리가 났다. 바닥 대리석은 가로 세로 30센티미터 판으로 짜 맞춰진 형태였다. 흔들리는 대리석 판을 힘주어 들어보니 내부에 빈 공간이 드러났다. 약 5센티미터 정도의 깊이인 이 바닥은 콘크리트나 석재가 아니라 흙이었다. 그리고 바닥의 흙 위에는 오래되어 말라버린 식물이 있었다. 보통 대리석 아래는 흙이 아니라 콘크리트나 석재가 일반적인데 이건 좀 특이한 경우였다. 주변의 대리석을 하나씩 모두 열어보니 현관부터 계단까지 모두 흙바닥으로 되어 있었다. 직감적으로 이 바닥에 잔디나 풀이 심어져 있었을 것이라는 확신이 들었다. 루체른의 왈처요양병원도 현관을 들어섰을 때 잔디 바닥이었기 때문이다.

이 저택의 바닥을 지금은 왜 덮어 놓았는지는 모르겠지만 말라비틀어진 풀이 무엇인지 안다면 당시 어떤 풀을 심었는지 알 수 있을 것이다. 주섬주섬 그 말라버린 풀을 들고 예전에 아나톨이 들렀을 시테섬 꽃시장으로 향했다. 집에서 도보로 10분 정도의 거리로 그리 멀지 않은 곳이었다. 혹시나 몰라 그가 일기에 써놓은 꽃가게의 이름을 찾아보았다. 앙세큘라다. 이왕이면 프랑스와와 아나톨이 들렀던 그 가게에 물어보고 싶었다. 주위 사람들과 상인들에게 물어물어 아직도 센강 변에서 영업 중인 꽃집 앙세큘라를 찾을 수 있었다. 마치 잊어버렸던 오랜 친구를 만난 기분으로 그 꽃집에 들어섰다. 젊은 소년이 꽃처럼 밝은 미소를 머금고 나를 반겼다.

"어서 오세요. 찾으시는 것이 있으신가요?"

"네…… 말라버린 이 풀을 좀 봐주시겠어요? 이걸 좀 사고 싶은데요."

손을 펴고 손바닥 위에 놓인 풀을 그에게 내밀었다. 그는 좀 당황한 듯 나를 빤히 쳐다보고는 안에 들어가 누군가를 부축하여 나왔다. 머리에 하얗게 서리가 내린 거동이 불편한 노인이 천천히 내 앞으로 다가왔다. 그러고는 말라버린 풀을 한참 바라보더니 무언가 알았다는 듯 밝은 표정으로 내게 말했다.

"이건 잔디입니다. 옛날 품종 같군요. 요즘은 개량이 되어서 더 좋아졌는데, 아직도 이 품종이 남아 있을 줄이야. 제가 젊었을 때 이 잔디를 판매했죠. 그리고 요기 조금 붙어 있는 건 로즈마리 허브네요."

"아…… 감사합니다. 그렇군요. 잔디와 로즈마리……. 혹시 아나톨 가르니아 부인과 프랑스와 왈처 씨를 기억 하시나요? 저쪽 시테섬 끝자락에 위치한 저택에 사시던 분들이었는데요. 그게 아마도 1921년도 즈음일 겁니다."

"아나톨 부인이라……."

노인은 하얗게 세어버린 머리를 이리저리 만지면서 눈을 감은 후 잠시 침묵했다.

"음…… 아! 기억납니다. 그래요. 맞아요. 프랑스와 왈처 씨도 기억나요. 맞아요. 그때도 프랑스와 씨가 지금 당신처럼 잔디와 허브에 대해 물었지요. 그리고 제가 조언을 해주고 화분도 골라드리고 잔디도 심어드렸죠. 그것도 현관 안에다 말이죠. 맞아요. 대리석 바닥을 걷어내느라 고생 꽤 했었죠……. 아니 그런데 어떻게 그분들을 아시죠?"

"설명하기에는 너무 기네요. 어떻게 하다 보니 좀 알게 된 사람입니다. 혹시 가능하시다면 그때 프랑스와 씨가 주문했던 것처럼 똑같이 부탁해도 될까요?"

"제가 해드릴 수 있는 것은 그저 현관에 잔디를 깔아드리는 겁니다. 그리고 음…… 그때 프랑스와 씨는 로즈마리 허브와 화분 10개를 한 번에 사셨습니다. 아주 독특한 분이었어요. 어제 일처럼 훤히 기억이 나는군요. 허브 화분 10개를 한 번에 사고 집 안 현관을 잔디로 깔아달라고 했던 분을 제가 어떻게 잊을까요? 제 인생에 그런 주문은 단 한 번뿐이었죠."

"허브 화분이요? 그것도 같이 주문하겠습니다. 참 네모난 화분일 것 같은데…… 가로는 길고 세로는 10센티미터 정도 되는……."

"그 흰 화분은 여기 시테섬 꽃시장에서 저희만 취급합니다. 준비해 드리겠습니다."

그가 화분이라고 말하는 순간 벽의 홈에서 본 물 얼룩 자국이 화분의 크기와 일치한다는 것을 알게 되었고, 그 꽃집에서만 판다는 흰색의 길고 네모난 화분이 프랑스와가 과거에 산 그 화분이라는 것을 직감했다.

꽃집 노인은 바로 우리 집으로 잔디 공사를 하러 왔다. 그는 아나톨 부인이 생각나서 이 집에 꼭 한번 다시 와보고 싶었다고 했다. 그 노인은 둥그렇게 말린 롤 모양의 잔디를 바닥에 깔기 시작했다. 바닥을 걷어내고 주변에 쌓아놓은 대리석들을 옮길 곳이 없나 고민하는 나에게 노인이 말했다.

"현관 벽 안에 수납공간이 있습니다. 제가 젊었을 때 프랑스와 씨가 알려주셨어요. 그분이 직접 만드셨다고 했던 것 같은데요……."

그의 말을 듣고 벽을 자세히 보았지만 육안으로는 찾을 수 없었다. 수납공간이 있다면 문이 있는 곳에 틈이 있어야 하는데 보이질 않았다. 그래서 이번에는 벽을 두드려 보았다. 텅텅 소리가 울리는 것을 보니 노인의 말대로 수납공간이 있는 것이 분명했다. 아주 정교하게 만들어져 문과 문틀의 경계가 보이지 않는 것이다. 그가 잔디 공사를 하는 동안 정교하게 만들어진 벽 속 수납장에 바닥 대리석들을 차곡차곡 옮겨놓았다.

바닥 잔디 공사가 끝날 때 즈음 노인의 손자가 허브 화분 10개를 배달해 왔다. 나는 손자와 함께 벽의 홈에 차곡차곡 일렬로 허브 화분을 끼워 넣었다. 화분 10개는 현관에서 계단까지 딱 맞게 들어갔다. 공사가 모두 끝나고 그들이 떠난 후 현관 쪽을 바라다보며 나도 모르게 흡족한 미소를 지었다.

그리고 아나톨이 여섯 살의 레오나르를 꼭 안아주었던 현관을 상상했다. 레오나르는 바깥 작은 정원에서 놀다 들어와 그녀의 품에 안겼을 것이다. 상큼한 풀잎향이 나는 어린아이. 프랑스와는 그걸 상기시켜 주기 위해 잔디를 깐 것이 아닐까? 레오나르에게 문을 열어주던 그녀처럼 나도 현관문을 활짝 열었다. 그리고 레오나르의 눈높이를 맞추기 위해 잔디에 무릎을 꿇었다.

그때였다. 센강의 시원한 바람이 현관을 타고 들어왔고 그 바람은 열을 지어 있는 로즈마리 허브들을 춤추게 했다. 그리고 열정적인 춤을 추고 난 후 무희들에게서 나는 향기처럼 로즈마리 향기가 현관 복도를 가득 채웠다.

이건 레오나르였다. 레오나르가 가져온 로즈마리 허브가 집 안을 상쾌하게 만드는 그 순간이었다. 손에 허브를 쥔 레오나르가 현관 안으로 뛰어 들어가는 모습이 그려졌다.

이제 문을 닫고 레오나르를 가슴에 안고 계단까지 가는 아나톨을 상상했다. 그녀는 눈이 먼 상태니 나도 눈을 감았다. 아무것도 보이지 않았다. 그리고 등을 굽혀 그녀처럼 복도를 걷기 위해 벽을 더듬으면서 손을 내밀었더니 벽이 아니라 로즈마리 허브가 손에 닿았다. 딱딱한 벽을 만지면서 갈 필요 없이 나는 로즈마리 허브를 손으로 만지면서 걸었다. 그 순간 로즈마리 허브는 내게 진한 허브 향을 내뿜었다. 레오나르를 안고 아이의 손에 있는 허브 향을 맡으며 아이의 방으로 건너가는 아나톨이 떠오르는 순간이었다. 한동안 눈을 뜰 수 없었다. 아나톨이 느꼈을 그 감정이 내게도 몰려왔다. 프랑스와는 그녀에게 레오나르를 돌려주었던 것이다. 바로 이 현관에서…….

아나톨의 일기에는 이날의 감정이 적혀 있었다.

암흑 속에 갇혀 얼마의 시간이 지났는지 모를 오늘, 이 암흑 속에서 레오나르를 보았다. 밝게 웃으며 내 품에 뛰어드는 아이를……. 아이에게서 로즈마리 향기가 따라 들어왔다. 짧은 순간이었지만 나는 분명 레오나르를 느꼈다……. 어쩌면 이 암흑은 신이 내게 주신 축복일지도 모른다. 레오나르를 보게 해주셨으니까. 그리고 프랑스와, 그분은 천사가 아닐까? 내일도 레오나르를 현관에서 만날 것이다.

11

기억을 담은
공간

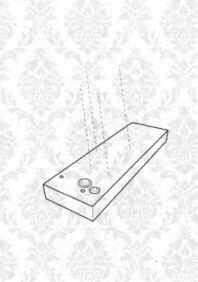

프랑스와가 보고 아나톨이 느낀 그 현관이 완성되고 나서 나는 잔디에 앉아 가만히 눈을 감고 그들을 생각했다. 프랑스와가 햇빛을 잘 받아야 하는 잔디를 왜 어두운 실내에 심었는지 알 수 있었다. 왜 로즈마리 허브를 썼는지도 이해가 되었다. 점심 식사 전에 마당에서 놀던 레오나르를 위해 그렇게 문을 열어놓았듯, 이 잔디를 키우려면 문을 열어놓고 점심때까지 빛이 현관 복도에 내리쬐게 해야만 했다. 그리고 열린 문으로 센강의 바람이 집 안으로 들어오듯 레오나르도 들어왔을 것이다.

로즈마리 허브는 그늘에서 잘 자라기 때문에 벽에 홈을 파서 허브에 빛이 닿지 않게 했다. 로즈마리 허브가 놓인 벽

홈의 높이는 60센티미터였다. 허리가 굽은 아나톨이 허브를 손으로 만지고 그 향이 코끝을 자극하기 가장 좋은 위치였다. 아나톨에 대한 프랑스와의 사랑이 얼마나 컸는지, 공간을 통해 그녀의 기억을 돌려주고 싶었던 그의 노력이 고스란히 저택 현관에 남아 있었다.

1921년 6월 20일

그녀가 레오나르를 느꼈다. 그녀가 눈물을 흘렸지만 슬픔과는 다른 이유였다. 하루 종일 그녀는 현관에 앉아 레오나르와 이야기하는 것처럼 보였다. 무엇보다 그녀는 행복해 보였다. 열린 현관문으로 드리운 햇살이 그녀 얼굴에 나타난 미소를 밝히고 있었다.

1921년 6월 21일

그녀는 아침부터 현관에 앉아 있었다. 아직 아침이라 강바람이 불지 않았다. 마치 오후에 들어올 레오나르를 기다리는 것처럼 정오가 되자 강바람이 불어오기 시작했고 그녀가 행복한 미소를 지었다. 잠시 식사라도 하자며 그녀와 함께 살롱으로 자리를 옮겼다. 그녀는 음식에는 도통 관심이 없었다. 그런 그녀의 관심을 끄는 질문 하나를 했다.

"레오나르를 안고 계단을 올라 방으로 갈 때는 어땠나요?"

그녀는 울면서 말했다.

"당신은 천사인가요? 신께서 당신을 보내주신 거겠죠. 모두 말할게요. 모든 것을요……."

울음을 멈출 시간이 필요했는지 그녀는 한동안 말이 없었다. 그녀는 아마도 내가 마법을 부렸다고 생각하는 것 같았다.

"레오나르를 안고 계단을 오를 땐 왼손으로 아이를 품에 안고 오른손으로는 계단 난간을 잡고 올라갔어요……. 그런데 지금은 제 오른손이……."

그녀가 망토 안에 감춘 오른손을 조심스럽게 꺼냈다. 손가락이 다 붙어버린 그녀의 손을 직접 본 것은 처음이었다. 엄지손가락을 제외한 나머지 손가락이 화상으로 인해 모두 붙어버려 집게 모양 같았다. 천천히 그녀의 오른손에 내 손을 가져다 대자 그녀는 깜짝 놀라 다시 망토 속으로 손을 감춰버렸다.

"괜찮아요. 나를 믿죠? 손을 줘보세요……."

떨리는 목소리를 간신히 진정하고 말했다. 그러자 그녀는 다시 천천히 오른손을 내밀었다. 집게처럼 변해버린 그녀의 손을 부여잡고 한동안 아무 말도 할 수 없었다. 그리고 떨리는 손으로 손 모양을 종이에 스케치했다. 그녀의 오른손에 맞는 난간 손잡이를 만들기 위해서였다.

용기가 났는지 그녀가 말문을 열었다.

"레오나르를 안으면 아이의 입김이 제 목을 따뜻하게 감싸 안았어요. 아주 따뜻했어요……."

나는 그녀를 일으켰고 그녀의 굽은 허리와 오른손의 높이
를 모두 확인해 스케치로 그려놓았다. 그녀는 모든 것을
나에게 맡긴 것처럼 나의 손길을 거부하지 않았다.

스케치와 식사를 마치고 그녀는 다시 현관으로 향했고 나
는 톱과 망치, 줄자, 도면 그리고 필기도구와 조각칼 등을
가지고 계단 앞에 섰다.

현관 앞에 앉아 있는 그녀가 보였다. 강바람이 들어오자
그녀는 두 팔을 벌려 바람을 안았다. 아니 레오나르를 안
았다…….

1921년 6월 22일~7월 1일

일주일이 지나서야 공사가 끝났다. 시끄러운 못질과 톱 소
리에도 그녀는 항상 현관에 앉아 있었다.

이번에도 그의 일기에 계단 난간의 공사 내용은 상세히
적혀 있지 않았다. 직접 확인해 보라고 일부러 그런 것 같았
다. 답안지가 없는 시험지 같은 느낌이랄까.

처음 이 저택을 방문했을 때를 회상해 보면, 이상한 계단
이 가장 먼저 내 호기심을 자극했었다. 그때의 호기심을 기
억하며 저택의 계단 앞에 섰다. 오후를 넘어 저녁 시간이 가
까이 다가오고 있었다. 계단 주위를 꼼꼼히 살펴보았다. 첫날
본 것처럼 오른쪽 난간이 왼쪽 난간보다 유난히 낮은 이유를

이제는 알 수 있었다. 왜 프랑스와가 한쪽 난간을 일부러 낮게 만들었는지를…….

프랑스와는 화상으로 몸이 굽은 그녀가 난간을 잡을 수 있도록 높이를 낮춘 것이다. 왼쪽의 난간은 1미터가 조금 넘는 높이였지만 오른쪽 난간은 60센티미터로 매우 낮았다. 또한 계단 오른쪽 난간의 손잡이는 유난히 동그랗게 되어 있었다. 왼쪽 난간은 쇠로 된 사각형 손잡이인 반면에 오른쪽 난간은 잘 다듬어진 나무로 된 둥근 손잡이였다.

나는 아나톨처럼 몸을 숙이고 오른쪽 난간을 만졌다. 그런데 이 오른쪽 둥근 손잡이 안쪽 끝에 작은 홈이 파여 있었다. 그는 참으로 자상한 사람이었나 보다. 화상으로 녹아 붙어버린 손이 미끄러질까 봐 동그란 손잡이 안쪽에 손가락을 걸 수 있는 홈을 만든 것이다. 편안하고 위험하지 않게, 오직 그녀만을 위한 하나뿐인 디자인이었다. 일부 망가진 곳은 보수해야 했지만 나머지는 손댈 데가 없을 정도로 잘 만들어진 계단이었다.

그러나 두 가지 의문점은 여전히 남아 있다. 우선 그녀가 말한 아이의 따듯한 입김이다. 분명 프랑스와라면 그것을 놓치지 않았을 것이다. 그리고 두 번째는 이 붉은 대리석 계단이다. 언제부터 있었는지 모르지만 프랑스와가 만들었을 것이라는 직감이 들었다. 그러나 현재로서는 그 이유를 알 수가 없다. 이 문제를 풀 단서는 아나톨의 일기에 있지 않을까?

프랑스와 씨가 계단이 완성되었다고 알려주었다. 그는 내게 레오나르가 찾아와 따뜻함이 감돌 때 계단을 오르라고 했다. 레오나르가 오면 언제나처럼 조금 후에 따뜻한 기운이 온몸에 퍼져들었다.

프랑스와 씨가 알려준 그 순간에 벽을 짚으며 계단으로 향하자 손에 풀이 닿았다. 풀잎을 만지며 걸어가다가 더 이상 풀이 이어지지 않는 곳이 계단 앞이라고 했다. 아무것도 보이진 않았지만…… 풀이 더 이상 만져지지 않으니 계단 앞에 도착한 것이다.

나는 계단의 난간을 무뎌진 손으로 잡았다. 예전에는 손에 쥐기에 차갑고 힘들던 난간이 이제는 오히려 힘이 들지 않고 부드럽게 느껴졌다. 천천히 한 걸음 한 걸음 계단을 오르는데 갑자기 뒷덜미에 따뜻함이 스며들었다.

이건…….

레오나르의 입김이 내 목을 따뜻하게 했다. 분명히 그렇게 느껴졌다. 계단에서도 레오나르가 느껴지기 시작했다.

우리 아이…… 얼마나 보고 싶은지…….

우리 예쁜 아이…….

한동안 움직일 수 없었다. 계단을 다 오르면 사라질 것만 같아 그 자리에서 흐르는 눈물을 어찌하지 못하고 레오나르를 안고 있었다. 곧 레오나르의 따뜻한 입김이 사라지고, 나는 순간 힘이 빠져 그대로 계단에 주저앉았다.

아주 잠깐이지만 분명 레오나르의 따듯한 입김이 전해졌다. 그것으로도 충분히 행복한데, 분명 행복한데…… 눈물이 멈추질 않는다.

아나톨의 일기는 점점 더 알아보기 힘든 글씨체로 변해갔다. 읽기 매우 어려웠다. 앞이 보이지 않는 그녀만의 세상에서 아들을 만난 그녀이기에…… 그녀의 영혼이 쓴 글이기 때문에 이 세상의 글씨 같지 않은 것이다. 나는 그렇게 믿었다.

그녀가 느낀 레오나르의 입김이 무엇인지, 그 단서를 찾은 것 같다. 레오나르가 찾아온 후 따듯함이 스며드는 시간은 열린 현관문으로 빛이 들어올 때일 것이다. 12시가 넘은 시간에 계단에 등을 구부리고 눈을 감고 오르면 분명 그녀가 말한 레오나르의 입김을 알 수 있을 것이다.

다음 날 아침 일찍부터 현관 앞에서 레오나르를 기다렸다. 아나톨이 그를 기다리는 마음으로 그렇게 나도 눈을 감고 기다렸다. 수많은 생각이 머릿속에 가득 찼지만 그녀는 오직 레오나르만 생각했을 것이다. 눈이 보이지 않았을 그녀에게 시간 개념은 아무런 의미가 없었으리라. 몇 시간의 기다림도 그녀에게는 몇 분처럼 짧게 느껴졌을지 모른다. 기다림의 시간도 그녀에게는 행복이었을 테니…….

얼마나 시간이 지났을까? 잠시 후 내 얼굴에 환하고 따뜻한 빛이 느껴졌다. 실명한 사람이 아니라면 아무리 눈을 꼭 감아도 빛이 새어 들어옴을 느낄 수 있을 것이다. 하지만 그녀는 어떤 밝음도 느끼지 못하고 빛이 주는 따뜻함만을 느꼈을 것이다.

천천히 일어나 그녀처럼 등을 구부리고 오른손으로는 벽에 있는 로즈마리 허브를 만지면서 계단 앞까지 천천히 걸었다. 그리고 몸을 숙여 그녀처럼 살며시 난간을 잡고 주변의 공기, 소리, 촉감 등 모든 것을 세심하게 느끼며 한 걸음 한 걸음 계단을 올랐다.

다섯 번째 계단에 이르렀을 때 목덜미에 갑자기 따뜻한 기운이 스며들었다. 깜짝 놀라서 눈을 뜨고 뒤를 돌아보았다. 천창에서 내려오는 빛에 눈이 부셔 순간 아무것도 보이지 않았다. 손으로 천창을 가리고 나서야 주변이 보이기 시작했다.

그리고 그 목 뒤편으로 스며들던 따뜻함의 정체가 바로 빛이라는 것을 알게 되었다. 계단 위 천장 유리에서 내리쬐는 빛이었다. 그곳에서 빛이 떨어지고 있었고 몸이 굽은 아나톨의 목에 닿은 따스한 빛이 레오나르의 따뜻한 입김처럼 느껴진 것이다. 그리고 10여 분이 지난 후 그 따스한 햇볕은 거짓말처럼 사라지고 어둠이 내려앉았다. 태양이 넘어가면서 천창에서 내리쬐던 빛도 걷어갔기 때문이다. 레오나르의 입김은 그렇게 사라진 것이다.

계단에 앉아 한참 동안 내려올 수 없었다. 그동안 내 믿음대로 작업해 왔던 건축은 그저 돈을 벌기 위한 수단이었다. 하나의 직업이었을 뿐이다. 그러나 프랑스와에게 건축은 사랑하는 여인의 마음을 치료하는 약이었고 그녀의 기억을 지켜주는 안식처였다. 프랑스와는 진정 아름다운 사람이다. 자연의 모습으로 아나톨을 위로하는 진정 아름다운 건축가였다.

매번 누군가를 위해 저렴하게 빠르게 찍어내던 나의 건축에 영혼이 담겨 있지 않았다는 것을 이제야 깨닫게 되었다. 그동안 건축에 돈과 아이디어만을 담았던 것이다. 그러나 프랑스와는 자신의 영혼을 담았다. 깊은 숨을 내쉬면서 나 자신을 돌아보았다.

그렇게 한동안 계단에 앉아 아나톨이 그러했던 것처럼, 움직일 수 없었다. 그녀는 레오나르를 향한 기억으로, 나는 그동안의 나의 삶에 대한 회상으로 멍하니 붉은빛 계단에 앉아 있었다. 그 순간 따뜻하고 붉은 빛이 나를 위로하는 것처럼 느껴졌다. 주저앉은 나를 다시 일어나게끔 위로하는 이 기묘하고 붉은 계단은, 아나톨을 위한 것이 아니라 프랑스와 자신 혹은 그의 아들 피터를 위한 것은 아니었을까?

1921년 7월 5일
며칠 만에 아나톨과 살롱에 앉아 편안하게 차를 마시고 있

290

었다. 아나톨은 여전히 낮마다 레오나르를 만나기 위해 현관과 복도 그리고 계단을 올랐지만 오늘은 내 앞에 앉아 있다. 그리고 그녀가 내게 먼저 말을 걸었다.

"수잔의 이야기를 하고 싶어요. 수잔의 이야기를 들어주실 수 있나요? 레오나르를 만나고 확신이 들었어요. 이 집에는 아직 그들의 영혼이 숨 쉬고 있다는 것을요. 부탁해요……. 그들을 만날 수 있게 도와주세요."

"제가 하는 일이라곤 당신의 기억을……."

나는 말을 끝맺지 못했다. 그녀가 만난 것은 그녀의 기억 속의 가족일 뿐이라는 말을 차마 꺼낼 수가 없었다. 내가 만든 것들에 대해 이야기하는 순간 그녀가 절망에 빠져들 것만 같았다. 차라리 내가 마법을 부린다고 생각하는 편이 낫지 않을까.

"말씀해 주세요. 수잔에 대해서요……."

그녀는 따뜻한 홍차의 향기를 크게 한숨 들이마시고 나서 깊은 한숨을 천천히 내쉬었다. 그리고 마음의 준비가 끝난 듯 나를 응시하고 입을 열었다.

"수잔은 가족들과 함께 마시고 남은 찻잎을 좋아했어요. 향기가 나는 것은 다 좋아했어요. 특히 꽃과 찻잎 향기를요. 가끔 장난기가 발동하면 제가 버리려고 모아둔 찻잎 찌꺼기를 몰래 자기 방문 틈에 숨겨두곤 했어요. 아직 향기가 살아 있다고 버릴 수 없다고 했어요. 그리고 아직도 기억나요. 남편 라자르가 전쟁터에서 실종되어 제가 슬픔에 잠겨 있을 때, 그때 비가 오고 있었어요. 살롱으로 빗소리가 너무 슬프게 들려왔어요. 그때 수잔이 나무 실로폰을 들고 와서는 저를 위로하려는 듯 제 표정을 살피며 실로폰을 두드렸어요. 그 모습이 저에게는 큰 위안이 되었어요. 수잔은 그런 아이였어요. 그리고 저는 그 보답으로 수잔의 방에 항상 장미 꽃병을 가져다 두었어요."

"수잔은 어리지만 엄마를 사랑하고 위로하는 딸이었군요. 수잔의 방이 어디죠? 그 나무 실로폰은 지금도 있나요?"

수잔과 레오나르는 같은 방을 썼다고 한다. 계단을 거쳐 2층으로 올라 복도에 이르면 가장 먼저 만나는 방이었다. 그들의 방은 깨끗하게 정돈되어 있었고 아직도 온기가 남아 있는 것처럼 느껴졌다. 아나톨이 이 집에 돌아와서 그들의 방을 깨끗하게 정돈했다는 것을 눈치 챌 수 있었다. 당장이라도 아이들이 뛰어들고 싶어 할 만큼 침대에 가지런히 정돈된 이불에서 깨끗한 비누 향기가 났다. 허브꽃 문양이 새겨진 침대는 레오나르, 장미꽃 문양이 있는 침대는 수잔의 것이었다. 수잔의 침대 아래서 오래된 나무 실로폰과 실타래처럼 감겨 있는 나무 봉이 나왔다. 비 오는 날 수잔이 두드린 실로폰이었다. 봉으로 살짝 두드리니 맑고 청아한 소리가 울렸다.

1921년 7월 10일

며칠을 고민했지만 그녀가 기억하는 수잔의 공간을 어떻게 살려낼 수 있을지……. 뚜렷한 디자인이 떠오르지 않는다.

1921년 7월 12일

일주일이 지났지만 아직 어떻게 해야 할지 모르겠다. 더 시간이 필요한 걸까? 불가능한 걸까? 그녀에게 불가능하다고 말하고 싶지 않았다. 그녀가 이해해 준다 해도 내가 그러고 싶지 않다…….

반드시 해내야 한다. 그런데 어떻게?

1921년 7월 20일

드디어 방법을 찾았다! 수잔의 방문을 열 때 그녀의 향기를 담을 수 있도록, 그리고 비가 오면 수잔의 실로폰 소리가 들리도록……!

1921년 7월 21일~22일

공사는 어렵지 않게 이틀 만에 모두 끝이 났다.

역시 그의 공사는 어떤 것이었는지 내용이 없다. 그러나 힌트는 남아 있다. 아나톨의 일기를 펼치기 전, 우선 수잔과 레오나르의 방으로 향했다. 무언가 찾을 수 있으리라 생각하며 세심하게 들여다봤지만 쉽지 않았다.

프랑스와는 방문을 열면서 수잔의 향기를 담는다고 했다. 방문에 초점을 두었다는 그의 기록을 염두에 두고 방문 근처를 뒤지기 시작했다. 그러나 어떤 단서도 찾지 못했다. 혹시 햇빛이 들어와서 뭔가 변화가 일어나지 않을까 해서 방문을 열고 기다렸지만 방 안에 드리워진 햇빛은 아무 상관이 없었다.

그렇게 이것저것 찾고 있는데 어디선가 휴대전화 벨 소리가 작게 들려왔다. 복도 끝에 있는 아나톨의 방이었다. 어제 아나톨의 방에 휴대전화를 두고 나온 것이다. 전화를 가지러 아나톨의 방으로 향했다.

갑자기 스위스 행 열차를 타고 떠나느라 만남을 취소했던 친구의 안부 전화였다. 무슨 일이 있는 건 아니냐며 다그쳐 묻는 친구의 목소리가 반가웠다. 그와 통화를 하면서 자연스레 입가에 미소가 지어졌다. 통화를 마치고 복도로 나와 다시 수잔과 레오나르의 방으로 걸어가고 있었다.

그때 열린 방문에서 뭔가가 햇빛에 반사되어 살짝 반짝이는 것이 보였다. 가까이 가보니 문의 측면에 구멍이 있었다. 높이는 바닥에서 60센티미터 정도의 위치였고 구멍에 손가락을 넣으니 무언가가 걸렸다. 조심히 당겨보니 작은 구멍들이 뚫려 있는 철제 통이었다. 안에는 바짝 마른 풀들이 있었다. 복도 끝에서 걸어올 때 이 은빛의 거름망이 햇빛을 받아 반사시켰던 것이다.

풀이 담긴 통을 들고 바로 앙세퀼라 꽃집 주인을 다시 찾아갔다. 그는 놀라서 나를 맞이했다.

"무슨 문제라도 있나요? 잔디가 문제인가요?"

"아니요. 이 풀들도 뭔지 봐주실 수 있나요?"

그는 한참을 살펴보더니 급기야 그 말라비틀어진 것을 입에 넣고 맛까지 보았다. 그리고 내게 말했다.

"이건 확실히 장미인데…… 나머지는 저도 잘 모르겠네요. 어떤 식물의 잎인지는 몰라도 말려서 잘게 부순 거예요. 왜 그랬는지는 저도 잘 모르겠네요."

장미꽃을 한 다발 사서 집으로 돌아왔다. 그리고 아나톨이 말했던 것처럼 그녀의 방에 있는 화병에 장미를 꽂았다. 수잔의 방에 앉아 그 정체 모를 잎을 테이블에 올려놓고 생각했다.

'무슨 잎일까? 수잔은…….'

그때 아나톨의 이야기가 떠올랐다.

'제가 찻잎을 버리라고 하면 항상 문틈에 숨겨두곤 했어요.'

맞다! 이건 찻잎이다. 그 찻잎을 손에 들고 살롱의 부엌으로 가 비어 있는 철제 통을 확인했다.

"마리아주 가문의 홍차!"

나는 즉시 인터넷으로 마리아주 가문을 검색했다. 지금은 마리아주 프레르Mariage Frères라는 이름의 최고급 브랜드가 되

어 있었다. 검색된 전화번호로 바로 전화를 걸어 다급한 목
소리로 물었다.

"혹시 제가 아주 옛날 마리아주 가문의 홍차를 가지고 있
는데, 어떤 찻잎인지 확인해 주실 수 있나요? 1921년도쯤인
듯합니다."

"굉장히 오래된 차군요. 차를 가지고 방문해 주시면 확인
해 드리겠습니다."

이제 이 잎을 가지고 가서 확인만 하면 된다. 매장까지 가
는 시간이 너무 초조하고 답답했다. 햇살이 따뜻한지, 하늘이
푸른지, 먹구름이 있는지, 주변에 누가 있는지 전혀 느끼지
못할 정도로 나는 손에 쥔 잎에 정신을 빼앗겨 버렸다.

마리아주 프레르 매장에 도착하자 매장 지배인이 나를 반
겼다. 1921년도의 찻잎을 구경하는 것이 그들에게도 신기한
일인지 모든 직원들이 모여들었다. 손에 들고 있던 찻잎을
그에게 보여주었고 지배인은 돋보기로 한참 동안 찻잎을 살
펴보며 매장에 있는 모든 찻잎의 샘플과 비교했다.

"아주 귀한 샘플이네요. 저도 말로만 듣던 찻잎입니다. 이
건 판매된 것이 아니라 마리아주 가문에서 판매를 위해 개발
중이었던 찻잎 같네요. 그 당시 지인 분들에게만 소량 공급
했던 것입니다. 이 찻잎은 아시아에서 구해 온 꽃잎과 과일
로 만든 것 같군요. 그리고 지금 저희 매장에 있는 마르코 폴
로라는 홍차와 가장 유사한 향기였을 겁니다."

마르코 폴로 찻잎을 잔뜩 사 들고 집으로 돌아오는 내내 찻잎의 정체를 찾았다는 생각에 절로 미소가 지어졌다. 그러다 문득 프랑스와는 자신의 아들 피터가 이 수수께끼들을 풀어주길 바랐을 것이라는 생각이 스쳐 지나갔다.

집에 돌아와 살롱의 붉은 소파에 앉아 마르코 폴로 홍차를 한 잔 마시면서 여유를 만끽했다. 나도 찻잎 찌꺼기를 말리고 방 안의 장미가 시들면 그 잎들을 문짝 옆면의 금속 통에 넣어볼 생각이다. 그러나 지금은 시간이 필요하다. 세상에는 시간을 필요로 하는 것들이 많다. 오래될수록 숙성되어 진가를 발휘하는 와인처럼 말이다.

홍차를 마시는데 마침 분위기에 어울리게 빗방울이 떨어지기 시작했다. 빗방울 소리를 듣기 위해 살롱의 창문을 활짝 열었다. 그리고는 여유를 만끽하면서 조용히 눈을 감았다.

팅.

그때 어디선가 맑고 청아한 소리가 울려 퍼졌다. 무슨 소리인가 싶어 눈을 뜨고 주변을 살폈다. 그 소리는 창밖에서 들려온 것 같았다.

통…….

소리가 또 울려 퍼졌다.

저택의 작은 정원에는 아무도 없었다. 정원을 이리저리 둘러보다 또 한 번의 소리를 들었다.

텅…….

소리가 또 울렸다.

세 번의 울림을 들었지만 모두 조금씩 다른 소리였다. 그 소리의 진원지를 찾기 위해 정원으로 나왔다. 이 정원은 레오나르가 놀던 그곳이다. 조금 황량한 정원을 보며 여기에도 일기에 나온 것처럼 허브를 다시 심어야겠다고 생각했다. 레오나르가 바깥 정원에서 허브 잎을 따 왔다고 했으니까 말이다. 꼭 그것 때문이 아니더라도 정원에 허브를 심으면 집 안으로 향이 들어올 것이고 지나는 행인도 허브 향에 미소를 짓게 될 테니…….

순간 또 한 번의 소리가 울려 퍼졌다. 그 진원지는 정원 나무 밑에 있는 세 종류의 나무토막이었다. 나무 잎사귀를 타고 떨어지는 물방울이 나무토막에 떨어지자 맑고 청아한 나무 실로폰 소리가 울려 퍼진 것이다. 나무토막을 들어보니 꽤 무거웠다. 보통 나무토막에서는 실로폰소리가 나지 않기 때문에 이상한 생각이 들었다. 나무토막을 뒤집어 보니 안에 쇠로 된 원형 통이 여러 크기로 박혀 있었다. 아마도 이것이 공명관 역할을 하는 듯하다. 나머지 나무토막도 마찬가지였다.

나무토막 모서리에는 작은 글씨가 새겨져 있었다.

빗방울 실로폰—수잔을 기억하는 아나톨을 위해
1921년 7월 22일

그랬다. 프랑스와가 아나톨을 위해 디자인한 빗방울 실로폰이었다. 운이 좋게도 비 오는 날 빗방울 실로폰을 찾을 수 있었다. 그리고 상상해 본다. 비 오는 날, 이 실로폰 소리로 수잔의 영혼을 느꼈을 아나톨 가르니아를…….

빗방울 실로폰 소리를 더 잘 듣기 위해 나무 밑에 있던 나무토막을 창문 발코니에 올려놓았다. 창문을 활짝 열고 맑고 청아한 빗소리를 들으면서 홍차를 마셨다. 그들을 생각하면서…….

오늘은 빗소리가 나를 깨웠다. 일어나자마자 현관에서 레오나르의 영혼의 향기를 맡았다. 그때였다. 어디선가 빗소리 틈으로 작은 나무 실로폰 소리가 들려왔다……. 내 귀를 의심했다. 그 소리를 따라 벽을 짚으며 살롱으로 갔다. 향긋한 마리아주 가문의 홍차 향기가 났다.

"제 팔을 잡으세요. 자, 여기 소파에 앉으시고요. 여기 홍차예요."

그는 내 손을 찻잔의 손잡이에 가져다주었다. 차 향기가 내 몸을 감싸 안았고, 창문에 부딪히는 빗소리가 들렸다. 그리고 작지만 분명하게 나무 실로폰 소리가 들려왔다.

이건 분명 수잔이 치던 그 실로폰 소리였다. 작게 쥔 두 손으로 부드럽게 두드리던 그 실로폰 소리……. 바람결에 레오나르의 허브 향이 느껴졌다. 두 아이가 내게 돌아온 것이다. 내 품으로……. 눈물이 멈추지 않는다.

비가 그치고 프랑스와의 부축을 받아 수잔의 방문을 열었을 때 수잔이 방 안에서 놀고 있는 것이 느껴졌다……. 수잔이 방문을 열고 뛰어 들어가는 모습이 느껴진다. 그리고 그녀가 화병에 담긴 장미 잎을 고사리 같은 손으로 매만지고 있다.

이제 이 집에 나 혼자가 아니다. 다시 모두 돌아와 있었다. 나도 모르게 소리쳤다.

"수잔! 나의 사랑스러운 딸! 수잔……."

아나톨의 일기를 읽으면서 마음이 아련해지고 동시에 소름이 돋았다. 내가 아무 생각 없이 나무 아래에서 발코니로 옮겨놓은 실로폰의 원래 자리가 바로 이곳이었던 것이다. 창문을 열었을 때 전해져 온 정원의 허브 향과 빗방울 실로폰 소리가 아나톨에게는 자신의 품에 들어온 레오나르와 수잔으로 느껴졌을 것이다.

빗방울이 두드리는 실로폰 소리는 어쩌면 저 하늘에서 수잔의 영혼이 연주하는 음악일지도 모른다. 아나톨처럼 가만히 눈을 감고 마음의 눈을 열고 수잔과 레오나르를 그려 보았다.

며칠이 지난 후 수잔의 방에 있는 장미는 시들고 찻잎도 적당히 말랐다. 시든 장미와 말린 찻잎을 금속 통에 넣고 방문의 측면 구멍에 넣었다. 그리고 아나톨처럼 등을 구부리고 눈을 감은 후 방문을 열었다. 그러자 장미와 찻잎의 향기가 느껴졌다.

방문을 열 때마다 문이 열리는 원심력으로 측면 구멍에 있던 통이 흔들리며 찻잎과 장미 향기가 퍼졌던 것이다. 아나톨의 굽은 허리를 고려해 프랑스와는 구멍의 높이를 60센티미터로 만들었다. 계단 난간과 현관 벽에 놓여 있는 허브 화분과 같은 높이였다. 문을 열 때마다 나는 향기는 아나톨의 기억을 자극했을 것이고, 그 순간 그녀는 수잔을 느꼈을 것이다.

12

라자르
가르니아

이 집은 조금씩 아나톨 가족의 영혼을 담은 집으로 변해 가고 있었다.

1921년 9월 3일
몇 달이 지났지만 아직 그녀는 내게 남편 라자르에 대한 이야기를 하지 않았다. 그가 전쟁터에서 돌아와 많이 아팠고 이 저택에서 아이들과 함께 숨졌다는 사실 외에는 아는 것이 없다. 그녀의 얼굴에 미소가 번지고 행복해 보여 남편에 대해서는 묻지 않았다. 어쩌면 질투 때문일지도 모른다.

1921년 9월 23일

이제 그녀는 눈이 보이지 않아도 웬만한 집안일은 거뜬히
해내고 있다. 그런 그녀가 내게 갑작스레 부탁을 했다. 그
녀를 도와 밀가루 반죽을 하고 오븐에 넣을 나무를 쪼갰
다. 그녀를 위해 이것저것 준비하는 그 순간이 너무나 행
복했다. 이런 게 사랑이고 가족이 느끼는 행복일지도 모른
다. 그들은 정말 행복한 사람들이었구나……. 지금껏 한
번도 이런 따뜻한 감정을 경험해 보지 못했다. 그러나 아
나톨이 찾아온 후부터 그 행복을 조금은 알게 된 것 같다.
그녀는 내게 행복을 주려고 나타난 천사일지도 모른다. 그
녀가 조금씩 가족처럼 느껴진다.

1921년 9월 24일

아침이 되어 살롱으로 내려왔다. 달콤하고 구수한 향기가
코끝을 자극했고 향기에 이끌려 부엌으로 향했다. 인기척
을 느낀 그녀가 얼굴에 밀가루를 묻힌 채 뒤를 돌아보았
다. 그 모습에 나도 모르게 웃음이 터졌다. 그녀는 영문도
모른 채 내 웃음소리에 함께 웃기 시작했다. 한참을 그렇
게 웃고 나서야 그녀는 내게 말했다.
"오븐에 있는 케이크를 살롱으로 옮겨주시겠어요? 저는
좀 씻고 와야겠어요. 보이진 않지만 제 몸이 온통 밀가루
범벅인 것 같아요. 그래서 웃으신 거죠?"

또 한번 크게 웃음이 터졌다.

오븐을 열어 케이크를 살펴보니 모양이 엉망이었다. 그러나 어떤 케이크보다도 정성이 가득 담겨 있었다. 나는 케이크와 같이 먹을 홍차를 준비하고 그녀를 기다렸다.

잠시 후 계단에서 그녀의 인기척이 들려 고개를 돌렸다. 너무 놀라서 한동안 말문을 잇지 못했다. 그녀가 하얀색 드레스를 입고 내려오는 게 아닌가……. 비록 몸은 굽었지만 그녀의 영혼은 누구보다 꼿꼿이 아름답게 서 있었다.

"오늘 무슨 날인가요? 케이크와 아름다운 당신을 앞에 두고 있으니 좀 특별하게 느껴지네요."

"고맙습니다. 지금까지 도움을 주신 것도 그렇고 어떻게 감사함을 전해야 할지 모르겠네요. 그래서 아이들의 생일날에 프랑스와 씨께 감사함을 전할 겸 케이크를 준비했어요. 물론 깜짝 놀라게 해드리고 싶었지만 제 눈이 이렇다 보니 ……. 아이들도 아마 프랑스와 씨께 고마움을 전하고 싶을 거예요."

"아, 그랬군요. 고맙습니다. 초를 꽂을까요? 아이들은 촛불 끄는 걸 좋아하잖아요."

그녀는 나의 도움으로 일곱 개의 초를 꽂았다. 아이들이 살아 있다면 일곱 살이 되었을 테니. 촛불을 끄고 홍차와 케이크를 먹으면서 이런저런 이야기를 했다. 확실히 그녀는 밝아졌다. 그녀의 표정이 모든 것을 말해주고 있었다.

죽음만을 기다리던 그녀가 변한 것이다. 지금 이 행복한 순간이 영원히 지속되기를 바라고 바랐다.

대화는 즐겁고 유쾌했지만 무언가 말을 꺼내지 못하고 있음이 그녀의 표정에서 느껴졌다. 한참을 주저하던 그녀가 갑자기 어두운 표정으로 말을 건넸다.

"괜찮으시다면, 제 남편 라자르의 이야기를 해도 될까요?"

사실 듣고 싶은 이야기는 아니었지만, 그녀에게 알겠다고 말했다. 얼굴 표정은 감출 수 없었지만 괜찮았다. 그녀는 남편에 대한 이야기를 털어놓기 시작했다.

"그를 사랑했어요. 아주 많이 사랑했어요. 그리고 아주 많이 원망했어요. 그리고 지금은 용서하고 싶어요……."

한동안 말을 잇지 못하고 두 손을 만지작거리고 있었다. 잠시 후 주먹을 꽉 쥐며 결심이 섰다는 듯 입을 열었다.

"그는 군인이었어요. 결혼한 지 1년 만에 전쟁이 터졌죠. 그리고 그는 나와 배 속의 아이들을 두고 전쟁터로 떠났어요. 처음 몇 개월 동안은 편지를 주고받았죠. 그러다 곧 편지가 끊겼고 그는 실종되었어요. 아이들이 여섯 살 되던 해에야 그를 다시 만날 수 있었어요. 그러나 그의 영혼은 사라지고 없었어요……. 그는 아무도 알아보지 못했어요. 저조차도요. 항상 어딘가를 응시하고 있었어요. 말도 하지 않았어요. 오직 불꽃에만 반응했어요. 의사는 불에 대한 트라우마가 생겼다고 하더군요. 같이 있었지만 함께 있는 게 아니었죠. 아니요, 그땐 그가 돌아와 준 것만으로도 감사했어요. 모든 건 화재 때문이었어요. 그날 제가 일이 있어 외출했을 때, 옆집에 불이 났어요. 그리고 그 불이 이 집에 옮겨 붙었어요. 프랑스와 씨가 고친 3층 다락방이요. 그 다락방은 라자르가 곧잘 혼자 있던 방이었어요. 아이들이 그곳에서 숨바꼭질을 하기도 했고요. 불길은 빠르게 번졌고 소방차가 오기 전까지 기다릴 수 없었어요. 저라도 들어가 가족들을 구해야 했어요. 그리고 라자르가 아이들을 반드시 구해줄 거라고 믿었어요. 사실은 그가 불에 대한 트라우마를 이겨낼 수 있기를 바랐던 것 같아요. 참 이기적인 생각이었죠. 지금까지는 아이들을 지켜주지 못한 그에 대한 원망이 컸어요. 하지만 지금은 그가 분명히 아이들을 지키려 했을 거라고 믿어요……."

긴 이야기를 들으면서 그동안 라자르에 대한 원망으로 고통스러웠을 그녀가 안타까웠다. 그리고 이제 그 원망이 점차 수그러들고 사랑의 감정이 다시 돌아왔음을 느낄 수 있었다.

"라자르에 대한 이야기를 해주세요. 그를 느꼈던 순간을 말해주세요. 제가 이번에도 노력해 볼게요."

"전쟁에서 돌아온 라자르와 떠나기 전 라자르는 전혀 다른 사람이었어요. 어떤 게 진짜 그인지 모르겠어요."

"잘 생각해 보시면 당신의 라자르에게 한결같이 느껴지던 부분이 있었을 거예요. 떠나기 전을 생각 마시고 전쟁 후에 돌아온 라자르가 어땠는지 생각해 보세요. 당신의 라자르는 분명 한순간이라 할지라도 예전의 모습을 보여주었을 거예요. 진짜 라자르의 모습 말이에요."

그녀는 곰곰이 생각에 잠겼고 조금 시간이 지난 후 뭔가 떠올랐다는 표정으로 나를 바라보며 말했다.

"있어요. 떠나기 전과 돌아온 후에 같은 모습이 있어요. 흔들의자예요! 흔들의자요. 혹시 지금 창문 옆에 나무로 된 흔들의자가 있나요? 아주 희귀한 나무로 만든 의자예요. 붉은빛이 감도는 참죽나무예요. 사람 손이 타면 더 진하게 붉어지는 나무죠. 오랫동안 그 의자에 앉아 흔들면서 한 손에는 파이프 담배를, 다른 한 손에는 책을 펼치고 있었죠. 제가 부엌이나 살롱에 있으면, 그 사이에 흔들의자에 앉아 책을 봤어요. 흔들의자 때문에 마룻바닥에도 자국이 남았고 나무 바닥에서는 늘 삐거덕거리는 소리가 났어요. 그 소리가 나면 저는 왠지 마음이 평온해졌어요. 그가 앉아 있는 뒷모습이 창가의 햇빛을 받아 아름답게 빛났어요."

"그런 의자는 본 적이 없는데요. 혹시 다른 곳에 두신 건 아닌가요? 살롱에서도 다른 방에서도 흔들의자는 보지 못했는데……."

그녀는 크게 실망한 듯 보였지만 애써 괜찮은 척했다. 내가 집을 사서 들어올 때만 해도 이 집에 흔들의자는 없었다. 아마도 그녀가 집을 부동산에 내놓은 사이에 누군가가 몰래 가져간 것 같다.

1921년 9월 27일
라자르의 기억은 실현하기가 너무 어렵다. 새로 흔들의자를 만들어 봤자 원래의 것과도 다르고, 무엇보다 라자르의 체취가 없다. 그건 가짜다.

1921년 9월 30일
라자르의 흔들의자가 있었던 자리를 살펴보았다. 선명하게 두 줄의 자국이 남아 있다. 그리고 그 두 줄의 자국을 밟으면 삐거덕 소리가 났다.

1921년 10월 3일
방법을 찾을 필요가 없다는 것을 깨달았다. 이미 그녀는 그를 느끼고 있었다.

어떤 공사 일정도 없었고 그저 짧은 글로 방법을 찾을 필요가 없다는 메시지만 적혀 있었다. 이번 단서는 정말 알기 힘든 암호 같았다. 하지만 어쩌면 가장 쉬운 방법일지도 모른다는 생각이 들었다. 다른 단서를 찾기 위해 흔들의자가 있었다는 창가 쪽으로 발걸음을 옮겼다.

마룻바닥에 비교적 선명하게 남아 있는 두 줄의 흔적을 보니 흔들의자가 놓여 있던 자리임을 알 수 있었다. 게다가 바로 옆은 이 집을 살피던 중 실수로 발을 빠뜨렸던 깨진 마룻바닥이다. 흔들의자 때문에 약해진 나무 마루에 하필 발이 빠졌던 것이다. 하지만 다시 생각해 보니 여기에 발이 빠졌던 것은 우연이 아니었을지도 모른다.

오늘은 내가 직접 식사를 준비하고 싶었다. 아침 식사를 준비하기 위해 1층 부엌으로 내려가기 전 수잔과 레오나르의 방문을 열었다. 수잔의 장미와 홍차 향기가 났다. 그리고 1층으로 내려와 현관문을 열자 레오나르의 허브 향이 들어왔다. 그가 정원에서 놀고 있는 것 같았다. 매일 반복되는 이 행복은 이제 내가 살아가는 이유가 되었다.

살롱을 지나 부엌으로 향했다. 삐거덕거리는 소리가 들렸다. 비록 볼 순 없지만 어디서 소리가 나는지 찾고 싶어 주위를 살펴보았다.

냄새와 손의 감촉으로 준비한 간단한 아침 식사를 들고 부엌을 나섰다.

삐거덕.

다시 한번 소리가 들렸다.

그 소리는 다름 아닌 내 발밑에서 나고 있었다. 손에 든 쟁반을 조심스레 바닥에 내려놓고 손으로 나무 바닥을 훑으면서 만져보았다. 그리고 몸을 조금 옮겨 손을 짚어보니 벽과 창문이었다. 이건 라자르의 흔들의자가 있었던 창가였다. 순간 주저앉고 말았다. 갑자기 그에 대한 기억이 가슴속을 뚫고 지나가는 듯했다.

얼마간의 시간이 지나고 나서 몸을 일으키려 손을 바닥에 댔다. 그때였다. 실크처럼 보드라운 촉감이 손을 통해 느껴졌다. 주변 마루와는 달리, 아주 부드러운 촉감이었다. 마치 사람의 살결처럼 부드러웠다.

갑자기 눈물이 흘렀다. 분명 그의 흔들의자는 없어졌지만 그는 언제나 내 곁에 함께 있었을지도 모른다. 눈이 보이지 않는 내가 이 바닥을 밟은 것은 우연일까? 라자르가 나에게 자신의 존재를 보여준 것은 아닐까? 나는 언제나 당신과 함께라고……

그녀의 일기를 보고 나서야 프랑스와가 왜 더 이상 방법을 찾지 않아도 된다고 했는지 이해할 수 있었다. 그녀가 라자르를 느낀 곳은 내 발이 빠진 마루 바로 옆이었다. 그리고 그녀가 느낀 보드라운 살결은 흔들의자가 나무 바닥에 남겨놓은 두 줄의 자국이었다.

부서져 망가진 이 주변을 다 고치려고 했던 내 계획은 전면 수정에 들어갔다. 깨진 구멍 속으로 보이는 프랑스와의 메시지도, 삐거덕거리는 마루도 그대로 지켜주고 싶었기 때

문이다. 깨져서 위험해 보이는 나무 마루 몇 장을 걷어내는
대신, 강화유리를 마루와 같은 높이로 맞춰 설치하려 한다.
그리고 강화유리에는 다음과 같은 글귀를 새겨 넣을 것이다.

> 2013년 4월 어느 봄날, 이곳에 첫발을 디딘 뤼미에
> 르 클레제가 50년 전의 집주인 프랑스와의 메시지
> 를 찾아내다.
> 바닥에 있는 두 줄의 자국은 프랑스와에 앞서 이
> 집에 살던 아나톨 가르니아의 남편 라자르 가르니
> 아의 흔들의자가 있던 흔적이다.
> 이 집은 여러 사람들의 다른 시간 속 기억과 추억
> 을 한 공간에 지켜가고 있다. 지금도…….
>   ─뤼미에르 클레제

　프랑스와는 아나톨의 남편 라자르에 대한 기억을 지켜주
기 위해 이 삐거덕거리는 바닥을 고치지 않았고, 나는 그런
프랑스와의 마음을 지켜주기 위해 이 집에 감춰진 모든 비밀
을 찾아왔다.
　그들의 기록은 이 집이 그들에게 어떤 가치가 있는지 내
게 일깨워 주기에 충분했다. 그리고 그들의 이야기는 아직도
이 집 안 곳곳에서 숨 쉬고 있다.
　집은 그저 돈으로 치부될 수 없다. 몇 억짜리, 몇 평짜리

집으로 말하기에는 그 안에 담긴 사람들의 기억과 추억이 너무나 강렬하다. 나는 우연히 이 집의 주인이 되었지만 가슴 한편으론 이 집의 비밀을 피터 왈처 씨에게 알려야 할지 고민하지 않을 수 없다. 프랑스와 아나톨의 만남은 피터 씨에게 달갑지 않은 이야기이기 때문이었다.

그러나 곧 피터 씨에게 알려야 할 충격적인 이유가 그들의 기록 속에 담겨 있었다.

1922년 4월 13일

그녀를 이 집 앞에서 만난 지 벌써 1년이 다 되어간다. 시력이 곧 돌아올 것이라고 그녀를 위해 거짓말을 했고, 매일 먹는 영양제를 치료제로 속여 왔다. 모든 것이 그녀를 위한 것이라 믿고 싶었다. 언젠가는 모든 사실을 밝혀야 했다.

그러나 그녀는 한 번도 자신의 시력이 언제 돌아올지 내게 물은 적이 없다. 한 달에 한 번 내진을 위해 방문하는 의사에게도 자신의 눈에 대해서는 묻지 않았다. 그리고 언제부터인지 그녀는 영양제도 더 이상 먹지 않았다. 이유를 묻고 싶었지만, 그러기 위해선 모든 사실을 털어놓아야 할 테니 차마 물을 수 없었다.

그녀는 시력을 잃은 날부터 지금까지 집 밖으로 한 걸음도 나가지 않았다. 시간에 대한 개념도 잃어버린 듯했다. 내일모레면 우리가 이 집에서 함께한 지 1년이라는 사실도 그녀는 모르고 있을 것이다. 그녀는 때론 한밤중에 아침 식사를 준비하기도 했다. 그녀가 놀랄까 봐 아무것도 모르는 척 그녀와 불규칙한 식사를 하곤 했다.

그녀에게 내 마음을 고백하고 싶지만 이제는 알 수 있다. 내가 들어설 자리는 처음부터 없었다는 것을…… . 그녀는 이 집에서 내가 아닌 가족들의 존재를 느끼고 있었고 앞으로도 그럴 것이다. 시간을 잃은 그녀에게 우리가 함께한 지 1년이 되었다는 사실은 어떤 의미도 갖지 못할 것이다…… .

1922년 4월 15일

아직은 쌀쌀한 공기가 감도는 아침, 아이의 울음소리에 눈을 떴다. 꿈을 꾸고 있는 줄 알았다. 그러나 곧이어 빠르게 걷는 걸음 소리가 복도에서 들려왔다. 그러고는 계단에서 뭔가 굴러 떨어지는 소리가 들렸다. 나는 너무 놀라서 잠옷 차림으로 촛불을 들고 황급히 복도로 나왔다.

복도와 계단에는 아무도 없었다. 계단 아래로 내려가니 촛불이 비추는 곳마다 핏방울이 떨어져 있었다. 어두운 현관 복도에서 철컥 하고 문이 닫히는 소리가 나더니, 이윽고 발걸음 소리가 한 걸음 한 걸음씩 가까워져 왔다. 마음의 준비를 할 겨를도 없이, 촛불이 비추고 있던 마룻바닥에 갑자기 검은 그림자 하나가 불쑥 튀어나오는 바람에 나도 모르게 소리를 지르고 말았다.

"아악!"

"쉿! 아기가 놀라겠어요."

아나톨의 목소리였다. 그녀의 이마에는 피가 묻어 있었다. 그보다 더욱 놀라운 사실은 그녀의 품에 작은 바구니가 들려 있었다는 것이다.

"아기예요. 문 앞에 놓여 있었어요. 자다가 아기 우는 소리를 듣고 뛰어나왔어요. 아기는 어떤가요? 괜찮아 보이나요? 네?"

그녀는 자신의 아픔 따위는 아무렇지도 않다는 듯, 아기에 대해서만 다급하게 물었다.

"아기요?"

바구니 속에는 귀여운 갓난아기가 이제 막 잠든 듯 살짝 뒤척이고 있었다.

"네, 잘 자고 있어요. 그보다 아나톨 당신의 이마가 찢어진 것 같아요. 어서 살롱으로 가서 상태를 좀 봐야겠어요."

그녀는 아이의 울음소리를 듣고 현관까지 달려가다가 계단에서 넘어졌다고 했다. 그런데도 그녀는 바구니를 품에서 놓지 않고 있었다. 바구니 안쪽에 작은 편지가 있었다.

"아이의 이름은 피터입니다. 생일은 1월 3일입니다. 나중에 꼭 찾으러 오겠습니다. 그때까지 아이를 부탁드립니다."

우연의 일치였을까? 그녀를 만난 지 1년째 되는, 4월 15일에 우리는 피터와 만나게 되었다.

설마 이 피터가 피터 왈처 씨를 말하는 건가? 그렇다면 피터 씨는 프랑스와 씨의 혈육이 아니라는 이야기다……

1922년 4월 15일

오늘을 기억하고 싶어서 프랑스와 씨에게 날짜를 물어보았다. 아이와 처음 만난 날을 영원히 기억하고 싶다. 그동안 나의 시간은 완전히 멈춰 있었다. 어쩌면 이 아이의 울음소리가 나의 시간을 다시 흐르게 만드는지도 모르겠다. 지금 내 옆에서 아이가 자고 있다. 아이의 숨소리와 심장 소리가 느껴진다. 눈이 보이지 않게 된 후로 세상을 모두 잃었다고 믿었다. 하지만 앞을 보지 못하게 되면서 나는 잃어버렸던 가족의 영혼을 만났고, 이 세상은 눈으로 보는 것이 전부가 아니라는 것을 알게 되었다.

아이의 이름은 피터…… 프랑스와의 성을 따서 피터 왈처라고 부를 것이다. 프랑스와는 천사 같은 분이니깐 아이를 지켜주실 것이다.

아이의 작은 손을 만지면서 나는 내 삶이 허락하는 그날까지 이 아이의 엄마로 살 것을 맹세했다.

318

그녀의 일기를 보면서 이제야 피터 왈처 씨의 출생의 비밀을 알게 되었다. 그의 양부모가 바로 프랑스와 그리고 아나톨이었다. 이 사실이 피터 왈처 씨에게 충격이 될까 봐 프랑스와는 처음부터 아주 천천히 자신과 아나톨의 이야기를 풀어나간 것이 아닐까. 자신들의 아이가 상처받지 않기를 바라는 마음에서 이 모든 기록과 흔적을 건물과 기록에 조심스레 남긴 것이리라.

그런데 피터 왈처는 자신의 양어머니 아나톨을 왜 몰랐던 걸까? 무슨 사연이 있었던 것일까? 이유를 찾기 위해 다시 그들의 일기를 펼쳤다.

1922년 4월 21일

아이가 온 지 일주일이 되었다. 아나톨은 더 강인한 여성이 되어갔다. 아마도 그것은 그녀가 다시 엄마가 되었기 때문인 듯하다.

우리는 점점 가족이 되어가는 느낌이다. 아이가 우리를 완전한 가족으로 만들었다. 아이의 출생 신고를 위해 성을 정해야 했는데 그녀가 이미 나의 성 왈처를 써주었다. 그의 이름은 피터 왈처!

평생 혼자였는데 이제 나의 성을 따르는 아기와 내가 사랑하는 사람이 곁에 있다. 내 인생에서 4월 15일은 축복의 날이다.

그가 왜 4월 15일에 집착했는지, 왜 병원에 4월 15일의 의미를 담았는지 이제야 이해가 되었다. 그에게 4월 15일은 가족이라는 의미의 또 다른 단어였다.

더 늦기 전에 피터 왈처 씨에게 이 사실을 알려야 했다. 그건 프랑스와와 나의 암묵적인 약속일지도 모른다. 아들에게 남기고 싶었지만 그는 제3자가 개입될 가능성에 대해 생각하고 이 모든 것을 남긴 것은 아닐까? 이 이야기를 피터 씨에게 전해달라고 나에게 부탁하는 것은 아닐까? 피터 씨에게 어서 이 사실을 알려야 한다고 생각했고, 아직 일기를 다 읽지는 못했지만 바로 크리스 부인에게 전화를 걸었다.

"부인! 프랑스와 씨가 남긴 진짜 메시지를 찾은 것 같습니다……."

그간 있었던 모든 내용을 그녀에게 설명했다. 피터 왈처 씨의 출생의 비밀까지도…… 모두……. 모든 것을 전해 들은 크리스 부인은 너무 놀랐는지 한동안 말없이 조용했다.

"피터 왈처 씨에게 전부 전해드릴게요. 정말 믿기 힘든 일이네요. 뤼미에르 씨가 직접 오셔서 말씀해 주시는 건 어떨까요?"

"네, 곧 가겠습니다. 그러나 그 전에 피터 씨가 어렸을 때의 프랑스와와 아나톨의 이야기를 모두 풀고 나서 가겠습니다. 일단은 정신적 충격으로 피터 왈처 씨의 병증이 악화되지 않게 천천히 사실을 전해주세요."

전화를 끊고 이제 피터 씨의 어린 시절을 찾기 위해 그들의 일기를 다시 펼쳤다.

1922년 4월 24일

피터와 아나톨을 위해서 집에도 뭔가 변화가 필요했다. 앞이 보이지 않는 아나톨이 어렵지 않게 피터를 돌볼 수 있어야 한다.

1922년 4월 25일

피터는 시도 때도 없이 울어댄다. 배가 고프다고 그러는 것이었다. 처음에는 아이가 아픈 줄 알고 발을 동동 구르며 걱정했지만 아나톨이 이야기하기를 아기의 시간은 어른의 시간과 달리 빠르게 흐른다고 한다. 그래서인지 피터는 하루에 열 번 정도 우유를 먹었다.

아나톨은 새벽에도 몇 번씩 내 방문에 노크한다. 우유가 필요하기 때문이다. 새벽에 우유를 따뜻하게 데우면서도 하나도 피곤하지 않았다. 내 성을 가진 아이를 위해 우유를 데우는 것은 너무나 행복한 일이었다.

저녁에 아나톨이 내게 물었다.

"피터는 어떻게 생겼나요? 얼굴의 윤곽은 만져봐서 알겠는데, 좀 더 구체적으로 알고 싶어요."

"얼굴은 하얗지만 볼이 빨개요. 밝은 갈색의 곱슬머리고요. 손바닥에 점이 있네요. 나보다는 당신을 좋아하는 것 같아요. 당신 품 안에 있을 때면 표정이 평온하고 아름다워요."

1923년 4월 26일
아나톨은 피터를 안고 복도를 다니는 것이 불안하다고 내게 말했다. 가구에 부딪히거나 피터를 안고 넘어질까 봐 두려워했다. 그녀는 한 걸음씩 아주 천천히 움직였다.
피터를 안고 있는 그녀를 위해 뭔가 해결책이 필요했다. 많은 고민 끝에 집의 모든 벽에 끌과 망치로 아주 가는 홈을 팠다. 그리고 아나톨은 이 홈이 난 벽을 손으로 만지면서 걸었다. 홈이 끝나는 부분 앞에는 가구가 있었고 홈이 직각으로 올라가면 계단이 있다는 표시였다. 그 외에도 여러 표시를 만들어 아나톨에게 설명해 주었다.

1923년 5월 1일
벽에 난 홈을 만지고 다닌 지 벌써 5일. 그녀의 흔적은 고스란히 벽에 손자국으로 남겨졌다. 나도 그녀의 손길이 닿은 방향으로 손을 대고 다니는 버릇이 생겼다.
머지않아 두 줄의 자국이 생길 것 같다. 아래쪽은 그녀의 것, 위의 다른 하나는 내 것이다.

1923년 5월 2일

피터 덕분에 우리 집에 행복이 가득 채워져 간다. 아나톨은 하루에도 몇 번씩 웃고 즐거워한다. 피터의 웃음소리는 그녀를 웃게 만든다. 누구보다도 사랑스러운 아나톨과 피터가 나를 행복하게 한다. 이 행복이 영원할 수 있다면 좋겠다.

그들의 일기가 모두 끝났다. 프랑스와는 그녀의 흔적을 좇아 이 집을 구석구석 다녔다고 했다. 그래서일까? 일기에 언급한 것처럼 이 집의 벽 구석구석에는 손때 자국이 길게 두 줄로 남아 있었다. 하마터면 벽에 난 손자국을 깨끗이 지울 뻔했지만, 이제라도 그들의 사랑이 남긴 흔적을 간직할 수 있게 되어 다행이다.

이제는 알 것 같다. 이 집은 나의 집이 아니다. 내가 아니라 피터 왈처에게 허락된 집이다. 그들이 자신의 아이에게 남기고자 한 것은 집이 아니라 사랑이었다. 그리고 그 사랑은 집 안 전체에 새겨져 있었다.

내게 이 집을 가질 법적 권리는 있을지 모르지만 이곳에 깊이 새겨진 사랑은 내 것이 아니다. 피터 씨에게 돌려주기 위해, 그리고 그의 부모가 그에게 들려주고 싶었던 사랑을 이야기하기 위해 나는 다시 스위스로 떠난다.

13

제자리로

스위스 루체른에 처음 도착했을 때처럼 이번에도 이른 새벽이었다. 크리스 부인의 예상대로 나는 다시 이곳을 찾았다. 환한 미소로 나를 반겨주는 뱅상 씨의 차를 얻어 타고 다시 왈처요양병원으로 가고 있다. 그와 즐거운 담소를 나누다 보니 어느새 병원에 도착했다. 저기서 손을 흔들고 있는 크리스 부인이 보였다. 나를 기다리고 있었나 보다.

"피터 씨가 많이 좋아지셨어요. 모두 뤼미에르 씨 덕분입니다. 안에서 기다리고 계세요."

그녀의 안내로 병원 뒤편 '잠들어 있는 보석'이라는 이름의 온실로 향했다. 산소마스크를 끼고 있는 피터 씨가 나를 기다리고 있었다. 몸 상태가 온전하지는 못하지만 전에 보지 못했던 생기가 그의 얼굴에 가득했다. 그는 나의 인기척에 환하게 웃으며 반겨주었다.

"기다렸습니다. 어서 오세요. 크리스티나에게 이야기를 들었습니다. 그 이야기를 더 해주세요. 당신의 이야기를 기다렸습니다. 아니, 나의 어머니 이야기를 기다렸습니다. 그리고 아버지 이야기를요……"

그는 서럽게 울음을 쏟아냈다. 아버지에 대한 그동안의 미움을 모두 눈물로 쏟아내려는 듯 한참을 그렇게 울었다. 나는 그에게 내가 보고 느낀 모든 것을 전부 이야기해 주었다. 아나톨의 마지막 편지를 읽을 때 그는 또 한번 서럽게 눈물을 흘렸다. 한참을 그렇게 울더니 천천히 말문을 열었다.

"내가 기억하는 아버지는 평생 이 병원에서 공사하기 위해 시간을 보낸 사람이었습니다. 나는 집에 남겨져 있었죠. 물론 나의 친어머니 메를린과 함께요. 내가 오해했습니다. 아버지가 나와 어머니를 버렸다고요. 그 이유를 몰랐는데……. 그게 아버지의 외도 때문이라 생각했는데…… 사실은 제 양어머니 아나톨에 관한 이야기였군요. 이제야 어릴 적 상황이 이해가 갑니다. 아주 희미하게 기억이 납니다. 방 안에 만월의 빛이 밝게 들어오고 그 빛에 등이 굽고 눈이 하얀 부인을 보았던 기억이요. 너무 어렸을 때라 그저 꿈인 줄만 알았습니다.

아버지는 제게 어머니가 사정이 있어 먼 곳에 있다가 이제 돌아오신 거라고 말씀해 주셨어요. 그리고 메를린과 저를 남겨두고 다음 날 저택을 떠나셨어요. 그땐 아버지가 나와 어머니를 버린 줄로 알았습니다. 친어머니가 저를 잠시 포기했던 사실을 알리지 않기 위해, 아버지는 스스로 악역을 자청해 모든 걸 마무리하셨던 거예요. 메를린도 저를 버렸던 사실을 이야기할 수 없었겠죠…….

이제는 알 것 같네요. 왜 아버지가 집을 떠났는지. 아버지도 불쌍한 사람이네요. 양어머니를 평생 잊지 못해 이곳에 4월 15일의 비밀을 감춰두고 내가 열어주길 바랐으니까요. 그런데 아들이 장님이 될 줄은 몰랐겠죠."

그는 뿌옇게 바랜 눈을 감고 고개를 잠시 숙이더니 두 손을 모으고 한참을 조용히 침묵했다.

잠시 후 그가 고개를 들었을 때 나는 입을 열었다.

"제가 여기 온 용건은 두 가지 때문입니다. 하나는 이야기를 전해드리러 온 것이고요. 또 하나는 바로 이걸 돌려드리는 것입니다."

나는 그의 손에 집 열쇠를 건네주었다.

"이건 제가 가져도 소용이 없습니다. 아무것도 보지 못하는걸요. 오히려 뤼미에르 씨가 이걸 가지고 있어야 저희 부모님 흔적이 보존되어 영원히 기억될 겁니다."

"아니요. 이제 가보셔야죠. 눈이 안 보이시니 양어머니 아나톨의 마음으로 들어가실 수 있을 겁니다. 그 집에서 당신의 어머니를 느껴보세요. 이건 두 분이 바라는 것입니다. 멋진 액자를 가졌다고 그림의 주인이 될 수는 없습니다. 그림의 주인이 액자를 가져야죠. 그 그림은 당신과 부모님의 추억입니다. 제 것이 아닙니다. 이제는 돌아가서 그분과 함께 했던 잊어버린 어린 시절의 추억을 되찾으셔야죠. 프랑스와가 제게 알려준 것이 있습니다. 건축가가 조금 부족한 공간을 만들면 그곳에 사는 사람이 나머지를 추억과 사랑으로 채운다는 겁니다. 그때 비로소 건축이 완성됩니다. 당신의 부모님이 당신을 위해 그 부족함을 채웠습니다. 이제 피터 씨, 당신 차례입니다. 당신의 흔적을 채워서 당신의 아이들에게 전해줄 차례입니다."

피터 씨와의 긴 대화가 끝나고 살롱에서 크리스 부인과 차를 한잔하면서 그동안 겪은 사건들을 이야기했다. 그런데 갑자기 그녀가 내게 물었다.

"모든 것이 다 이해가 되네요. 그런데 하나 궁금한 게 있어요."

"어떤 점이요?"

"모든 걸 기록으로 남기고 건물에 흔적으로 남기는 프랑스와 씨가 왜 아나톨 부인의 죽음에 대해서는 언급하지 않았을까요? 또 친모 메를린에 대해서도 별 내용이 없죠? 친모의 등장은 분명 굉장히 큰 쇼크였을 텐데……."

"일리가 있는 말씀이네요. 혹시 제가 뭔가 단서를 놓친 건 아닐지 다시 한번 생각해 봐야겠네요."

여태까지 가지고 있던 모든 단서들을 테이블에 올려놓고 신중하게 다시 생각해 보았다. 뭔가 빠뜨린 것이 없는지 꼼꼼히 찾고 있었다. 그때 크리스 부인이 테이블 위에 열쇠 두 개를 올려놓았다.

"참, 그때 가지고 가지 않으셨던 열쇠 두 개예요."

두 개의 열쇠 중 하나는 비밀의 도서관을 여는 열쇠, 피터 씨의 목에 걸려 있던 열쇠였다. 그리고 또 다른 열쇠는 붉은 등에서 나온 열쇠였다. 이미 그 열쇠는 프랑스와의 일기를 찾는 것으로 그 역할을 다 했다고 생각했는데…… 하지만 열쇠 자체는 비밀의 도서관을 여는 데 맞지 않았다. 그렇다면…… 이 열쇠는 다른 곳을 여는 용도일까?

내가 지금까지 놓치고 있던 것은 이 열쇠였다. 프랑스와라면? 그가 단순히 자신의 일기로 향하는 방향을 알려주고 싶었다면 열쇠가 아닌 화살표 조각으로도 충분했을 것이다. 이 열쇠는 분명 뭔가를 여는 비밀의 열쇠일지도 모른다는 생각이 들었다.

크리스 부인의 도움으로 병원의 모든 방문 열쇠 구멍에 넣고 돌려 봤지만 어느 방문에도 맞지 않았다. 그렇다면 이 열쇠는 파리 저택에 쓰이는 것일지도 모른다.

열쇠에 대한 가설을 크리스 부인과 피터 씨에게 설명했다.

그리고 다음 날 아침 파리로 향하는 기차에 몸을 실었다. 시 테섬 저택과 이 열쇠의 비밀을 풀기 위해······.

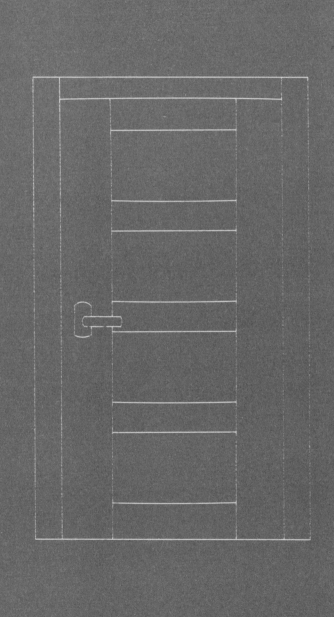

14

추억

고객과의 미팅이 끝나고 직원들과 함께 센강에서 소풍을 즐겼다. 센강 변의 나무 그늘 밑에 앉아 태양이 나뭇잎에 반사되어 보석처럼 반짝거리는 광경을 보니 누워서 한숨 자고 싶다는 생각이 들었다.

갑자기 그날이 생각났다. 스위스 루체른 왈처요양병원 앞 큰 나무 아래 누워 있던 그때⋯⋯. 우연의 일치였을까. 센강 맞은편으로 피터 씨의 집이 보였다.

벌써 15년이란 시간이 지났다. 그때의 사건은 내게 건축이 무엇인지를 일깨워 주었다. 그때 나는 비로소 사람의 추억과 사랑이 담기고 흔적이 남는 것이 바로 집이라는 사실을 깨달았다. 그래서 그런 집을 만들기 위해 대형 건축회사에서 나와 작은 사무소를 열었다.

시간이 이렇게 빠르게 지난 것이 놀라웠다. 바로 엊그제 일 같은데……. 갑자기 프랑스와의 집에 가보고 싶어서 직원들을 센강 변에 남겨두고 혼자서 그 집으로 향했다. 퐁네프 다리를 걸어가는데 강바람이 시원하게 불어왔다. 이 강바람이 아나톨에겐 레오나르였겠지……. 마치 어제 일처럼 모든 것이 생생하게 떠올랐다.

집 앞에 서니 긴장감이 흘렀다. 변한 것이 하나도 없어 보였다. 단지 옆 마당에 허브나무가 새로 심어져 있는 것을 제외하고는.

숨을 크게 쉬고 초인종을 눌렀다. 누군가 뛰어 오는 소리가 들리다가 쿵 하는 소리로 바뀌더니 곧 아이의 울음소리가 들렸다. 잠시 후 우는 아이를 달래느라 아이를 안고 문을 열어주는 한 여인이 내 눈앞에 나타났다. 아마도 아이가 초인종 소리를 듣고 뛰어 나오다 넘어진 것 같았다.

"누구시죠?"

"안녕하세요. 혹시 이 집이 피터 왈쳐 씨의 댁이 아닌가요? 저는 뤼미에르 클레제라고 합니다."

"할아버지의 손님이시군요. 어서 들어오세요. 살롱에 잠시 계시면 할아버지를 모시고 올게요. 잠시만요."

그녀의 안내로 문지방을 넘자 잔디밭이 나왔다. 예전에 프랑스와가 만들고 내가 복원했던 잔디밭이 그대로 있었다. 벽의 홈을 따라 줄지어 있는 로즈마리 허브도 그대로였다.

그때 한 여자아이가 후다닥 부엌에서 뛰어 나와 2층으로 올라갔다. 아이는 오른쪽 난간을 잡고 뛰어 올라갔다. 그 낮은 난간은 프랑스와가 아나톨의 굽은 몸을 위해 낮춰놓은 모습 그대로다. 아이의 손 높이에도 딱 맞다. 프랑스와가 아나톨을 위해 낮춘 계단 난간이 저 소녀에게 딱 맞는 난간이 되었다. 나도 모르게 얼굴에 미소가 지어졌다.

살롱에 들어서자 그때는 없었던 흔들의자가 눈에 들어왔다. 깨진 마룻구멍을 유리로 막고 그 위에 새긴 글귀도 그대로였다.

　　2013년 4월 어느 봄날, 이곳에 첫발을 디딘 뤼미에르 클레제가 50년 전의 집주인 프랑스와의 메시지를 찾아내다.
　　바닥에 있는 두 줄의 자국은 프랑스와에 앞서 이 집에 살던 아나톨 가르니아의 남편 라자르 가르니아의 흔들의자가 있던 흔적이다.
　　이 집은 여러 사람들의 다른 시간 속 기억과 추억을 한 공간에 지켜가고 있다. 지금도⋯⋯.
　　　　　　　　　　　　　　　　　　　　─뤼미에르 클레제

유리 아래로 흐리게 프랑스와의 글씨도 보였다. 혹시나 하는 마음에 흔들의자에 앉아 몸을 흔들어 보았다.

삐거덕 삐거덕……. 마룻바닥도 그대로였다.

"라자르의 그 흔들의자는 간신히 찾았다오."

갑자기 들려온 목소리에 뒤를 돌아보니 피터 왈처 씨가 서 있었다. 세월의 흔적이 고스란히 몸에 묻어났지만 그의 뿌연 눈빛과 미소를 보고 바로 알았다.

"피터 씨! 이게 얼마 만이에요? 네?"

그와 나는 형제처럼 진한 포옹을 나누며 서로의 체온을 느꼈다. 그의 곁에는 두 아이와 방금 전에 본 여인이 서 있었다.

"인사하렴. 이분은 나의 생명과 영혼의 은인 뤼미에르 씨. 그리고 이 아름다운 여인은 내 손녀 마리아 왈처라오. 이 두 놈은 내 사랑스러운 증손주, 앤과 테오요."

"두 아이를 보니 수잔과 레오나르가 생각나는군요."

"기억하시는군요. 어머니 아나톨의 아이들. 그리고 내 형제들의 이름이지요."

"당신이 내게 남겨준 부모님의 사랑을 아이들에게도 알려주었소. 아이들이 난간을 만질 때마다, 벽에 나 있는 때 줄을 만질 때마다, 로즈마리 허브를 들고 올 때마다 나는 나의 어머니, 아버지를 기억한다오. 그리고 나의 기억과 흔적도 남기고 있다오. 나중에 손녀딸과 아이들이 나를 느끼고 기억할 수 있게 말이오."

아이들이 뛰어노는 살롱에서 피터 씨와 대화를 나누면서

한 번도 보지는 못했지만 그 옛날 수잔과 레오나르, 아나톨과 프랑스와의 존재가 느껴지는 듯했다. 길고 긴 이야기를 끝으로 집을 나설 때 피터 씨가 내 손을 잡고 말했다.

"참, 뤼미에르 씨에게 보여드리고 싶은 것이 있습니다. 사흘 후 저녁에 초대하고 싶은데 꼭 와주셨으면 합니다."

나는 피터 씨에게 알겠노라고 대답했다.

사흘 후 일을 마치고 피터 씨의 집으로 향한 날, 집 안에 들어서자 달콤한 와인 향과 고소한 음식 냄새가 코끝을 자극했다. 반갑게 맞아주는 피터 씨와 가족들은 모두 행복해 보였고 저녁식사 내내 즐거운 대화가 오갔다.

"뤼미에르 씨, 그때 기억하세요? 붉은 등에서 나온 열쇠를 가지고 파리로 오던 그날이요."

"그럼요. 어떻게 그때를 잊을 수 있을까요? 한 달 넘게 여기저기를 다 뒤져도 찾을 수 없었죠. 그래서 결국 그 열쇠에 대한 미스터리는 찾질 못했죠. 그때를 생각하니 지금도 좀 아쉽네요."

"그 비밀의 공간을 찾았습니다. 그곳을 오늘 밤 12시에 보여드리려고 초대한 겁니다. 아주 우연히 찾았어요. 뤼미에르 씨가 찾을 수 없었던 이유가 있었습니다. 이 열쇠의 비밀을 푸는 데는 제 기억이 필요했거든요."

피터 씨를 따라 사다리를 타고 3층 다락방으로 올라갔다.

다락방에 오르자 아주 작고 아담한 공간이 드러났다. 비스듬한 지붕에 창문이 있었고 아담한 책상 하나와 의자가 놓여 있을 뿐, 다른 어떤 가구도 없는 평범한 다락방이었다. 15년 전에 보았던 그대로였다. 단지 그때는 아무것도 없는 텅 빈 공간이었지만 지금은 책상과 의자 덕분에 비밀 서재 같은 느낌이 들었다.

밖은 만월이라 그런지 한밤중인데도 방이 어둡지 않았다. 달빛이 가볍게 내려앉은 소박한 공간이었다. 책상을 자세히 보니 조금 독특해 보이는지라 직업병처럼 손으로 쓸어보았다. 나무 특유의 부드러움을 기대했던 것과는 달리 책상 표면은 울퉁불퉁하고 거칠기까지 했다. 이상하다는 생각이 들어 좀 더 꼼꼼히 만져보니 바니시 칠을 제대로 하지 않은 책상이었다. 외관상으로는 제법 아름답게 만들어졌지만 책상 표면의 바니시 칠이 울퉁불퉁 엉망이었다.

그때 피터 씨가 내게 말했다.

"책상과 의자를 만져보셨나요? 혹시 기억하시나요? 이 책상과 의자를요……."

"네? 제가 이 책상과 의자를 본 적이 있나요?"

"뤼미에르 씨의 관찰력이라면 분명 기억하실 겁니다."

그의 말에 문득 왈처요양병원의 비밀 도서관에 놓여 있던, 바니시 칠이 잘못된 아마추어의 책상이 떠올랐다.

"아, 혹시 이 책상과 의자는 비밀의 도서관에 있던 건가요?"

"역시 눈썰미가 있으시군요. 네. 그건 제가 어렸을 때 아버지와 함께 만들었던 겁니다. 저도 나중에 뤼미에르 씨가 떠나신 뒤에 그 방에 들어가서 손으로 만져보고 알았거든요. 아시다시피 바니시 칠이 좀 다르죠. 아버지께서는 바니시 칠이 다 마르기 전, 겉 표면만 말랐을 때 아끼는 세 권의 책을 여기에 올려놓으셨어요. 덕분에 책 자국이 고스란히 남아버렸죠."

"그럼 이 바니시 칠은 일부러 이렇게 했다는 말씀이신가요? 왜죠?"

"아버지는 어린 제게 이상한 말씀을 해주셨는데 이제는 조금 이해가 되네요. 바니시 칠이 마르기 전에 소중한 것을 놓아두면 책상이 그걸 평생 기억해 준다고요."

그의 말을 듣는 순간 역시나 프랑스와 왈처는 기술이나 기능적으로만 사물을 본 것이 아니라 그 사물에 영혼을 담는 방법을 알았던 사람이었음을 다시금 깨달았다. 아마추어의 책상이라 생각했던 자신이 부끄러워지는 순간이었다. 프랑스와를 통해서 느낀 것은 불편하고 부족해 보이는 세상의 모든 것들이 어쩌면 저마다의 깊은 사연을 담고 있을지 모른다는 것이었다.

피터 씨는 그 일기책 두 권을 올려놓으니 바니시 자국과 정확히 일치했다고 한다. 결국 그 세 권의 책 중 두 권은 우리가 알고 있던 아나톨과 프랑스와 씨의 일기였고, 나머지 한 권은 그 일기책들을 필사하려던 책이었다. 내가 비밀의 도서관에 갇혔을 때 보았던 필사가 끝나지 않은 공백의 책이 바로 세 번째 책인 것이다.

잠시 후, 피터 씨가 다락방 비스듬한 지붕에 나 있는 창문을 천천히 열었다. 이 집의 모든 것들이 그의 몸의 일부인 것처럼, 그가 장님이라는 사실이 믿겨지지 않을 정도로 자연스러웠다.

그가 열어놓은 창문에 밝은 만월의 빛이 더욱 강렬하게 쏟아져 내렸다. 열린 창문으로 바라보니 달은 어느새 창문의 정중앙에 있었다. 내가 그 광경에 감탄하고 있을 때 피터 씨가 손으로 창문을 더듬거렸다. 그러고는 창문틀 위쪽에 설치된 천으로 된 차양을 당겨 창문을 완전히 덮어버렸다. 갑작스레 만월의 빛이 차단되어 어둠이 깔릴 것이라는 나의 생각은 기우였다. 천으로 된 차양막에는 아주 작은 구멍 하나가 있어서 그곳으로 만월의 빛줄기가 가느다랗게 흘러나오고 있었다.

"뤼미에르 씨, 달빛 줄기가 지금 어디로 향하고 있나요?"

"네? 아, 네⋯⋯. 벽 쪽인데요."

"그쪽으로 저를 안내해 주시겠어요? 그리고 제 손을 빛이 벽에 닿는 지점으로 가져가 주세요."

그의 손을 부축하고선 벽 쪽으로 다가섰다. 그리곤 그의 말대로 손을 빛이 벽에 닿는 지점에 올려놓았다.

그는 손을 더듬거리며 그 빛의 끝을 만지고는 그 끝에 열쇠를 가져다 대었다. 그러자 열쇠는 벽 속으로 순식간에 빨려 들어갔다.

피터 씨는 벽 속으로 들어간 열쇠를 돌리기 시작했다. 잠시 후 벽 문이 열렸고, 그 안에 또 다른 벽이 감춰져 있었다. 열쇠 구멍은 열쇠를 밀어 넣어야만 보이는 구멍이었다. 열쇠를 빼면 열쇠 구멍은 닫히고 그저 평범한 벽으로 보였던 것이다. 그 틈새가 너무 정교해서 육안으로 찾기가 불가능한 비밀의 벽이었다.

감춰져 있던 벽에는 오래된 글귀가 가득 적혀 있었다. 그 글씨를 보자마자 아나톨과 프랑스와의 글씨라는 것을 직감했다.

"아주 어렸을 때, 방 안에 달빛이 들어오는 광경과 눈이 하얀 여인을 본 기억이 있어요. 바로 나의 어머니 아나톨이었죠. 지금도 꿈같은 기억이죠. 방 안에 달이 비추는 방은 바로 여기 3층 다락방뿐이었죠. 아마도 제가 어렸을 때 두 분과 같이 이 다락방에서 시간을 보냈던 것 같아요."

벽에 새겨진 글귀의 내용은 피터 씨가 네 살 때까지의 기록이었다. 아나톨과 프랑스와는 아이에 대한 추억을 적어놓았던 것이다. 세 사람의 행복했던 기억들이 고스란히 벽에 글로 남아 있었다. 그러나 1925년도부터는 이들에게 다가오는 불안이 기록되어 있었다.

1925년 5월 3일

내 아들 피터와 아나톨과 함께 영원히 지속될 것 같았던 행복이 서서히 무너지고 있다. 아나톨이 갑자기 아프다. 병원에서 의사가 내진을 하러 와 그녀를 진료한 후 내게 말했다.

"준비를 하셔야 할 것 같습니다. 화상을 제때 완벽히 치료하지 않으셔서 합병증이 왔습니다. 지금까지 버티신 것 자체가 기적입니다. 이미 손쓸 방법이 없습니다."

그의 말을 듣고 나의 모든 희망이 지옥으로 떨어지는 것을 느꼈다. 의사의 말로는 얼마나 살 수 있을지 장담할 수 없다고 한다. 의사가 떠나고 나는 침대에 누워 있는 그녀를 바라보았다. 그녀 옆의 아기 침대에서 피터가 고요히 잠을 자고 있었다. 자고 있는 두 모자를 보면 이렇게 행복할 수가 없는데……. 그녀를 살려달라고 기도했다. 미친 듯이…….

1925년 5월 10일

이미 그녀는 자신의 운명을 직감한 듯하다. 오늘은 내게 부탁 하나를 했다.

"프랑스와…… 어젯밤 꿈속에서 제 남편과 아이들이 저를 데리러 왔었어요. 그런데 갈 수가 없었어요. 피터와 당신 때문이었던 것 같아요. 하지만 왠지 오래 있지 못할 것 같아요. 그런 느낌이 들어요. 시력도 돌아오지 않는 걸 보니 제 몸이 더 이상 버텨줄 수 없나 봐요."

나는 돌아오지 않는 그녀의 시력에 대해 진실을 털어놓았다. 미어지는 가슴을 억누르며…… 그리고 의사가 이야기해 준 합병증에 대해서도 이야기했다. 그녀에게 준비할 시간을 주고 싶었기 때문이었다.

"그랬군요. 하지만 프랑스와, 나에게 한 선의의 거짓말에 대해서 죄책감 갖지 말아요. 저는 이미 눈이 보이지 않을 때부터 모든 것을 받아들였어요. 그리고 프랑스와 덕분에 제가 잃어버린 가족의 영혼을 다시 볼 수 있었던 것도, 제 눈이 멀었기 때문이라고 믿어요. 이 집을 떠나 있는 동안, 저는 죽기로 결심하고 센강에 몸을 던지기도 했어요. 하지만 사람들의 도움으로 죽지도 못했답니다. 지금 생각해 보면 프랑스와를 만나야 할 운명이라 죽을 수 없었나 봐요. 그리고 우리 사랑스러운 피터를 만나야 해서 지금까지 살아온 걸 거예요. 저는 행복한 사람이에요. 떠나기 전에 이렇게 아름다운 가족과 추억을 가지고 가잖아요. 그리고 제가 떠난 후에, 피터에게는 엄마가 필요해요. 꼭 좋은 사람을 만나서 피터에게 행복한 가정을 만들어 주세요. 부탁해요……."

1925년 6월 5일

한 달 남짓 힘겹게 버티다가 그녀는 하늘나라로 떠났다. 아니, 그녀의 가족에게로 돌아갔다. 피터를 안고 그녀의 장례식에 참석했다. 피터도 그녀와의 이별임을 아는지 평소와 다른 장난기 없는 얼굴을 조용히 내 어깨에 묻고 있었다. 그녀의 장례식에는 수많은 걸인과 상인들, 친구들이 함께했다. 평생 모든 이에게 따뜻했던 그녀는 모두의 마음속에 남아 있을 것이다.

1925년 6월 6일

그녀가 떠나고 피터와 나만 남은 이 저택에 그녀의 흔적이 남아 있다. 그 흔적을 따라가면서 그녀를 상상한다. 그녀가 남긴 손자국을 만지며 한참을 그렇게 서 있었다.
멍하니…….

1926년 3월 5일

추웠던 겨울이 지나고 봄이 오던 그해, 피터를 이 집에 맡겼던 친모가 나타났다. 피터가 다섯 살이 되던 해에 그녀는 돌아왔다. 아이를 데려가기 위해서. 그녀의 이름은 메를린이었다.
피터는 더 이상 아나톨을 기억하지 못하는 것 같다. 그녀와 나 그리고 우리 피터 셋이서 살았던 3년이라는 시간을 기억하는 사람은 이제 나 혼자뿐이다.

피터를 메를린에게 보내주어야겠지만, 피터에 대한 아나톨의 사랑이 새겨진 이 저택에서 피터가 지낼 수 있도록 하고 싶었다. 내가 떠나면 피터는 이 집을 떠나지 않고 메를린 부인과 함께 살 수 있다.

1926년 3월 6일

아침 일찍 편지를 남겨두고 집을 나섰다. 피터와 메를린의 행복을 위해서⋯⋯. 그리고 이제 스위스 루체른으로 갈 것이다. 나의 고향, 나의 부모님이 유일하게 남긴 유산인 폐허가 된 수도원으로 돌아갈 것이다. 언젠가 피터가 크면 나를 찾아올 것이라 믿는다.

지금 내가 할 수 있는 일은 아나톨처럼 마음이 다친 사람들을 위로하는 병원을 만드는 것이다. 그녀처럼 외로운 사람들을 보살피며 살기로 마음을 굳혔다. 그리고 병원의 이름은 '4월 15일의 비밀'이다. 그녀와 나, 그리고 피터가 만난 그날을 기념해서 만들 것이다. 나중에라도 피터가 나와 그녀를 기억해 주길 바라면서⋯⋯.

나의 사랑스러운 아들 피터에게.

미안하구나! 너에게 사랑을 듬뿍 주고 싶었는데 내게 허락된 시간이 이제 그리 많지 않구나……. 너를 만난 후 이 엄마는 세상의 시간이 다시 흘러가기 시작했단다. 엄마의 아픔까지 녹여준 너의 존재는 내게 기적이었단다.

엄마는 우리 아들 피터가 따뜻하고 아름다운 영혼을 가지고 살아가는 모습을 하늘에서 지켜보고 있을게…….

사랑한다! 나의 소중한 아들아.

나의 프랑스와에게.

당신의 마음은 오래전부터 알고 있었어요. 그렇지만 당신의 마음을 받아들이지 못하는 저를 용서해 주세요. 당신을 만나 저는 가족을 되찾았고 새로운 삶을 살았어요. 고마워요.

소중한 우리 아들 피터를 부탁해요.

당신을 위해 기도하겠어요. 나의 프랑스와…….

―아나톨 가르니아

프랑스와는 아나톨을 사랑했고 피터를 사랑했다. 그러나 아나톨이 세상을 떠난 후 피터만 남겨지고 친모가 돌아온 상황을 어떻게 받아들여야 할지 몰랐다. 고아였던 프랑스와는 자신의 아들 피터에게 어떻게 말해야 할지 몰랐을 것이다.

부모의 사랑을 받지 못했고 그 또한 아이에게 어떤 사랑을 주어야 할지 몰랐기 때문이었다. 그저 자신이 할 수 있는 건축으로 그 공간 속에 메시지와 흔적을 남겨 피터 왈처가 이해해 주기를 바랐던 것이다.

피터 씨는 내게 말했다. 아직도 프랑스와와 아나톨이 남긴 메시지를 찾는 중이라고……. 우리가 여태까지 본 것 이상으로 집 곳곳에 흔적이 남아 있다고 한다. 본인의 기억이 그 감춰진 흔적에 대한 단서가 될 것이다. 제3자로서 이 집의 모든 비밀을 파헤칠 수는 없었다. 그러나 피터 씨는 찾아낼 것이다. 찾는 동시에 자신의 흔적도 남길 것이다. 언젠가 그가 죽고 난 후에도 가족들은 그의 흔적을 보며 피터를 생각할 테지…….

그와 한참 동안 즐겁고 행복하게 이야기를 나눈 후 문을 나섰다. 누군가 나를 부르고 있다. 환한 모습으로……. 발길을 멈추고 뒤돌아서서 저택을 한동안 바라보았다.

그곳에서는 프랑스와와 아나톨, 그들이 꿈꿨던 행복이 피어나고 있었다. 그들은 여전히 이 집에 살아 있고 앞으로도 영원히 기억될 것이다.

모든 이들의 기억의 장소는 바로 집이었다.

작가 백희성의 직업은 하나가 아니다. 몇 개의 직업을 넘나드는 그를 단지 건축가라 부르기엔 부족할 듯싶다. 하지만 이 책에선 그를 건축가이자 작가라 칭하는 것이 적절해 보인다. 그의 이번 작품 『빛이 이끄는 곳으로』는 건축을 모티브로 한 소설이기 때문이다.

백희성은 프랑스에서 젊은 건축가에게 수여하는 폴 메이몽 상을 아시아인 최초로 수상했으며 세계적인 건축가 장 누벨의 사무소에서 건축가로 활약했다. 하지만 그는 건축가로서 안정된 생활이 보장된 미래를 뻥 차버리는 '바보'스러운 괴짜 아티스트이기도 하다. 그는 편안함보다는 약간의 긴장감이 있는 새로운 도전을 즐긴다. 실재하는 여러 건축물과 그 안에 깃든 따뜻한 가족의 이야기를 팩션으로 엮은 이 책 역시 백희성이 몇 년 동안 씨름해 내놓은 또 하나의 도전이다. 저자는 책 속의 프랑스와처럼 '기억'이라는 주제로 프랑스와 한국을 오가며 건축가로서 건축 설계를 해오고 있다.

백희성은 늘 자신이 '천재'란 것을 부인한다. 오히려 자신은 어렸을 때부터 기억력이 형편없었다고 자평한다. 기억을 잘 못해 적기 시작한 그의 '기록노트'는 장장 21년 동안 이어지고 있다. 그가 평소에 느끼고 경험하고 배운 모든 것들을 적는 노트이다. 그의 서재에서 발견한 노트는 족히 200권이 넘었다. 그러나 그 노트가 전부가 아니라는 이야기를 듣고 놀랄 수밖에 없었다.

여기에 '기록노트' 한 대목을 소개한다.

"사랑에 빠졌다. 그리고 사랑을 잃었다. 잊으려 애썼다. 아무 일 없었던 것처럼. 그것이 사랑의 결말이라 생각했다. 나의 사랑은 언제나 지우개처럼 지워진 채로 남겨진 찌꺼기 같았다. 적어도 이 오래된 저택들에 새겨진 사랑을 보기 전까지는. 처음에는 단순한 호기심이 발동해 조사를 시작했다. 외부에서 보았을 때 기품 있고 역사성이 느껴지며 잘 지어진 건물을 선택해, 잠긴 문 앞에서 눈치를 살피며 들어가거나 나오는 사람을 기다렸다.

마침 누군가가 나오고 있었다. 나는 아무렇지도 않은 듯 그가 나온 후 천천히 닫히는 로비의 문을 잡았다. 그리고 안으로 들어갔다. 내부에는 또 다른 문이 있었고 그 문 옆에는 여러 개의 우편함이 줄지어 있었다.

가방에서 노트와 펜을 꺼내 글을 적어 우편함에 넣었다.

'저는 건축가입니다. 그러나 아직은 어리고 부족함이 많습니다. 집에 관심이 많습니다. 혹시 실례가 되지 않는다면 집 내부를 구경해 보고 싶습니다. 가능하시다면 아래 연락처로 연락 바랍니다……'

한 달이 조금 지난 어느 날 편지 한 통을 받았다.

'……아주 오래된 집이지만 그래도 관심이 있으시다면 다음 주 토요일 낮에 방문하시지요……'

답장에서 제안한 그 날에 집을 방문했다. 초인종을 짧게 한 번 눌렀다. 발걸음이 소리가 가까워졌고 문이 열렸다. 우리는 서로를 바라보고 놀랐다. 나는 그녀가 노파라는 사실에, 그녀는 내가 머리카락이 까만 아시아 사람이라는 사실에.

간단히 내 소개를 하는 중에도 그녀는 당황함을 내색하지 않으려 애썼다. 하지만 집 안으로 들어서서 그녀의 이야기를 듣기까지는 꽤 오랫동안 침묵의 시간을 견뎌야 했다.

…… 그리고 그녀의 이야기를 듣는 내내 눈물이 멈추지 않았다. 내가 건축을 한다는 것이 창피할 정도로 나는 사람들이 살아가는 이야기를 모르고 있었음을 비로소 알게 되었다."

원고를 읽어본 건축가 친구들뿐만 아니라 대부분의 지인들은 한결같이 백희성에게 "이 집이 어디 있어? 정말 가보고 싶다"라고 했다. 그러나 그는 잠시 눈을 감고 숨을 크게 내쉬고는 말했다.

"그들에게 내가 이야기를 책으로 출간하려 한다고 말했을 때, 그들은 마치 배신자를 바라보듯 했어. 나에게 자신들의 이야기를 해준 것은 나를 믿었기 때문이라고. 그것은 세상 사람들에게 알리고 싶은 그런 가십거리가 아니라, 자신의 마음속에 새겨진 소중한 추억이라고. 절대로 자신의 이야기를 쓰지 말라고. 그나마 간신히 설득한 끝에 이야기에 나오는 지명과 주인공의 이름을 바꿔서 쓰는 것에 동의했지."

그는 팩트에 약간의 허구를 덧붙여 팩션을 만들기로 마음먹었다. 그는 8년 동안 조사해 온 거의 모든 집의 이야기를 책 속에 넣었고 그 이야기를 하나로 재구성했다. 그리고 책 속에 많은 비밀을 넣어두었다. 파리에서 인터뷰에 응해주셨던 분이라면 금방 알아볼 수 있는 그들만의 비밀, 저자로서

독자에게 보내는 수수께끼까지……. 다시 말하면 파리에서 8년간 건축가로서 일하며 깨닫고 발견하고 마음에 담았던 이야기들을 이 책 『빛이 이끄는 곳으로』에 모두 담아낸 것이다.

이처럼 백희성은 보이지 않는 곳까지 디자인하는 괴짜 아티스트다. 작가의 이런 장난기 덕분에, 그리고 사람을 중심에 두는 남다른 건축관과 재주가 숨어 있기에 이 책을 한 번 읽을 때와 두 번 읽을 때, 세 번 읽을 때 각기 다른 것들이 눈에 들어올 것이다. 백희성이라는 사람의 글에는 그런 매력이 있다. 이는 그가 책 속에 수많은 다른 이야기를 숨겨놓았기 때문이다.

각 챕터마다 작가가 직접 그려 넣은 그림에도 역시 비밀이 숨어 있다. 집의 이야기를, 집의 기억을 전해준 분들에게 전하는 마음의 표시였던 것이다. 그분들의 소중한 '기억'을 그들만 알 수 있는 표식으로 그렸기 때문에, 이야기를 들려주었던 분들이라면 그림을 보고 그 챕터가 자신의 이야기라는 것을 알 수 있다는 것이었다. 그는 이 사실을 끝까지 밝히지 않고 싶어 했지만, 이 비밀이 독자들에게 분명 절묘한 감동을 주리라는 생각이 들었다. 책 곳곳에 숨겨진 비밀이 말하듯, 그는 독특하고 따뜻한 사람이다.

그는 지금 다음 책을 준비 중이다. 한국에서 경험한 건축 설계를 바탕으로, 한국판 『빛이 이끄는 곳으로』를 구상하고 있다. 사람의 '기억'을 주제로 건축을 풀어내는 그의 건축 철학은 비전문가의 시선에서 보아도 경이롭게 느껴진다. 그에게 '기억'은 사람의 본질이며, 상대방을 이해할 수 있는 가장 중요한 요소이다. 그 '기억'이 공간과 만나, 우리가 얼마나 큰 힘을 발휘하게 되는지, 이 책을 통해 느낄 수 있었다. 때문에 그가 한국에서 발견한 따뜻한 '기억의 공간'들을 하루 빨리 탈고해 주기만 기다리는 중이다.

어쩌면 작가는 이 팩션에서 또 한 명의 주인공이자 건축가인 프랑스와를 통해 이런 메시지를 전하고 싶었을지 모른다.

"세상의 모든 불편해 보이고 부족한 것들은 어찌 보면 깊은 사연을 담고 있을지도 모른다."

앞으로의 그의 행보가 궁금해지면서, 사람들의 기억이 어떤 공간으로 태어나게 될지 더욱 기대가 된다.

빛이 이끄는 곳으로

초판 1쇄 발행 | 2024년 8월 21일
초판 7쇄 발행 | 2024년 12월 31일

지은이 | 백희성
책임편집 | 정다움
콘텐츠 그룹 | 정다움 이가람 박서영 이가영 전연교 정다솔 문혜진 기소미
디자인 | STUDIO 보글

펴낸이 | 전승환
펴낸곳 | 책읽어주는남자
신고번호 | 제2024-000099호
이메일 | book_romance@naver.com

ISBN 979-11-93937-19-8 03810